Dora Heldt

Liebe oder Eierlikör

Endlich ist Frühling auf Sylt, aber Ernst Mannsen kann es einfach nicht genießen. Zu viele seltsame Dinge passieren derzeit auf der Insel. Hilke Petersen trägt plötzlich Lippenstift und alle reden von Frühlingsgefühlen und Dating-Apps. Denkt denn keiner an die Gefahren des Internets? Zum Glück ist zumindest Ernst auf der Hut und bereit, das Schlimmste zu verhindern. Doch dabei gerät irgendwie alles ein bisschen außer Kontrolle.

Dora Heldt, 1961 auf Sylt geboren, ist gelernte Buchhändlerin und lebt heute in Hamburg. Mit ihren Romanen führt sie seit Jahren die Bestsellerlisten an, die Bücher werden regelmäßig verfilmt. Weitere Informationen unter www.dora-heldt.de

Dora Heldt

Liebe oder Eierlikör

Fast eine Romanze

dtv

Von Dora Heldt
sind bei dtv großdruck u. a. erschienen:
Urlaub mit Papa
Tante Inge haut ab
Bei Hitze ist es wenigstens nicht kalt
Jetzt mal unter uns
Sommer. Jetzt!
Geld oder Lebkuchen

MIX
Papier | Fördert gute Waldnutzung
FSC® C019821

Ungekürzte Ausgabe 2025

Tumblingerstraße 21, 80337 München
produktsicherheit@dtv.de
Dieses Werk wurde vermittelt durch die Literarische Agentur Thomas Schlück GmbH, Hannover.
Umschlaggestaltung: dtv unter Verwendung eines Bildes von Markus Roost
Satz: 3w+p Typesetting Automation Experts, Rimpar
Druck und Bindung: Druckerei C.H.Beck, Nördlingen
Printed in Germany · ISBN 978-3-423-25458-8

1.

Irgendwas an Hilke war heute anders. Ernst verharrte an der Tür des Gemeindebüros und runzelte verwirrt die Stirn, während er noch überlegte, was es war. Er trat einen Schritt näher und starrte sie so lange an, bis sie den Kopf hob und plötzlich lächelte. »Moin, Ernst.« Jetzt sah er es: Hilke Petersen trug rosa Lippenstift. Und eine sehr bunte Bluse. Und sie lächelte. Normalerweise lächelte sie nie, zumindest nicht ohne Grund. Und schon gar nicht einfach so zur Begrüßung. Das war nicht ihre Art. Und Ernst konnte das beurteilen, weil er die sonst so spröde Hilke Petersen schon sehr lange kannte, nicht erst seit sie in diesem Gemeindebüro arbeitete und sich um die Belange der Touristen und Insulaner kümmerte, sondern schon als Jugendliche. Also fast ihr ganzes Leben. In dem sie bislang ohne Lippenstift und Lächeln ausgekommen war. Und nie bunte Kleidung getragen hatte.

»Komm doch rein«, sagte sie. »Was kann ich für dich tun?«

»Ich …«, zögernd trat er näher. »Hast du heute eine Feier? Geburtstag oder so?«

»Nein. Wie kommst du darauf?«

»Die Bluse«, antwortete Ernst schnell und nickte. »Du hast so eine hübsche Bluse an.«

Ernst fand sie viel zu bunt, aber irgendetwas musste er ja sagen. Hilkes Wangen hatten plötzlich dieselbe Farbe wie der Lippenstift.

»Vielen Dank für das Kompliment«, sagte sie etwas verlegen. »Sehr aufmerksam.«

»Das sieht sehr hübsch aus«, setzte Ernst hinzu. »Sehr … hell.«

»Danke«, sie strich sich eine Haarsträhne hinters Ohr und klaubte ein Haar von der bunten Bluse. »Was wolltest du denn jetzt?«

»Ich … ähm«, die veränderte Hilke hatte Ernst völlig aus dem Konzept gebracht, er musste tatsächlich überlegen, was genau er hier eigentlich wollte. Es fiel ihm wieder ein. »Ich möchte gern die Jahresaufkleber für die Einwohner-Besucherkarten. Bevor die Familie kommt. Jetzt geht die Saison ja langsam los und …«

»Hast du die Karten dabei?« Hilke hatte schon eine Schublade aufgezogen und die Hand ausgestreckt. Sie hatte auch noch ihre Fingernägel lackiert. In Rosa. Den Blick darauf gerichtet fummelte Ernst seine Brieftasche aus der Jacke und zog die Karten hervor. »Bitte schön.«

Sorgsam klebte Hilke die neuen Etiketten über die alten und schob ihm die Karten wieder zu. »15 Euro«, sie sah ihn an. »Dann wollen wir mal hoffen, dass es ein schöner Sommer wird.«

»Ja.« Ernst legte ihr das Geld hin und verstaute die Karten, während er noch nach einer klugen Antwort suchte. »Danke. Mein Enkel Mats kommt ja schon demnächst. Alleine. Er hat ja gerade keine Freundin.«

»Ist doch schön.« Hilke legte das Geld in die Kasse und schob die Schublade wieder zu. »Also, dass euer Enkel kommt. Brauchst du noch was?«

»Nein, nein, vielen Dank.« Ernst schüttelte den Kopf. »Dann gehe ich mal wieder, du hast ja bestimmt noch was Schönes vor. Also, ich meine, wegen der Bluse und so.« Er sah sie abwartend an, sie reagierte nur leider nicht. Stattdessen lächelte sie schon wieder und sagte: »Einen schönen Tag noch.«

»Danke, dir auch«, er hob unschlüssig die Hand, drehte sich auf dem Absatz um und verließ das Gemeindebüro.

Erst als er draußen vor dem roten Backsteingebäude stand, blickte er sich noch mal um. Er konnte Hilke durch das geöffnete Fenster an ihrem Schreibtisch sitzen sehen. Sie schaute auf ihr Handy und lächelte entrückt. Ernst war jetzt vollends verwirrt. Das passte gar nicht zu ihr. Dieses aufs Handy starren und von der Welt nichts mitbekommen. Das machten doch nur die jungen Leute, die dabei aussahen, als wären sie mit diesem Ding verwachsen. Ernst konnte das nicht leiden. Was um alles in der Welt war denn nur mit ihr los?

»Hast du einen Geist gesehen?«, tönte plötzlich eine weibliche Stimme hinter ihm, die Ernst zusammenzucken ließ. Sofort drehte er sich um und sah Hella Fröhlich vor sich. »Ist was passiert?«

Das Erste, was ihm an Hella auffiel, war ihr knallgelber Mantel. Hella Fröhlich trug meistens bunte Kleidung, ganz im Gegensatz zu Hilke, aber dieser Mantel war sehr gelb. »Du siehst aus wie ein großes Küken«, stellte Ernst fest und musterte sie. »Du leuchtest.«

»Das ist Absicht«, Hella lächelte ihn breit an. »Ich habe den Frühling eingeläutet.« Sie legte ihren Kopf mit geschlossenen Augen in den Nacken und hielt ihr Gesicht schnuppernd in die Sonne. »Riechst du es auch? *Frühling lässt sein blaues Band wieder flattern durch die Lüfte. Süße, wohlbekannte Düfte streifen ahnungsvoll das Land«,* sie sah ihn an und fuhr in normaler Lautstärke fort: »Schön, oder?«

»Nicht so laut«, Ernst runzelte die Stirn und sah sich um. »Muss ja nicht gleich das ganze Dorf hören, wie du Schlager singst. Und hier flattert auch kein blaues Band, sondern nur das rot-weiße an der Absperrung wegen der Kanalarbeiten.«

»Das ist Mörike, mein Bester«, Hella schüttelte den Kopf. »Von wegen Schlager, du hast doch keine Ahnung. Hast du schlechte Laune? Statt Frühlingsgefühle? Was ist los mit dir?«

Ernst musterte sie lange. Hella Fröhlich hatte immer gute Laune. Sie war auch immer bunt und mit Schmuck behängt. Wie ein altes Zirkuspferd. Das hatte sie selbst mal gesagt, schließlich war sie als junge Frau Schauspielerin gewesen und hatte bis vor ein paar Jahren auch noch auf der Insel bei der Laienspielgruppe mitgemacht. Die ihr aber zu unprofessionell gewesen war. Jetzt mischte sie die Gemeindeveranstaltungen auf, sammelte Geld für den Kinder-Club, organisierte die diversen Festivitäten mit und war ständig auf der Suche nach neuen Vergnügungen.

Sie bohrte ihm nun den Finger in die Brust. »Hallo? Was ist los mit dir?«

»Ich …«, Ernst drehte sich wieder um, Hilke saß immer noch mit dem Handy in der Hand am Schreibtisch. Er sah zurück zu Hella und deutete mit dem Kopf in

Hilkes Richtung. »Ich habe die Jahresaufkleber geholt. Bei Hilke Petersen. Sie war ganz … wie soll ich sagen? Sie sieht aus … also sie hat Lippenstift aufgetragen. Und Nagellack. Und sie hat was ganz Buntes an. Und lächelte die ganze Zeit.«

»Hilke Petersen?« Hella folgte der Geste. »Unsere graue Maus? Lippenstift und Nagellack? Oha. Dann hat sie wohl auch Frühlingsgefühle. Das wurde ja mal Zeit.«

»Das kann ich mir nicht vorstellen«, Ernst schüttelte energisch den Kopf. »Die hat sie nicht gehabt, seit ich sie kenne. Sie war immer ganz normal. Nein, irgendwas ist bei ihr plötzlich ganz anders.«

»Vielleicht ist sie verliebt?«, mutmaßte Hella jetzt und hob die Schultern. »Das soll ja vorkommen.«

»Hilke?«, entgeistert sah Ernst sie an. »Ich bitte dich. Sie ist doch fast fünfzig.«

»Sag mal«, empört trat Hella einen Schritt zurück. »In welcher Welt lebst du denn? Man kann sich in jedem Alter verlieben. Nur weil du mit Gudrun schon ein halbes Jahrhundert verheiratet bist, heißt das noch nicht, dass es nicht andere Menschen in eurem Alter gibt, die noch einen Partner suchen. Dafür ist es nie zu spät. Und Hilke Petersen ist höchstens Mitte vierzig. Und übrigens, du kennst doch dieses ältere Paar, das jetzt zwei Häuser neben Martina Wolf wohnt, oder? Sie heißt Frau

Arndt, er heißt, warte mal, ich komme gleich drauf, er heißt irgendwie anders. Egal. Aber die haben sich in fortgeschrittenem Alter im Internet kennengelernt. Und sind ganz glücklich.«

Ernst winkte ab. »Im Internet. Das ist doch auch so ein Unsinn. Anstatt mal auszugehen, hocken die Leute vor dem Computer und geben Kontaktanzeigen auf. Oder beantworten sie. Du weißt doch gar nicht, ob du da gerade einen Verbrecher kennenlernst. Und zack, liegst du tot in den Dünen.«

Hella lachte. »Ernst, niemand gibt mehr Kontaktanzeigen auf, auch nicht im Internet. Das geht heute alles über Apps. Lass dir das mal von deinem Enkel erklären, du verpasst sonst die ganze moderne Technik. Und außerdem musst du nicht immer hinter allem, was passiert, kriminelle Energien wittern. So schlecht ist die Welt auch nicht.«

»Das sagst du so in deinem bodenlosen Leichtsinn«, Ernst hob anklagend den Zeigefinger. »Ich sehe genug Fälle im Fernsehen, da gibt es ganze Serien mit echten Kriminalfällen, ich kenne mich aus. Je moderner die Welt, desto ausgefuchster die Verbrecher. Also, pass gut auf dich auf, ich muss nach Hause, Hecke schneiden. Wiedersehen Hella.«

»Grüß Gudrun. Bis demnächst.«

Der Schlüssel steckte von außen, das Holzschild mit dem Schriftzug *Bin im Garten* baumelte an der Klinke. Kopfschüttelnd öffnete Ernst die Tür und trat ins Haus. Er hatte Gudrun schon vorgeschlagen, eine Liste der Wertgegenstände und ihrer Aufbewahrungsorte in den Flur zu nageln, um die Unordnung, die Einbrecher in der Regel hinterlassen, zu verhindern. Aber auf dem Ohr war sie taub. Sie fand, ihr Mann habe zu viel kriminelle Fantasie, was das Ergebnis seines jahrelangen Krimikonsums im Fernsehen sei. Das war natürlich Unsinn, er hatte einfach eine gute Menschenkenntnis und einen realistischen Blick auf die Welt.

Als junger Mann hatte er sich sogar bei der Polizei beworben, sie hatten ihn nur nicht genommen, er konnte bis heute nicht verstehen, warum. Er war sich sicher, dass er ein hervorragender Ermittler geworden wäre, das merkte er auch bei den Kriminalfällen im Fernsehen, bei denen er fast immer sehr früh auf die Lösung kam. Dafür hatte er Talent, das hatten sie nur damals einfach nicht erkannt. Aber dieses Talent hatte er dann bis zu seiner Rente erfolgreich als Zollbeamter eingesetzt. Auch wenn er lieber Mörder anstatt Touristen mit zu viel Schnaps gefasst hätte.

Er legte die drei wieder gültigen Besucherkarten in die Schublade, tauschte seine gute Hose gegen die Gartenjeans und schloss die Tür von außen ab. Den Schlüssel ließ er in die Hosentasche gleiten.

Gudrun kniete in ihrem Blumenbeet und zupfte Unkraut. Als sie Schritte hörte, richtete sie sich auf, zog die Handschuhe aus und sah ihren Mann an. »Na? Alles erledigt?«

»Ja. Sonst wäre ich ja noch nicht wieder da.«

»Wo hast du denn die Hornveilchen hingestellt?« Gudrun war inzwischen aufgestanden und sah sich um.

»Welche …«, in diesem Moment fiel es Ernst wieder ein. Minna Paulsen hatte Hornveilchen für Gudrun aus der Gärtnerei mitgebracht, die er bei ihr hätte abholen sollen. »Die habe ich vergessen«, er hob die Schultern und sah seine Frau ratlos an. »Einfach vergessen.«

Sie runzelte die Stirn und stieg langsam über die niedrige Buchsbaumhecke, die das Blumenbeet begrenzte. »Aber du warst doch auf der Gemeinde, oder nicht? Mit den Jahreskurkarten?« Jetzt stand sie dicht vor ihm und musterte ihn. »Oder hast du das auch vergessen? Minna wohnt nur eine Tür weiter.«

»Ja, schon«, Ernst kratzte sich am Kopf. »Und nein, die Karten habe ich nicht vergessen. Aber Hilke hat mich so durcheinandergebracht, wegen dieses Lippenstifts. Und dann kam auch noch Hella. In so einer gelben Jacke, in der sie aussieht wie ein dickes Küken.«

»Ich kenne die Jacke«, nickte Gudrun. »Hat sie letzte Woche in Westerland gekauft. Schnäppchen. Auch wenn ich finde, dass sie etwas zu alt für diese Farbe ist. Aber in der Beziehung ist Hella ja beratungsresistent. Und was meinst du mit dem Lippenstift?«

»Hilke«, Ernst beugte sich vor. »Hilke Petersen hatte ihre Lippen rosa angemalt.« Er machte eine bedeutungsvolle Pause und fuhr dann fort: »Rosa. Und nicht nur die Lippen, sondern auch noch ihre Fingernägel. Und sie hatte eine ganz bunte Bluse an.«

»Warum nicht?«, Gudruns Reaktion war eher enttäuschend. »Vielleicht hat sie heute noch was Schönes vor?«

»Sie benutzt nie Lippenstift«, Ernst wurde etwas vehementer. »Es gibt keinen Grund, keine Feier, keinen Geburtstag, das habe ich sie gefragt. Ich kenne sie seit Jahren und sie war noch nie so bunt wie heute. Ganz seltsam. Das passt gar nicht zu ihr.«

»Sie wird dir auch nicht alles erzählen. Vielleicht ist sie verliebt?« Gudrun lächelte. »Jetzt haben doch gerade alle Frühlingsgefühle. Ich habe vorhin eine Umfrage im Radio gehört, die Hormone tanzen, hat da jemand gesagt, es ist gerade die beste Zeit, sich zu verlieben.«

»Doch nicht Hilke Petersen«, entschieden schüttelte Ernst den Kopf. »So eine ist sie nicht. Das hat sie mal ausprobiert und es entsprach nicht ihrem Naturell. Und wo soll sie denn schon jemanden kennenlernen? Sie geht doch nie aus.«

Das genau war es ja, was Ernst an der spröden Hilke Petersen so schätzte. Sie war so ernsthaft und so ordentlich. Er sah sie bei allen Festivitäten, die die Gemeinde veranstaltete. Ob es der Osterbasar, der Weihnachtsmarkt oder die Busausflüge waren, Hilke Petersen war in ihrer unaufgeregten Art immer dabei. Ernst unterhielt sich gern mit ihr, über Bauvorhaben, über die Touristen, über die neuen Hotels auf der Insel und Hilke regte sich über dieselben Dinge auf. Auf sie war Verlass. Sie setzten sich meistens nebeneinander, erst bei der letzten Sitzung des Kinder-Clubs war das so gewesen. Sie gehörte genau wie Ernst zum Vorstand des Vereins, der sich für die Kinder der Insel engagierte. Ernst selbst hatte sie gefragt, ob sie mitmachen wolle, und sie hatte Ja gesagt. Weil sie ja sonst nur ihre Arbeit und kaum Privatleben habe. Und nun trug sie plötzlich Lippenstift und bunte Blusen. Es war verrückt.

»Nun mach dir mal keinen Kopf über Hilke Petersens Lippenstift«, Gudruns Stimme holte ihn aus seinen Gedanken. »Und im Übrigen geht dich das auch gar nichts an. Wenn eine Frau sich plötzlich schön macht, hat sie einen Grund. Freu dich drüber, hol dein Fahrrad aus dem Schuppen und fahr zu Minna, um die Hornveilchen abzuholen. Die will ich nämlich heute noch einpflanzen.«

2.

Hella Fröhlich begutachtete sich zufrieden im Schaufenster der Bäckerei. Sie fand, dass ihr der gelbe Mantel ausnehmend gut stand, es war ein Glücksgriff gewesen. Und dann noch so günstig. Aber das war typisch Ernst Mannsen, er gehörte zu den alten Männern, die keine Ahnung von Mode hatten, auch wenn sie ihn sehr mochte und schon seit Jahrzehnten mit ihm befreundet war. Aber so war Ernst. Altmodisch eben.

Amüsiert dachte sie an sein verstörtes Gesicht und seine Verwunderung über Hilke Petersens Lippenstift. Ernst machte es immer ganz nervös, wenn sich in seinem unmittelbaren Umfeld etwas änderte, was er nicht verstand. Dass Hilke sich plötzlich schminkte, war für Ernst eine fast schon schockierende Veränderung. Hilke war sonst eine graue Maus, sie legte nicht viel Wert auf modische Kleidung oder schöne Frisuren.

Natürlich war Hella sofort, nachdem Ernst weg gewesen war, ins Gemeindebüro marschiert, um sich selbst davon zu überzeugen. Und tatsächlich, Hilke Petersen trug Lippenstift. Die Farbe biss sich zwar ein bisschen mit der sehr bunten Bluse und noch mehr mit dem pinkfarbenen Seidentuch, auf dem auch noch gelbe Herzen waren, aber solche Stilsicherheit konnte man von Hilke nicht erwarten, dazu war sie zu ungeübt in modischer Eleganz.

»Das sieht nach Liebe aus«, hatte Hella ihr unverblümt gesagt und anerkennend genickt. Und Hilke hatte gelächelt, aber nichts erzählt. Was schade war, weil Hella Fröhlich doch Romanzen liebte, die in ihrem Leben leider nicht mehr passierten. Aber gut, irgendwie würde sie noch herausfinden, welchen Frosch Hilke an die Wand geworfen hatte, um sich für ihn schön zu machen. Jetzt wollte sie es wissen, nicht dass Ernst es wieder zuerst herausbekam.

Sie wandte sich von ihrem Spiegelbild ab und schlenderte weiter. Vielleicht sollte sie Kontoauszüge holen. Dabei könnte sie mit Martina ins Gespräch kommen, der Filialleiterin der kleinen Bank, die außerdem ihre Nachbarin war. Martina war nämlich mit Hilke befreundet, zumindest so was in der Art. Sie waren ja beide graue Mäuse, eine sehr dick, eine sehr dünn, beide alleinlebend, beide unabhängig, beide klug, beide Mitte vierzig, aber manchmal etwas wunderlich. Wenn jemand wüsste, was Hilke zum Lippenstift getrieben hatte, dann war das Martina.

Zu Hellas Freude stand Martina sogar selbst am Kontoauszugsdrucker und legte Papier nach. Hella stellte sich neben sie, wovon die sich gar nicht stören ließ. Sie beendete immer erst eine Arbeit, bevor sie sich um die nächste kümmerte. Als sie die Klappe mit Schwung geschlossen hatte, drehte sie sich um. »Tag, Hella.«

»Hallo, Martina«, Hella trat einen Schritt näher. »Sag mal, weißt du, was mit Hilke Petersen los ist? Die sieht so verändert aus.«

Martina hob eine Augenbraue und sah Hella stumm an. Das hätte sie sich denken können. Martina tratschte nie. Nicht nur, weil sich das so gehörte, sondern auch, weil es sie nicht interessierte. Sie liebte Zahlen, Tabellen und Statistiken, alles, was mit nicht mathematisch kalkulierbaren Dingen zu tun hatte, wollte sie nicht wissen.

»Ernst Mannsen war ganz irritiert«, versuchte Hella es anders. »Er fand Hilke so verändert und macht sich große Sorgen um sie«, sie kreuzte die Finger, ganz so war es ja auch nicht, aber immerhin verlieh das ihrer Frage Nachdruck.

»Braucht er nicht«, entgegnete Martina und bewegte

sich langsam zurück zu ihrem Schreibtisch. »Schönen Tag noch.«

»Martina, warte mal«, Hella folgte ihr ungefragt. »Kann es sein, dass sie jemanden kennengelernt hat?«

»Im Gemeindebüro lernt sie dauernd jemanden kennen. Es kommen jeden Tag Gäste.«

»Nein, ich meine privat. Einen Mann.«

Martina blieb stehen. »Warum willst du das wissen?«

»Weil es so romantisch wäre«, Hella hob theatralisch die Arme Richtung Decke. »Die arme, zarte Hilke, die vor fünfzehn Jahren mal wegen einer Liebesgeschichte die Insel verlassen hat und zu diesem jungen Mann nach Kiel gezogen ist. Um nach drei Monaten wieder zurückzukommen. Mit Liebeskummer, weil es schiefgegangen ist. Und seitdem lebt sie nur für ihre Arbeit und hockt allein in ihrer Wohnung. Sie hätte ein spätes Glück verdient.«

»Sie mochte Kiel nicht«, Martina ging langsam zum Kassentresen und umrundete ihn. »Das war alles.«

»Ihr Heimweh war größer als die Liebe?« Hella riss die Augen auf. »Das ist doch nicht zu glauben. Hat sie denn jetzt jemanden von der Insel kennengelernt? Wo denn? Und wer ist es, wie heißt er, was macht er? Ihr seid doch gemeinsam im Kinder-Club für die Finanzen zuständig. Da sprecht ihr doch bestimmt auch manchmal ein privates Wort bei den Sitzungen. Hat sie dir denn erzählt, wo sie ihn kennengelernt hat?«

Martina hob nur den Kopf und sah sie verständnislos an. »Wen?«

Den Blick resigniert an die Decke gerichtet, atmete Hella tief aus. Es war nur ein Versuch gewesen, sie hätte sich denken können, dass sie sich an Martina die Zähne ausbeißen würde.

»Schon gut, Martina«, sagte sie und zog ihr Portemonnaie aus der Tasche, um wenigstens Geld zu holen, wenn sie schon mal hier war. »Ich ziehe die Frage zurück. Vielleicht hat sie sich ja tatsächlich an ihrem Arbeitsplatz verliebt. Da finden ja immer noch die meisten Beziehungen ihren Anfang.«

»Falsch. Im letzten Jahr haben sich 43 % aller Paare im Internet kennengelernt«, korrigierte Martina in einem geschäftsmäßigen Ton. »Vor vier Jahren waren es nur 23 %, der Anteil hat sich durch die Pandemie erhöht. 61 % der Nutzer glauben, dass sie die große Liebe im Netz finden können, über die Hälfte der Befragten bezeichnet diese Art der Kontaktaufnahme als zielführend.«

»So viele?«, erstaunt sah Hella sie an. »Und Hilke macht auch bei so was mit?«

»11 % der Nutzer sind statistisch über sechzig«, Martina rollte ihren Stuhl näher an den Schreibtisch. »Diese hohe Zahl ist durch die Zunahme von altersentsprechenden Portalen zustande gekommen. Und durch regionale Anbieter.«

»Wirklich? 11 % in meiner Altersklasse?« Hella riss die Augen auf. »Das ist ja ein Ding. Vielleicht könnte ich ja so doch noch mal einen netten Mann kennenlernen. Mit ein bisschen Geld und vollem Haar. Weißt du, wie man sich da anmeldet?«

»Mit einem Smartphone. Es gibt eine neue App. Für diese Region.«

»Und das hat Hilke gemacht? Und jemanden gefunden?« Neugierig beugte Hella sich über den Tresen. »Sag doch mal. Ich glaube, ich mache da auch mit. Damit der Sommer ein bisschen mehr Schwung bekommt. Das wäre mal eine ganz neue Perspektive. Ach, Hella Fröhlich im Rausch der Frühlingsgefühle, das sind ja ganz neue Möglichkeiten. Ich habe ein Smartphone. Kann Hilke mir zeigen, wie das geht? Und so ein bisschen was erzählen?«

Martina musterte sie mit unbewegter Miene. »Hilke hat dafür keine Zeit. Aber ich kann dir das einrichten.«

»Du?« Hella lächelte. »Ach, warum eigentlich nicht? Wie gut, wenn man die richtigen Nachbarn hat. Dann komme ich demnächst rüber? Und du zeigst es mir?«

»Von mir aus«, antwortete Martina und zog die Computertastatur näher. »Ruf vorher an. Und jetzt entschuldige mich, ich habe zu tun.«

Beschwingt verließ Hella die Bank. Es war zwar nicht das Ergebnis, das sie erwartet hatte, aber zumindest hatte sich gerade eine Möglichkeit eröffnet, mal etwas Leben in die Bude zu bringen. Das war doch eine wunderbare Aussicht. Und vielleicht ergab sich in der privaten Atmosphäre von Martinas Wohnung, dass sie auch etwas über Hilkes Frühlingsgefühle erfuhr. Vor allem damit Ernst sich beruhigte.

Sie überlegte, was sie anziehen sollte, wenn der erste Interessent sich mit ihr verabreden würde. Es musste etwas Frühlingshaftes sein, große Muster, leuchtende Farben, das stand ihr. Und sie musste vorher dringend noch zum Friseur. Und zur Kosmetik. Sie durfte nichts dem Zufall überlassen, es wäre doch zu ärgerlich, wenn die potenziellen Flirtkandidaten ihr Postfach fluten würden und sie stünde ratlos vorm Kleiderschrank oder bekäme ihre Frisur nicht hin. 11 % der Nutzer waren statistisch über sechzig. Da sollte doch wohl ein charmanter Herr für sie dabei sein.

Es war nicht so, dass Hella Fröhlich auf der Suche nach dem Mann fürs Leben war. Das oder besser den hatte sie schon gehabt. Den schönen Hugo, der sie wegen einer

Arzttochter verlassen hatte und heute ein furchtbar langweiliges Leben führte. Ganz im Gegensatz zu Hella. Sie kannte auf der Insel Gott und die Welt, war ein gern gesehener Gast in den besten Restaurants und Bars. Schließlich hatte sie selbst mit dem schönen Hugo ein Hotel mit einer mondänen Bar geführt, vor dreißig Jahren, während ihrer Schauspielerinnenkarriere. Damals war sie ein bunter Vogel in der Sylter Gesellschaft gewesen, von diesem Ruf zehrte sie immer noch. Nur so langsam verblasste er doch. Die Bekannten waren entweder weg oder alt, manche sogar schon tot. Und die neuen, glatten, selbstbewussten Schönen und Reichen kannten sie gar nicht mehr. Oder sie hätten altersmäßig ihre Kinder sein können. Außerdem hatten die wenigsten Charme und Stil. Und deshalb war jetzt jeder Sommer ein bisschen langweiliger und ereignisärmer als der vorherige. Es wurde Zeit, dass Schwung in die Bude kam. Und Hella Fröhlich endlich wieder mit einem interessanten Mann bei gutem Essen, Wein und Musik angeregte Gespräche führte. Wobei das erste Treffen besser am Tag stattfinden sollte, ohne Alkohol und Musik. Damit man nicht gleich enthemmt agierte. Für einen langsamen Anfang wäre vermutlich eine Verabredung zu Kaffee und Kuchen besser.

Versunken in ihre aufregenden Gedanken, fand sie

sich plötzlich vor dem Friseursalon wieder. Was du heute kannst besorgen, dachte sie und drückte nach einem kleinen Moment die Tür auf. »Guten Morgen«, sagte sie laut und sah im Spiegel ihre Friseurin Sabine an, die Elvira Sander gerade die Haare schnitt. »Hallo Sabine, ich brauche dringend einen Termin, hallo Elvira.«

»Morgen Hella«, Sabine ließ die Schere sinken. »Frau Sander, kann ich den Termin eben machen?«

»Natürlich«, Elvira Sander lächelte freundlich. »Hallo Hella, geht es dir gut?«

»Könnte kaum besser gehen.« Sie stellte sich neben den kleinen Tisch, auf dem Sabines Terminkalender lag, und sah Elvira an. »Ich hab dich ja lange nicht mehr gesehen. Ist bei dir alles in Ordnung?«

»Ja, ja«, sie nickte. »Viel Arbeit im Garten, aber sonst ist alles gut.«

»Übermorgen? 11 Uhr?« Sabines Frage unterbrach das Gespräch. »Passt das?«

»Ja«, Hella sah zu, wie Sabine den Termin auf einen kleinen Zettel schrieb und ihn ihr reichte. »Vielen Dank. Dann kann der Frühling ja kommen. Einen zauberhaften Tag wünsche ich euch.«

Ihre Armbänder klirrten, als sie die Hand hob und im Rausgehen überlegte, wann sie Elvira Sander das letzte Mal gesehen hatte. Sie hatten sich vor Jahren kennengelernt, als Hella noch bei der Laienspielgruppe in Westerland mitgewirkt hatte. Elvira war für die Kostüme verantwortlich gewesen, Hella hatte die Hauptrollen gespielt. Zumindest so lange, bis die völlig talentfreie Frau des Kurdirektors dazugekommen war und Hella prompt die besten Rollen wegschnappt hatte. Die Einzige, die sich auf ihre Seite geschlagen hatte, war damals Elvira Sander gewesen. Das hatte sie ihr nicht vergessen. Und trotzdem hatte sie sie seit Ewigkeiten nicht mehr angerufen oder besucht. Und jetzt hatte Elvira ein bisschen traurig ausgesehen. Hella würde sich demnächst mal bei ihr melden. Vielleicht brauchte sie auch ein bisschen Frühling und Ablenkung.

3.

»Danke schön«, sagte Sabine und legte die Geldscheine in die Kasse. »Dann bis zum nächsten Mal. Und grüßen Sie Ihre Tochter von mir. Wie lange bleibt sie denn?«

»Ach, nur ein paar Tage«, Elvira Sander berührte vorsichtig ihre geföhnte Frisur, bevor sie ihr Portemonnaie wieder einsteckte. »Sie hatte hier ihr zwanzigjähriges Abi-Treffen. Zum Wochenende fährt sie wieder nach Hause. Es sieht sehr schön aus, vielen Dank. Also, bis zum nächsten Mal.«

Sie verließ den Salon und blieb unschlüssig noch einen Moment vor der Tür stehen. Das Wetter war schön geworden, der Himmel blau, nur ein paar harmlose Wolken zogen vorbei. Sie hielt ihr Gesicht in die Sonne und stellte überrascht fest, dass es schon nach Frühling roch. Die Luft war ganz anders, milder, blumiger, sonniger. Es war eigentlich schade, dass Hella Fröhlich gleich wieder weg gewesen war. Es wäre auch schön gewesen, zusammen noch eine Tasse Kaffee zu trinken, sie hatte die gut gelaunte Hella mit ihren komischen Geschichten immer gemocht. Und so lange nichts mehr von ihr gehört.

Sie überlegte, ob sie trotzdem das kleine Stück zum Hafen spazieren und dort allein ein Fischbrötchen und einen Kaffee bestellen sollte. Eigentlich hatte sie gleich nach Hause fahren wollen, um mit Inken noch ein paar Dinge zu besprechen, aber sie war schon lange nicht mehr am Hafen gewesen und das Gespräch mit ihrer Tochter konnte sie auch heute Abend noch führen. Sie hatte es schon so oft aufgeschoben. Kurz entschlossen gab sie sich einen Ruck und machte sich auf den Weg. Es roch wirklich nach Frühling.

Am Hafen waren die meisten Tische, die in der Sonne standen, bereits besetzt. Die Menschen trugen Sonnenbrillen, einige sogar nur T-Shirts, was Elvira bei 16 Grad Lufttemperatur wirklich übertrieben fand. Aber die meisten Touristen waren an ihrer Kleidung zu erkennen, sie trugen als Erste kurze Hosen und Turnschuhe ohne Socken, aber obenrum dicke Steppjacken und modische Mützen. Es war wohl das angesagte Outfit, wenn man am Meer Ferien machte.

Sie stellte sich in die Schlange und wartete, bis sie dran war. Zwei ungeduldigen Männern dauerte es zu lange, sie schimpften laut, dass es doch unmöglich sei, bei diesem tollen Wetter nur eine Bedienung an den Tresen zu stellen, man könne sich doch denken, dass hier viel los sein würde. Elvira trat einen Schritt zur Seite und ließ sie vor. Die beiden nahmen es an, ohne sich zu bedanken, wenigstens hörten sie auf zu pöbeln.

Als sie endlich an der Reihe war, bestellte sie ein Matjesbrötchen und einen Becher Kaffee, sie rundete die Summe auf, obwohl die junge Frau sie weder angelächelt noch richtig angesehen hatte. Aber sie tat ihr leid, hinter Elvira gab es schon wieder ungeduldiges Gemurre. Die Leute mochten einfach nicht warten. Schon gar nicht im Urlaub.

Ganz an der Seite entdeckte sie einen freien Tisch und steuerte auf ihn zu. Sie setzte sich mit dem Gesicht zur Sonne und dem Blick aufs Hafenbecken und atmete tief durch. Was für ein schöner Moment, dachte sie und biss in das Fischbrötchen. Und was für ein guter Matjes. Sie hatte gerade den ersten Bissen geschluckt, als eine Gestalt ihr die Sonne nahm. Sie sah hoch und direkt in das Gesicht eines sympathischen Mannes, der neben einer kleinen Frau stand, deren Hand er hielt. »Verzeihung, sind hier vielleicht noch zwei Plätze frei?«

»Natürlich.« Elvira hielt sich schnell die Serviette vor den Mund, um etwaige Krümel wegzuwischen. »Nehmen Sie gern Platz.«

»Danke schön«, die kleine Frau setzte sich lächelnd, während ihr Mann stehen blieb und sich umsah. »Ist hier Selbstbedienung?«

»Ja«, Elvira nickte und zeigte auf eine Tür. »Da geht es rein.«

Er nickte, legte seiner Frau sanft die Hand auf die Schulter und fragte: »Krabbenbrötchen und ein kleines Alsterwasser?«

»Gern«, ihre Hand griff nach seiner und drückte sie. »Danke.«

Erst als er hinter der Tür verschwunden war, richtete sie ihren Blick auf Elvira. »Wir haben gar nicht gedacht, dass es so voll ist. Aber es machen ja doch viele Menschen in dieser Zeit Urlaub. Nicht nur wir Rentner.«

»Das stimmt, die Insel füllt sich langsam. Jetzt hat der Frühling begonnen, da wollen wieder alle raus.«

»Wir heißen Schumacher«, die Frau streckte plötzlich ihre Hand aus. »Christa und Johannes Schumacher. Aus Münster.«

»Angenehm«, Elvira ergriff die Hand. »Elvira Sander.«

»Und wo kommen Sie her?« Christa Schumacher warf einen Blick auf den einsamen Kaffeebecher und das Fischbrötchen in Elviras Hand. Sie verstand den Blick sofort.

»Ich bin allein hier«, sagte sie freundlich. »Und ich bin nicht im Urlaub, ich lebe auf der Insel.«

»Wie beneidenswert«, Christa Schumacher sah sie begeistert an. »Eine echte Insulanerin. Haben Sie immer hier gelebt oder sind Sie irgendwann nach den Ferien geblieben? Das haben mein Mann und ich uns ja schon oft überlegt, einfach hierzubleiben, als hätte man immer Ferien.«

»Ich bin hier geboren«, Elvira umschloss den Becher mit beiden Händen. »Und nie weggekommen.«

Als hätte man immer Ferien, hatte sie gesagt. Elvira war immer wieder erstaunt, wie sich die Touristen das Leben auf der Insel vorstellten. Sie hatte seit Jahren keine Ferien gemacht, seit Hans-Georg tot war. Als ihr Mann noch lebte, waren sie im Herbst, wenn die Saison vorbei war, in den Süden geflogen. Nach Gran Canaria, Fuerteventura oder Teneriffa. Dahin, wo das Meer noch warm war, wo man abends im Freien essen konnte, wo man morgens vor dem Frühstück schon schwimmen ging und wo man sich leicht und jung fühlte. Aber nun war sie schon seit zehn Jahren Witwe und hatte niemanden, der mit ihr in die Sonne flog. Ihre Tochter und ihr Schwiegersohn gingen wandern oder machten Städtetouren, sie hielten Strandurlaub für Unsinn, den konnten sie schließlich umsonst im Sommer bei Elvira machen. Dafür bräuchten sie nicht für viel Geld in den Süden zu fliegen. Nur Elvira konnte im Sommer nicht an den Strand, da musste sie sich um ihre Gäste und den Garten kümmern.

»Hier geboren?«, hakte Christa Schumacher jetzt nach. »Wie toll. Mein Mann und ich kommen schon seit dreißig Jahren auf diese Insel. Wir kennen sie natürlich auswendig. Aber es muss doch sehr schön sein, wenn man alle Nachbarn und langjährigen Gäste kennt, weil man immer hier war, oder? In einer Stadt wie Münster ist man viel anonymer.«

Elvira lächelte, weil sie die Begeisterung nicht abwürgen wollte. Aber Frau Schumachers Vorstellungen waren leider falsch. Ihre Antwort erübrigte sich, weil in diesem Moment der Ehemann mit Getränken und Fischbrötchen zurückkam. Er balancierte das Tablett auf den Tisch und verteilte die Getränke. »Bitte schön, mein Schatz, ein Alster und ein Krabbenbrötchen.«

Sie lächelte ihn an und strich ihm über die Wange. Elvira fühlte einen kleinen Stich. Dieses Paar mochte sich immer noch, das war zu sehen. Und Elvira vermisste Hans-Georg in diesem Augenblick sehr.

Das Erste, was sie sah, als sie mit ihrem kleinen Auto auf die Garageneinfahrt zufuhr, war ihre Tochter, die auf der Treppe saß und auf ihr Handy starrte. Als sie den Wagen hörte, hob sie den Kopf, steckte das Handy weg und erhob sich langsam, um ihrer Mutter entgegenzugehen, die jetzt den Motor abstellte und ausstieg.

»Wo warst du denn?«, fragte Inken, bevor sie genauer hinsah und anfügte: »Ach, beim Friseur, ich sehe es schon. Hallo Mama, du siehst gut aus.«

»Hallo Inken«, Elvira beugte sich vor und küsste sie auf die Wange. »Danke. Und danach habe ich am Hafen einen Kaffee getrunken und bin mit einem Ehepaar aus Münster ins Plaudern gekommen. Das war nett.«

»Das sag ich doch immer«, Inken schob die Hände in die Jeanstaschen und wippte auf den Fußspitzen. »Du musst einfach mal mehr unter Leute, du verkriechst dich viel zu oft im Haus.«

»Apropos«, Elvira zeigte auf die Haustür. »Warum hast du eigentlich auf der Treppe gesessen?«

»Schlüssel vergessen«, achselzuckend sah Inken ihre Mutter an. »Der liegt an der Garderobe. Das fiel mir erst ein, als ich die Tür zugeknallt hatte.«

»Wie lange sitzt du denn schon hier?«

»Nicht lange, vielleicht zehn Minuten. Wer hat eigentlich einen Ersatzschlüssel, wenn mal so was passiert?«

»Niemand«, Elvira ging nach einem kurzen Zögern an ihr vorbei zur Tür. »Ich vergesse meinen Schlüssel nicht. Und außerdem wohnen rechts und links, wie du weißt,

Zweitwohnungsbesitzer, die selten hier sind. Da nützt es nichts, wenn ich bei denen meinen Schlüssel hinterlege, außerdem kenne ich die kaum.«

»Und was ist mit Frau Gebauer?«

»Die hat ihr Haus verkauft und ist zu ihrer Tochter nach Flensburg gezogen«, Elvira stellte ihre Handtasche ab und wandte sich zu Inken um. »Habe ich dir doch erzählt.«

»Ach ja«, Inken grinste schief. »Ich habe es vergessen. Na ja, dann hast du wenigstens Ruhe hier und keine Nachbarn, die dauernd klingeln und was wollen. Ach übrigens, ich habe noch was vergessen. Ich kann gar nicht bis Samstag bleiben, ich muss Donnerstag schon wieder zurück nach Bremen. Christophs Chef wird 65 und wir sind eingeladen, ich hatte es wirklich vergessen.«

»Aber wir wollten doch am Donnerstag ins Kino«, entgegnete Elvira enttäuscht. »Ich habe schon die Karten gekauft.«

»Ja, sorry, aber da musst du mit jemand anderem gehen, ich muss schon morgens los.« Inken küsste sie zum Trost auf die Wange. »Ich musste übrigens 3,50 Euro bezahlen, um zum Strand zu gehen, weil ich meine Karte nicht dabeihatte. Dabei wusste der Kurkartenkontrolleur, wer ich bin und dass ich normalerweise eine Jahreskarte habe.«

»Wieso hattest du die nicht mit? Und woher soll er das wissen?«

Inken hob die Schultern. »Herr Sörensen ist der Nachbar von Svenjas Eltern, der kennt mich eigentlich. Und vorgestern habe ich Svenja zum Abi-Treffen abgeholt, da stand er auch im Garten und hat uns gesehen. Aber er hat auf die Karte bestanden und so getan, als wäre ich irgendeine blöde Touristin, um abzukassieren. Ein Idiot.«

»Wenn du nicht immer die Hälfte deiner Sachen vergessen würdest, wärst du gar nicht in die Situation gekommen.« Elvira runzelte die Stirn. »Der Mann kann seinen Job verlieren, wenn jemand mitbekommt, dass er nicht vernünftig kontrolliert.«

»Job«, entgegnete Inken mit einer wegwerfenden Geste. »Der ist schon lange Rentner, der macht das doch nur, um Leute zu schikanieren. Macht ihm wohl Spaß. Ist sowieso ein seltsamer Typ, sagt Svenja, kriegt nie die Zähne auseinander.«

»Ich kenne ihn nicht.« Elvira ging an Inken vorbei nach oben. »Und du solltest aufhören, dauernd was zu vergessen. Und jetzt muss ich in der Ferienwohnung Fenster putzen, dabei kannst du mir eigentlich helfen.«

4.

Peer Sörensen hackte Schnittlauch, als er hinter sich jemanden hereinkommen hörte. Ohne seine Tätigkeit zu unterbrechen, sagte er laut: »Lass die sandigen Schuhe draußen stehen, ich habe hier gesaugt.«

»Die sind nicht sandig. Das riecht gut, was gibt es denn?«

Peer legte das kleine Messer zur Seite und wischte sich die Hände an einem Geschirrhandtuch ab, das er in den Hosenbund gestopft hatte, während er sich zu dem jungen Mann umdrehte und dessen Turnschuhe fixierte. »Ein einziges Sandkorn auf dem Boden und du kannst dir ein Brot schmieren.«

Jannis hob vorsichtig seinen Fuß und sah unter die Sohle, grinste verlegen und zog die Schuhe an Ort und Stelle aus. »Ich hole den Handfeger und die Schaufel. Sorry.«

Kopfschüttelnd wandte Peer sich wieder dem Herd zu.

Jannis kam auf Socken zurück und fegte seine Sandspuren zusammen, bevor er sich neben Peer stellte und ihm über die Schulter sah. »Kartoffelsalat mit Fisch. Super.«

»Du kannst den Tisch decken. Bier ist im Keller.« Er wendete gekonnt die Fischfilets in der Pfanne und warf einen kurzen Blick auf Jannis, der sich mit dem Finger eine Gurke aus dem Kartoffelsalat fischte und nickte.

»Mittags schon Bier? Wenn das meine Mutter hört.«

»Es ist alkoholfrei, du Kamel. Und du sollst jetzt den Tisch decken. Und zwei Flaschen alkoholfreies Bier aus dem Keller holen. Und zwar zackig.«

Ohne Widerworte verschwand Jannis, kurz danach saßen sich beide am Tisch gegenüber, vor vollen Tellern und zwei Bier.

Jannis hob sein Glas und grinste ihn an. »Da bin ich wieder. Mit dem alten Mann am Meer. Prost.«

Peer hob nur die Augenbrauen und trank, bevor er sein Besteck nahm und sich auf das Essen konzentrierte. Sein Neffe war heute erst angekommen, er hatte sich noch nicht an Tischgespräche gewöhnt.

»Was hast du denn so im Winter gemacht?«, fragt Jannis beiläufig und zog seinen Teller näher. »Bist du mal weg gewesen oder hast du die ganze Zeit wie ein Eremit in der Bude verbracht?«

»Iss«, Peer deutete mit dem Messer auf seinen Teller. »Kalter Rotbarsch schmeckt nicht.«

»Der ist knallheiß«, entgegnete Jannis und schob ein Stück dampfenden Fisch auf die Gabel. »Da verbrennt man sich ja den ganzen Gaumen. Also, was haste denn jetzt so gemacht?«

Peer sah ihn nur kauend an, bevor er seinen Blick wieder auf den Fisch senkte. Seine Schweigsamkeit schien Jannis nicht zu kümmern. »Lass mich raten, du hast zwei Tage in der Woche irgendwo gearbeitet und den Rest der Zeit deinen Keller ausgemistet, die Schuppen winterfest gemacht, deine Küche neu sortiert, Fußball geguckt, einmal im Monat mit alten schweigsamen Männern Karten gespielt und ansonsten mit niemandem geredet. Stimmt das ungefähr?«

Ohne zu antworten, nahm Peer Kartoffelsalat nach und warf seinem Neffen nur einen kurzen Blick zu. Jannis fuhr unbekümmert fort. »Mama hat gesagt, ich solle mal drauf achten, wie verschroben du inzwischen bist. Warum bist du nicht zum Osterbrunch gekommen?«

Nach einem langen Blick auf Jannis schüttelte Peer resigniert den Kopf. Der Junge hatte viel von seiner Mutter, Peers Schwester redete auch ununterbrochen. Ein lautes Piepen und Brummen unterbrachen den Moment der Stille, er sah hoch, sein Neffe reagierte nicht, sondern schob sich gerade eine Gabel voll Fisch in den Mund. Es piepte schon wieder, es war ein fieses Geräusch, erst nach dem dritten Mal legte Jannis die Gabel weg und zog sein Handy aus der Jeanstasche. Lässig wischte er auf dem Display herum, lächelte, dann legte er das Gerät neben seinen Teller. Es piepte wieder und bewegte sich vibrierend ein paar Millimeter nach rechts, Jannis legte seine Hand darauf, am Zeigefinger hatte er noch ein Stückchen Panade, das auf dem Display landete.

»Wir essen.« Peer deutete auf das Handy, das schon wieder piepte. »Das ist doch auch so eine Unsitte, dauernd auf diese Dinger zu starren. Konzentrier dich auf den Fisch und nicht auf dieses unwichtige Zeug. Leg das weg.«

»Das unwichtige Zeug heißt Emma«, Jannis sprach undeutlich mit vollem Mund. »Sie macht hier gerade Urlaub und wir wollen uns heute Abend treffen.« Er schluckte und grinste. »Emma ist eine Frau. Falls du vergessen hast, was das ist, kann ich dir Bilder zeigen.«

»Gott im Himmel«, Peers Teller war leer, er legte sein Besteck weg und lehnte sich zurück. »Wie lange bleibst du eigentlich dieses Mal? Und redest du dann jeden Tag so viel?«

»Bis Ende Juli«, Jannis häufte sich noch Kartoffelsalat

auf den Teller. »Es sind dieses Jahr so wenig Rettungsschwimmer da, deshalb haben sie mich gefragt, ob ich auch länger arbeiten kann. Kann ich. Und ich habe dann genug Zeit, dich wieder ein bisschen mit menschlichem Umgang vertraut zu machen. Warum bist du denn Ostern nicht zu uns gekommen? Mama war ziemlich sauer.«

Peers Blick war auf die Panade auf dem Handy gerichtet. Er beugte sich langsam vor und schnipste es weg. »Deine Mutter hatte dreißig Leute zum Osterbrunch eingeladen. Dreißig. Und mich. Und hat geschrieben, dass ich mich ein bisschen schicker anziehen soll. Da konnte ich mir doch schon denken, was da kommt. Schönen Dank auch, ich hatte genug im Garten zu tun, als dass ich Zeit für so einen Unsinn hätte.«

»Sie hatte extra zwei alleinstehende Freundinnen eingeladen«, Jannis wischte das Handy an seiner Jeans ab, die Panade hatte einen kleinen Fettfleck hinterlassen. »Sybille und Regina. Eine verwitwet, eine geschieden und beide machen regelmäßig Urlaub auf Sylt. Die kennen die Gegebenheiten und den Rest hat Mama ihnen bestimmt erzählt. Von wegen attraktiver Bruder, von der Liebe enttäuscht und so. Du hättest sie dir wenigstens ansehen können.«

Abrupt stand Peer auf und nahm seinen Teller vom

Tisch. »Das fehlt mir noch. Die soll es lassen, dauernd stellt sie mir irgendwelche Freundinnen vor. Ich bin 67 und durch damit. Bist du fertig?«

»Ja«, Jannis schluckte den Rest runter. »War super. Wie immer. Wenn Mama nur halb so gut kochen könnte wie du, wäre das Leben als Sohn schöner.«

»Dann koch doch selbst«, er trug das Geschirr zur Spüle und stellte es ins Becken. »Nicht immer nur über andere meckern.« Er ließ Wasser über die Teller laufen.

Jannis lachte auf. »Genau, nicht immer über deine Schwester meckern, such dir selbst eine Frau.« Nach einem kurzen Moment hob er sein Handy in Richtung Peer. »Das ist übrigens Emma.«

Peer warf einen kurzen Blick auf das kleine Display, bevor er seine Brille holte, sie aufsetzte und das Telefon in die Hand nahm. »Aha«, er hob es näher an die Augen und ließ sich wieder auf den Stuhl sinken. »Ist das deine Freundin? Wie lange denn schon?«

»Kurz«, Jannis grinste. »Wir chatten schon seit ein paar Monaten, haben uns aber erst letzte Woche das erste Mal getroffen. Aber heute Abend kommt sie nach Sylt. Und dann gucken wir.«

Verständnislos sah Peer ihn an. »Was habt ihr vorher gemacht?«

»Gechattet«, erklärte Jannis geduldig, »im Internet.

Wir haben uns über Insta kennengelernt.« Er sah die Fragezeichen in Peers Gesicht und ergänzte. »Social Media, wo soll ich anfangen, es dir zu erklären? Also: Auf Instagram kann man anderen folgen und immer mal gucken, was die so posten. Und da Emma so irre Bilder vom Kitesurfen gepostet hat, habe ich sie angeschrieben und bin ihr gefolgt. Sie wohnt in Kiel. Daraus hat sich eine Unterhaltung entwickelt, dann haben wir irgendwann telefoniert, auch mal mit FaceTime, also so, dass man sich dabei sieht, und jetzt haben wir uns verabredet.«

Peer sah ihn nur mitleidig an. »In der Zeit hättest du auch beim Surfen am Strand einfach jemanden kennenlernen können. Angucken, ansprechen, fertig. Aber ihr jungen Leute tippt wochenlang auf euren Handys rum. Was für ein Unsinn.«

»Peer, über 40 % der Leute lernen sich heute im Internet kennen. Da ist überhaupt nichts dabei, ältere Menschen machen das auch. Und Mama macht sich wirklich Gedanken um deine Zukunft, sie hat immer noch nicht verwunden, dass Gundula dich damals verlassen hat. Sie will keinen kauzigen Junggesellen als Bruder. Tu ihr endlich den Gefallen.«

»Wenn du dein loses Mundwerk nicht in den Griff kriegst, kannst du demnächst in der Jugendherberge übernachten. Und jetzt lass dieses alberne Thema, ich finde es nicht mehr witzig.«

»Fandest du ja noch nie«, Jannis schob den Stuhl schwungvoll zurück und stand auf. »Ich habe übrigens was für dich. Nachträgliches Geburtstagsgeschenk. Weil du so was nicht hast und endlich mal damit anfangen musst.« Er ging in den Flur, um ein kleines Päckchen aus seinem Rucksack zu holen und vor Peer auf den Tisch zu legen. »Bitte schön. Mit Grüßen auch von deiner Schwester und deinem Schwager. Mach es auf.«

Misstrauisch griff Peer nach dem Geschenk und drehte es zwischen seinen Fingern. Er mochte nicht, wenn andere Menschen Dinge für ihn aussuchten, meistens hatte er sie schon und wenn nicht, brauchte er sie nicht. »Was soll das sein?«

»Wie gesagt, mach es auf«, gespannt stellte Jannis sich neben seinen Onkel und beobachtete seinen Gesichtsausdruck, während dieser mit dem Schleifenband und den Tesastreifen kämpfte. Als er die Geschenkverpackung entfernt hatte, hob er mit gerunzelter Stirn und finsterer Miene den Kopf. »Ist das etwa …?«, er hob umständlich den Deckel und schüttelte sofort fast angewidert den Kopf. »Was soll ich denn damit? Das kannst du gleich wieder mitnehmen.«

»Dann wird meine Mutter mich töten«, unbeeindruckt nahm Jannis ihm das Smartphone aus der Hand und zog die Verpackung zu sich. »Du brauchst ein Handy, damit man dich erreichen kann. Und dein altes Teil hat eine Akkulaufzeit von ungefähr zehn Minuten, das habe ich beim letzten Mal ausprobiert. Deswegen erreicht Mama dich auch nie. Sagt sie. Außerdem hat so ein Smartphone lauter Funktionen, die du gut gebrauchen kannst, du musst mit der neuesten Technik klarkommen und ich bin jetzt lange genug hier, um dir alles zu erklären. Jetzt sei nicht bockig, du wirst begeistert sein, wenn du erst mal alles ausprobiert hast. Ich schwör.«

»Was für eine blöde Idee«, Peer starrte auf das Handy, als wäre es etwas Anstößiges. »Ich brauche das nicht. Ich will das auch nicht. Wer ist denn auf den Unsinn gekommen? Das Geld hättet ihr lieber spenden sollen. Für irgendwas, alles wäre sinnvoller gewesen, als hierfür Geld auszugeben.«

»Ach, komm«, den Blick schon auf die Tastatur gerichtet, grinste Jannis nur schief. »Jetzt sei nicht so stur, das ist alles ganz einfach, und wenn du dich erst mal daran gewöhnt hast, wirst du dich fragen, warum wir dich überhaupt dazu zwingen mussten. Also pass auf: Ich habe dir schon das meiste eingerichtet, den Vertrag hat Mama übrigens für dich abgeschlossen, das heißt, du kannst alles nutzen, auch wenn du unterwegs bist. Samstags zum Beispiel, wenn du dich beim Kurkartenkontrollieren oder Kochen langweilst, kannst du schöne Fotos machen oder dir im Ticker die Bundesligaergebnisse ansehen.«

Peer sah plötzlich interessiert hoch. »Alle? Auch die Zweite Liga?«

»Alle«, bestätigte Jannis, »und in Echtzeit.«

»Dann hole ich noch mal Bier hoch«, Peer stand langsam auf. »Aber eins sage ich dir, wenn das zu kompliziert wird, kannst du das wieder einpacken. Ich lasse mich nicht von so einer modernen Technik terrorisieren.«

5.

Ernst drückte bereits zum dritten Mal die Klingel an Minnas Haustür und seufzte. Es konnte doch nicht sein, dass er extra zurückgefahren und sie jetzt nicht da war. Unentschlossen trat er zurück und wollte gerade umdrehen, als die Tür doch noch geöffnet wurde. Minna stand etwas verschlafen vor ihm und sah ihn fragend an. »Ach, du bist das. Ich hatte mich gerade hingelegt, ich dachte, du wolltest schon heute Vormittag kommen.«

»Sollte ich«, korrigierte Ernst, »aber mir ist was dazwischengekommen. Und ich will auch nur die Hornveilchen für Gudrun abholen, das geht ganz schnell, danach kannst du weiterschlafen.«

Minna hielt ihm achselzuckend die Tür auf. »Jetzt komm schon rein, ich mach uns einen Kaffee, dann geht's. Und? Was ist dir dazwischengekommen?«

»Tja«, Ernst trat sich die Füße ab und sah Minna bedeutungsschwer an. »Das kann ich dir gleich in Ruhe erzählen. Ich war sehr abgelenkt, deshalb habe ich auch vergessen, die Blumen abzuholen.«

Er folgte ihr in die Küche, setzte sich auf die Eckbank und sah sich um, während Minna Wasser in die Kaffeemaschine füllte. Der Tisch war übersät mit Zeitungen, Minna hatte immer noch drei verschiedene Tageszeitungen abonniert, die sie jeden Tag las. Sie war früher Lehrerin gewesen, vielleicht hatte sie deshalb immer noch den Anspruch, mehr zu wissen als alle anderen. Ernst schob den oberen Stapel zur Seite und sah darunter die ganzseitige Supermarktwerbung, auf der Minna mit rotem Filzstift die Angebote der Woche unterstrichen hatte. Offenbar interessierten sie doch nicht nur die Neuigkeiten aus Politik, Kultur und Gesellschaft, was Ernst ungemein beruhigte.

»Was hat dich denn jetzt so abgelenkt«, fragte sie schließlich und schob den Rest der Zeitungen zusammen, »dass du mich vergessen hast?«

»Hast du heute schon Hilke gesehen?«

Minna überlegte, bevor sie zögernd antwortete: »Ich weiß es nicht genau, ich glaube nicht, aber …«

»Dann hast du sie nicht gesehen«, unterbrach Ernst sie, »sonst wüsstest du das. Ich habe sie kaum wiedererkannt, ich dachte, ich sehe nicht richtig.«

»Wieso?« Neugierig sah Minna ihn an und ließ sich auf einen Stuhl sinken. »Was war denn?«

»Sie hatte sich die Lippen angemalt«, platzte es aus ihm heraus. »Und die Fingernägel. In Rosa. Und sie hatte eine ganz bunte Bluse an, weißt du, so richtig schreiend bunt, ich habe sie so noch nie gesehen. Sie hat sofort gelächelt, als ich reinkam, einfach so, es gab überhaupt keinen Grund, ich meine, ich habe keinen Witz gemacht, ich sah nicht komisch aus, ich habe gar nichts gesagt, aber sie hat gelächelt. Was ist denn da los?«

»Lippenstift? Und lackierte Fingernägel?« Minna hob die Augenbrauen. »Das ist in der Tat ungewöhnlich. Also für Hilke. Sonst ist sie ja eher unauffällig und uneitel. Aber vielleicht hat sie heute noch was Besonderes vor. Und schafft es nach der Arbeit nicht mehr nach Hause zu fahren, um sich umzuziehen und zurechtzumachen. Das muss doch gar nichts bedeuten.«

»Minna«, prompt widersprach Ernst empört. »Ich habe mit Hilke schon jede Menge Weihnachtsfeiern, Neujahrsempfänge, Jubiläen diverser Gemeindemitglieder erlebt, sogar meinen siebzigsten Geburtstag haben wir zusammen gefeiert. Und was hat sie zu keinem dieser Anlässe getragen? Na?« Er fuchtelte mit dem Zeigefinger vor ihrem Gesicht, bevor er seine Frage selbst beantwortete: »Richtig, Lippenstift. Und jetzt kommst du.«

»Na ja«, nachdenklich stand Minna auf, um zu sehen, wie weit der Kaffee war. »Das kann ja alle möglichen

Gründe haben.« Der Kaffee war noch nicht fertig, sie legte die Hand auf die Maschine, als ginge es so schneller.

»Nenn mir einen«, Ernst beugte sich vor. »Eine Feier hat sie heute übrigens nicht, das habe ich sie natürlich sofort gefragt. Hella meint ja …«

»Ach, war Hella dabei?« Minna drehte sich überrascht um. »Ich habe heute ein paarmal erfolglos versucht, sie zu erreichen.«

»Sie war nicht dabei, ich habe sie nur danach vor der Gemeinde getroffen. Jedenfalls hat sie gemutmaßt, dass Hilke vielleicht verliebt ist, aber ich bitte dich, das ist doch nicht wahrscheinlich. Aber Gudrun hat auch irgendwas von Frühlingsgefühlen und Hormonen erzählt. Die liegen jetzt gerade jahreszeitenbedingt in der Luft, das hat sie im Radio gehört. Was meinst du, Minna? Hältst du das für möglich? Doch eher nicht, oder?«

»Hilke Petersen verliebt?« Minna sah Ernst mit großen Augen an. »Das kann ich mir irgendwie nicht vorstellen. Sie ist doch sehr zufrieden mit ihrem Leben und der Arbeit in der Gemeinde, ich hatte nie den Eindruck, dass ihr was fehlt. Und wo soll sie denn jemanden kennengelernt haben? Sie geht doch so gut wie nie aus. Andererseits …« Sie blickte nachdenklich aus dem Fenster und tippte sich dabei mit ihrem Zeigefinger ans Kinn.

»Andererseits was?«, fragte Ernst ungeduldig nach. »Ist dir doch was aufgefallen?«

»Nein«, Minna wandte sich der Kaffeemaschine zu und zog die Kanne von der Platte, um die Tassen vollzuschenken. »Oder doch. Das heißt, ich habe mich schon in den letzten Wochen ein bisschen über Hilke gewundert.« Sie stellte die Kanne zurück und setzte sich. »Normalerweise springt sie gern mal ein, wenn mir samstags jemand fürs Kochen mittags im Kinder-Club fehlt. Dann kommt Hilke und hilft aus, samstags hat sie frei und da kommen ja auch Kinder, um mittagzuessen. Ich habe sie in den letzten Wochen zweimal angerufen, um sie darum zu bitten, aber sie hatte beide Male keine Zeit. Und dann hat sie letzte Woche ihre Hilfe an der Kuchenbar beim Frühlingsbasar abgesagt. Sie könne uns gern einen Kuchen backen, aber beim Verkauf leider nicht helfen, sie habe ihr Wochenende anderweitig verplant. Und als ich rumgefragt habe, wer denn alles beim Blutspenden Brötchen schmieren kann, hat sie auch Nein gesagt. Dabei macht sie sonst immer mit. Hilke hat mir erklärt, sie habe da schon was vor.«

»Was denn?« Ernst sah sie erstaunt an. »Hast du sie nicht gefragt?«

»Natürlich nicht«, antwortete Minna entrüstet. »Ich bin doch nicht neugierig und Hilkes Privatleben geht mich auch gar nichts an.«

»Was heißt Hilkes Privatleben?« Ernst ließ sich nicht so leicht abspeisen. »Wir kennen doch alle unsere Privatleben, das sind doch keine Geheimnisse. Was ist denn, wenn Hilke in Schwierigkeiten ist? Wenn sie da in irgendwas hineingeraten ist, was sie überfordert? Was dann?«

»Sie malt sich die Lippen an, weil sie in Schwierigkeiten steckt?« Minna schüttelte den Kopf. »Ernst, ich glaube, du machst dir zu viele Gedanken. Hilke Petersen ist eine erwachsene Frau, sie ist klug, vernünftig und hilfsbereit, vielleicht hat sie tatsächlich jemanden getroffen, für den sie sich schön macht.«

»So plötzlich?« Ernst blieb skeptisch. »Ich weiß nicht, Minna, mir kommt das komisch vor. Ich habe gar nichts mitbekommen, dabei habe ich zu Hilke ein sehr gutes Verhältnis, wir sitzen auf den ganzen Vereinstreffen immer nebeneinander. Sie hätte mir doch bestimmt was erzählt, wenn sie darüber reden könnte. Hat sie aber nicht. Also muss ich mich fragen, warum? Weil es ihr peinlich ist? Weil sie den Falschen kennengelernt hat? Weil sie etwas Verbotenes macht?«

»Ach, Ernst!« Minna legte ihre Hand auf seine. »Steiger dich da jetzt nicht rein. Nur weil Hilke einmal einen Lippenstift benutzt hat.«

»Und nicht beim Kinder-Club einspringen will«,

Ernst hob einen Finger, dann den zweiten. »Und nicht nur den Frühlingsbasar absagt«, der dritte Finger ging hoch, »sondern auch das Brötchenschmieren beim Blutspenden. Das ist doch überhaupt nicht ihre Art.«

Mit einem resignierten Seufzer lehnte Minna sich zurück. »Mein Lieber, das kommt mir alles etwas übertrieben vor. Weißt du was? Frag sie doch einfach. Frag sie, warum sie so anders aussieht, frag sie, warum sie so strahlt, dir fällt schon was ein. Dann musst du dir nicht so wilde Gedanken machen, das regt dich doch nur auf.«

Ernst starrte sie einen Moment an, dann stand er auf. »Schönen Dank für den Kaffee«, sagte er laut. »Dann werde ich mal deinem Rat folgen. Und zwar sofort. Noch ist sie ja im Gemeindebüro. Da bin ich ja sehr gespannt, ob sie mir was erzählt.«

»Mach das«, Minna sah ihn mit ihrem stolzen Lehrerinnenlächeln an, ganz so, als sei er einer ihrer früheren Schüler und hätte endlich die Rechenaufgabe begriffen. »Du wirst sehen, wie einfach alles ist.«

Zehn Minuten später stand er vor dem Gemeindebüro, die Hand gerade auf der Klinke, als die Tür schon aufgestoßen wurde und Hilke ihn fast umrannte. »Oh«, sagte sie atemlos und blieb stehen. »Ernst. Was …?«

»Ich wollte nur ganz kurz mit dir reden, Hilke«, er trat

einen Schritt auf sie zu und lächelte sie so harmlos an, wie er konnte. »Dauert fünf Minuten, vielleicht auch zehn.«

Er schnupperte irritiert, sie hatte ein sehr blumiges Parfüm aufgetragen. Sie roch gar nicht mehr nach Hilke.

»Das passt gerade nicht, Ernst«, sagte sie schnell und sah auf die Uhr. »Wenn es was Wichtiges ist, Frau Brune ist noch da, vielleicht kann die dir helfen, ich muss jetzt los.«

»Es geht schnell«, er hielt sie sanft am Arm fest. »Nur ganz kurz. Wo willst du denn hin?«

»Tut mir leid«, ein kleines Lächeln, ein Abschütteln seines Arms, dann lief sie los. »Es ist privat.« Ihre Absätze klackten auf dem Asphalt, als sie an ihm vorbeistürmte. Sie hatte ihn abgeschüttelt. Einfach so. Und roch nach Blumenladen.

Er sah ihr unglücklich nach, wie sie mit wehenden Haaren zur Bushaltestelle eilte, im Laufen knöpfte sie noch ihre Jacke zu. Ernst blieb stehen, bis sie aus seinem Blickfeld verschwunden war. Gedankenverloren ging er zu seinem Fahrrad und schloss es auf. Bevor er die Nerven verlor, sollte er sich vielleicht auf der Promenade auf eine Bank setzen und einen Moment aufs Meer sehen. Nur einen Moment. Er war nur wenige Meter gefahren, als er schon anfing zu schwitzen. Er hatte seine Winterjacke angezogen, wer konnte schon ahnen, dass die Temperaturen plötzlich frühsommerlich werden würden? Er kniff die Augen gegen das Sonnenlicht zusammen und hielt an, um die Jacke aufzumachen. Als er weiterfahren wollte, sah er auf der anderen Straßenseite ein junges Paar, das sich küsste, als gäbe es kein Morgen. Ernst schüttelte den Kopf, vielleicht war ja doch was dran an dieser Theorie, dass gerade die Frühlingsgefühle durch die Luft flogen. Aber das musste man doch nicht mitten auf der Straße ausleben. Demonstrativ klingelte er, als er an den beiden vorbeifuhr. Der junge Mann ließ die Frau los und rief ihm ein fröhliches »Nur kein Neid« hinterher, Ernst sparte sich die Antwort und umkurvte sie elegant.

Auf der Promenade saßen schon einige Sonnenhungrige auf den Bänken, die Gesichter dem Himmel zugewandt. Es war ganz windstill, das Wasser lag glatt und blau vor ihm, die Möwen flogen niedrig, immer auf der Suche nach unerfahrenen Urlaubern, die glaubten, man könne ohne Weiteres in ihrer Nähe Fischbrötchen unter freiem Himmel essen. Sie würden ihren Fehler noch früh genug bemerken.

Er fuhr langsam die Promenade entlang, grüßte ein paarmal, als ihm Bekannte entgegenkamen, und stoppte schließlich vor einer freien Bank. Die Fähre nach Dänemark legte gerade ab, Ernst sah ihr nach, während er sich setzte. Manchmal fuhren Gudrun und er einfach hin und zurück, um an Bord zu frühstücken und danach an Deck zu sitzen und aufs Meer zu sehen. Es war immer schön, sie hatten diesen Ausflug auch schon mal mit ihrem Organisationskomitee gemacht, zu dem auch Hilke gehörte. Damals noch ohne Lippenstift und Geheimnisse.

Er atmete tief durch. Es sei privat, hatte sie gesagt, so als wäre er irgendjemand und nicht Ernst Mannsen, den sie schon seit Ewigkeiten kannte. Seit sie mit seiner Tochter Wiebke im Sportverein gewesen war. Ernst hatte immer schon etwas für sie übriggehabt, sie hatte so ernste Augen und keine Eltern mehr. Nur eine Schwester, die in Bayern wohnte. Das tat ihm leid, deshalb luden Gudrun und er Hilke auch ab und zu zum Essen ein. Er hatte ihr beim Umzug geholfen, sie ins Organisationskomitee geholt und sich um ihr Wohlergehen gesorgt, weil er sich für sie verantwortlich fühlte. Und nun war ihr Leben plötzlich privat.

Bekümmert sah Ernst aufs Meer. Es war ja nicht so, dass er ihr das nicht gönnen würde, aber sie war so unerfahren in Liebesdingen, das wusste er ja. Es hatte nur diesen einen Freund gegeben, dem sie nach Kiel gefolgt und bei dem sie drei Monate geblieben war. Er war ein

Kollege von ihr gewesen, den alle gekannt hatten, ein netter Kerl, vielleicht etwas langweilig. Sie hatte ihn damals allen vorgestellt. Jetzt sagte sie nichts. Aber vielleicht hatte es auch gar nichts mit Liebe zu tun. Hoffnungsvoll richtete er sich wieder auf. Vielleicht hatte ihr Verhalten ganz andere Gründe. Er würde Gudrun gleich vorschlagen, Hilke zum Essen einzuladen. Vielleicht erzählte sie bei einem Gespräch von Frau zu Frau ja mehr.

Entschlossen stand er auf und stieg aufs Fahrrad, um beschwingt durch die Frühlingssonne nach Hause zu radeln. Als er auf sein Haus zufuhr, stand Gudrun an der Pforte und sah ihm entgegen. Er ließ das Rad ausrollen und stoppte genau vor ihren Füßen. »Du, Gudrun«, begann er fröhlich, als sie ihn unterbrach. »Minna hat angerufen. Du hast die Hornveilchen schon wieder vergessen.«

6.

Um 7.30 Uhr saß Martina wie jeden Morgen in ihrer Küche, hörte die Radionachrichten und aß ein Stück Graubrot mit Quark und Pflaumenmus, zu dem sie eine Tasse Tee trank. Wie jeden Morgen sah sie dabei abwechselnd in ihren Vorgarten, in dem heute Morgen zwei aufgeregte Eichhörnchen über den Rasen flitzten, und auf das gegenüberliegende Vierfamilienhaus, in dem um diese Zeit alles still war. Die Leute, die dort wohnten, standen spät auf. Was Martina ganz recht war, sie mochte frühmorgens keinen Trubel, sie kam gern ruhig in den Tag.

Martinas Blick fiel auf Hella Fröhlichs Schlafzimmerfenster, das ihrer Küche gegenüberlag. Die Gardinen waren noch zugezogen, wie immer um diese Zeit. Hella ging spät ins Bett und stand spät auf, sie war eben eine Künstlerin. Etwas zu verrückt, für Martinas Geschmack, aber unterhaltsam. Und immer gut gelaunt. Manchmal lud sie Martina ein, dann redeten sie über alte Filme und tranken Haselnussschnaps. Das hatte sich so eingespielt, auch wenn es nicht regelmäßig war. Martina hatte schließlich viel zu tun, als Filialleiterin der kleinen Bank, Schatzmeisterin des Kinder-Clubs und des Seniorenvereins. Und sie hatte gern Routine, ein Abend bei Hella Fröhlich brachte sie da immer raus. Heute Abend würde Hella aber zu ihr kommen, weil sie Hilfe beim Installieren dieser App auf ihrem Handy brauchte. Martina hatte ihr auch schon das Filmen mit dem Smartphone beigebracht, genauso wie den Gebrauch der Lupe und den Kauf einer Online-Fahrkarte. Hella war wie die meisten Menschen: Sie kauften sich ein modernes Gerät und hatten dann keine Lust, die Gebrauchsanweisung zu lesen. Martina verstand das einfach nicht. Wenn man schon Geld für Technik ausgab, musste man doch alle Möglichkeiten ausschöpfen.

Da war Martina ganz anders. Sie hatte die Gebrauchsanweisungen ihrer Elektrogeräte komplett gelesen, sie brauchte niemanden, der ihr den Fernseher programmierte, die Waschmaschine oder den Staubsaugerroboter erklärte. Genau dafür gab es ja Gebrauchsanweisungen. Und Martina las furchtbar gern, was sich die findigen Technikfachleute ausgedacht hatten. Und was so ein Gerät alles konnte. Als sie im letzten Jahr ein Smartphone bekommen hatte, hatte sie wochenlang recherchiert, bis sie schließlich alles über die Technik und deren Möglichkeiten wusste. Sie fand es faszinierend und verstand gar nicht, dass alle ihre Bekannten dauernd irgendein Problem mit ihrem Handy hatten. Wenn man sich einmal gründlich damit auseinandergesetzt hatte, dann wusste man doch Bescheid. Aber so unterschiedlich hatte der liebe Gott eben die Talente verteilt. Martina konnte sich Zahlen und Gebrauchsanweisungen merken, dafür war Hella Fröhlich eine gute Schauspielerin und konnte wunderbar nähen.

Die Nachrichten waren vorbei, die Radiomoderatorin verlas jetzt die Verkehrsmeldungen, die Martina automatisch addierte. Insgesamt einundzwanzig Kilometer Stau im Norden, dachte sie mitleidig und räumte ihr Geschirr weg. Die bedauernswerten Menschen, die ständig durch die Gegend fahren mussten, taten ihr leid. Sie musste von dieser Insel überhaupt nicht weg.

Gerade als sie das Fenster kippen wollte, bewegte sich in der Wohnung im oberen Stockwerk plötzlich eine Gardine. Martina beugte sich vor. Und sah plötzlich an einem der Fenster einen Mann stehen. Er gehörte da nicht hin, zumindest hatte Martina ihn noch nie gesehen. Aber er stand da nun und sah aus dem Fenster. Aus dem Schlafzimmerfenster von Regina Gräber. Mit freiem Oberkörper. Martina starrte hin. Der Mann drehte seinen Kopf und sah plötzlich in ihre Richtung. Sofort wich sie zurück, sie wollte ja nicht den Anschein erwecken, sie sei neugierig. Das war sie wirklich nicht, sie war nur verblüfft. Das sah nach einer Erfolgsgeschichte aus, das sollte sie Hella heute Abend sagen. Aber dass der Mann am Schlafzimmerfenster halb nackt gewesen war, würde sie lieber weglassen. Das ging ja nur Regina Gräber etwas an.

Regina Gräber, Kontonummer 562 331 2, wohnte erst seit einem knappen Jahr im Haus gegenüber. Sie war dort nach ihrer Trennung eingezogen, vorher hatte sie in Keitum gewohnt, in einem großen Haus mit einem reichen Mann, der sie im letzten Jahr verlassen hatte. Die Miete für die Wohnung wurde von ihrem Ex-Mann bezahlt, der ihr auch jeden Monat Geld für den Lebensunterhalt überwies, trotzdem brauchte Regina Gräber jetzt zusätzlich einen Job in einer kleinen Boutique, was ihr überhaupt nicht gefiel. Deshalb suchte sie einen neuen Mann mit Geld. Das wusste Martina wiederum von Hella, die sofort nach Reginas Einzug mit einer Flasche Sekt in der Hand geklingelt und alles brühwarm erzählt bekommen hatte.

Bei ihrem letzten Besuch in der Bank hatte Regina Gräber Martina ein Handy hingehalten und sie gebeten, ihr das Online-Banking zu installieren, sie wolle das endlich mal versuchen. Beim Einrichten hatte Martina auf dem Display eine App entdeckt, von der sie noch nie etwas gehört hatte, und das, obwohl sie sich für technische Neuigkeiten sehr interessierte und auch viel darüber las. Aber eine App mit dem seltsamen Namen *Liebe oder Eierlikör* war ihr gänzlich unbekannt.

Abends hatte sie sich sofort umfassend informiert und war beeindruckt gewesen. Sie mochte ausgefuchste Technik und Algorithmen, es klang alles so logisch. Und es war doch eine gute Idee, ältere Menschen aus der Region auf diese Weise zusammenzubringen. Nichts anderes war nämlich das Ziel: Es war eine Kennenlern-App für Leute, die Kontakt suchten. Martina gehörte nicht dazu, sie hatte genug Bekannte, konnte aber verstehen, dass andere jemanden suchten. Warum auch nicht? Und Regina Gräber suchte ja einen neuen Mann.

Danach hatte Martina alles gelesen, was sie über das Online-Dating finden konnte. Was wiederum oft nicht so romantisch klang, gab es doch auch einige entmutigende Berichte. Aber das musste jeder für sich entscheiden. Manche hatten Glück, manche nicht, das war im wahren Leben dasselbe. Und 43 % der Paare hatten Glück, das war doch eine ordentliche Ausbeute. Und so wie es gerade aussah, gehörte Regina Gräber dazu.

Mit einem Blick auf die Uhr sprang Martina auf. Der halb nackte Mann hatte ihre ganze Routine durcheinandergebracht, jetzt musste sie sich tatsächlich beeilen, um pünktlich zur Bank zu kommen.

Zwei Stunden später hatte Martina die Einnahmen dreier Geschäfte eingezahlt, viermal telefoniert und sechs E-Mails an die Zentrale geschrieben. Sie schickte die letzte ab und blickte kurz nach draußen, um zu sehen, ob der Postbote schon kam. Er schien heute zu trödeln, dafür entdeckte sie Regina Gräber auf der anderen Straßenseite, die sehr eilig auf dem Weg zur Arbeit war. Sie kommt zu spät, dachte Martina, das war das Problem, wenn man sich vom Privatleben ablenken ließ. Aber das war ja nicht ihre Sache.

Ohne groß nachzudenken, gab Martina die Ziffern 562 331 2 ein und überflog die Spalten auf dem Bildschirm. Mit gerunzelter Stirn rollte sie mit dem Stuhl näher und sah genauer hin. Es waren eine Menge Abbuchungen, die hier zu sehen waren, alle online getätigt, alles glatte Summen. Nur leider mehr, als der Kontostand hergab. Regina Gräbers Konto war gesperrt. Und Martina fragte sich, ob der halb nackte Mann am Fenster der Grund dafür war.

Sie schloss das Programm, als sie die Tür hörte, und

hob den Kopf, um die heraneilende Kundin zu begrüßen. »Moin, Hilke.«

»Moin, Martina«, Hilke war außer Atem und hatte ein ganz erhitztes Gesicht, als sie ihre Handtasche auf den Tresen stellte und sich mit dem Handrücken über die Stirn wischte. »Heute geht auch alles schief, ich war schon an der Bushaltestelle, als ich gemerkt habe, dass ich mein Portemonnaie vergessen habe, und ich muss in einer halben Stunde in Kampen sein. Kontonummer 509 200 9, ach, du kennst sie ja, und bitte 200 Euro.«

Martina zählte ihr das Geld schon hin und ließ sie einen Beleg unterschreiben. »Hier unten einmal, danke.«

»Ich danke dir«, Hilke schob die Scheine in ihre Handtasche. »Ach, übrigens, ich habe Minna Paulsen schon Bescheid gesagt, ich kann beim Frühlingsbasar nicht helfen. Kannst du vielleicht einspringen?«

»Ich habe eine Weiterbildung«, Martina sah sie an. »Tut mir leid.«

»Schade«, achselzuckend schob Hilke sich den Riemen der Handtasche über die Schulter. »Dann muss ich noch mal nachdenken, ob mir jemand anders einfällt. Also dann, bis bald. Ich muss rennen, der Bus kommt gleich.«

Martina nickte und sah ihr nach. Sie sah heute ganz anders aus als sonst. Irgendetwas war mit ihrem Haar passiert. Und mit ihrem Gesicht. Und sie hätte sie auch fragen können, warum sie keine Zeit hatte, beim Basar zu helfen. Darauf war sie so schnell nicht gekommen. Auch, weil ihre Gedanken noch bei Regina Gräber, dem halb nackten Mann und dem gesperrten Konto gewesen waren. Jetzt war es eh zu spät.

Bevor sie weiter darüber nachdenken konnte, ging die Tür wieder auf und die nächste Kundin kam herein. 511 434 5, dachte Martina und rief die Nummer auf. Die freundliche Ute Carstens, die im Supermarkt an der Kasse arbeitete, stand schon vor ihr und schob Martina mit zitternden Fingern einen Überweisungsschein zu.

»Hallo, Frau Wolf, können Sie das bitte für mich überweisen?«

Als Martina das Konto geöffnet hatte, hob sie kurz die Augenbrauen und sah Ute Carstens an. »Da gibt es ein kleines Problem, Frau Carstens.«

7.

»Ich bin wieder da.«

Ernst schreckte aus dem Schlaf hoch, der ihn auf dem Sofa bei einem sehr langweiligen Krimi übermannt hatte. »Ja, schön«, rief er mit etwas belegter Stimme zurück und glättete schnell sein Haar, während er sich gerade hinsetzte. »Ich bin im Wohnzimmer.«

»Das denke ich mir«, Gudruns Stimme kam jetzt näher. »Ich muss dir unbedingt was erzählen, das glaubst du nicht, ich … oh, hast du schon geschlafen?« Sie stand jetzt vor ihm, das Gesicht gerötet, die Haare noch etwas feucht.

»Unsinn«, Ernst schüttelte den Kopf und zeigte wie zur Bestätigung auf den Fernseher. »Ich habe schon eine Ahnung, wer der Mörder ist. Willst du es wissen? Die Ehefrau.«

Gudrun lenkte ihren Blick auf das Geschehen, genau in dem Moment, als der Kommissar einem jungen Mann

Handschellen anlegte und laut sagte: »Ich verhafte Sie wegen Mordes an Jack Brown.« Die Kamera schwenkte abschließend kurz zum Mörder, eindeutig ein Mann, dann erklang die Titelmusik, während der Abspann über den Bildschirm lief.

»Aha«, Gudrun sah zurück zu Ernst. »Die Ehefrau. Du hast also doch geschlafen. Warum gehst du nicht ins Bett?«

»Weil du mir unbedingt noch was erzählen musst«, Ernst sah sie neugierig an. »Dann kann ich doch noch nicht ins Bett gehen. Um was geht es denn? Habt ihr eine neue Turnübung erfunden?«

Gudrun ging jeden Donnerstag zum Turnen. Das machte sie schon seit Jahren, erst im letzten Winter hatte sie auf der Jahreshauptversammlung die goldene Mitgliedsnadel bekommen. Für 50 Jahre im Sylter Turnverein. Sportlich war Gudrun immer noch, da machte ihr niemand etwas vor. Wobei Ernst der Meinung war, dass es bei den zwölf Damen des Vereins mittlerweile mehr um Geselligkeit als um Gelenkigkeit ging. Aber das war ja egal, Gudrun fand sich jeden Donnerstag in der Turnhalle ein und hatte anschließend immer was zu erzählen. Was wiederum Ernst zu der Frage brachte, ob die Damen beim Turnen sehr kurzatmig miteinander redeten oder so wenig turnten, dass sie zwischendurch genug Zeit für ihre Geschichten hatten. Er würde es wohl nie herausfinden.

»Nein, viel besser«, sagte Gudrun jetzt aufgeregt und ließ sich neben ihn aufs Sofa fallen. »Sabine hat etwas völlig Verrücktes erzählt, ich konnte es kaum glauben. Stell dir vor, sie ist ja schon seit Jahren geschieden und hatte danach immer wieder Pech mit den Männern und jetzt …«

»Welche Sabine?« Ernst hatte Mühe, ihrem Tempo zu folgen, stellte aber fest, dass er schon am Anfang eine Lücke hatte.

»Unsere Friseurin«, Gudrun schlug ihm leicht auf den Arm. »Wir haben nur eine Sabine im Verein, sie schneidet dir auch die Haare.«

»Und die ist geschieden?«

»Ach, Ernst«, sie sandte einen Blick gen Zimmerdecke. »Schon lange, aber darum geht es doch gar nicht. Sie hat einfach kein Glück in der Liebe, egal was sie macht oder wen sie kennenlernt, es war nie das Richtige dabei. Aber jetzt hat sie sich bei einer Dating-App angemeldet.« Beifall heischend sah sie ihn an. Er hob die Schultern.

»Ja. Schön.«

»Was heißt ›Ja, schön‹?« Sie schüttelte den Kopf. »Weißt du überhaupt, was eine Dating-App ist?«

»Ja, sicher.«

»Und was?« Gudrun rutschte ein Stück von ihm weg und trank aus seinem Glas. »Erklär es mir.«

»Das …«, Ernst nahm ihr das Glas aus der Hand und trank, um Zeit zu schinden, »das ist … so ein Verein, bei dem man … also, die treffen sich ganz schnell mit mehreren. Mit Stoppuhren. Habe ich mal gelesen.« Er schluckte. Hella hatte neulich so was erzählt, er hatte nur nicht richtig zugehört.

»Das ist Speed-Dating«, Gudrun schüttelte schon wieder den Kopf. »Du hast nämlich keine Ahnung. Eine Dating-App ist eine App auf dem Smartphone, in der man sich anmelden kann, um einen Partner zu finden. Und die schlägt einem dann jemanden vor. Wenn man nach links wischt, kann man sich verabreden, wenn man nach rechts wischt, lehnt man den Vorschlag ab. Oder war das umgekehrt? Na, egal.«

Ernst verstand kein Wort von dem, was Gudrun gerade erzählte, ehrlich gesagt interessierte ihn auch das Liebesleben seiner Friseurin nicht, aber seine Frau ließ sich gerade nicht bremsen.

»Wie auch immer«, fuhr sie fort. »Es gibt jetzt jedenfalls diese neue Dating-App, die haben wohl ein paar Leute extra für diese Region entwickelt. Also, du musst die passende Postleitzahl haben, damit deine Dates hier in der Nähe stattfinden können und nicht etwa in Stuttgart oder Nürnberg. Du musst ein paar persönliche Angaben machen, Aussehen, Hobbys, Beruf und so, dann macht dir die App passende Vorschläge. Und damit das nicht peinlich wird, gibt es noch was ganz Tolles.« Atemlos vom schnellen Reden, musste Gudrun eine kleine Pause machen, bevor sie anfügte: »Die App heißt nämlich *Liebe oder Eierlikör.* Das heißt, wenn du dich mit jemandem triffst, in den du dich aber gar nicht verlieben willst, dann musst du das nicht erklären, sondern bestellst dir einfach einen Eierlikör. Dann weiß dein Gegenüber Bescheid und keiner macht sich falsche Hoffnungen. Und so kann man sich gemütlich mit jemandem treffen, schön Kaffee und Eierlikörchen trinken, ohne dass es unangenehm wird. Und du lernst trotzdem Leute kennen. Oder verliebst dich. Ist das nicht toll?«

Ernst kam nicht hinterher, sosehr er sich bemühte. Er war auch noch ein bisschen verschlafen. Jetzt hob er den Kopf und sagte: »Aber ich will mich gar nicht verlieben. Und von Eierlikör kriege ich schnell Sodbrennen.«

»Du sollst dich doch auch nicht verlieben«, Gudrun stieß ihn an. »Das war nur ein Beispiel. Aber Sabine macht mit und hat sich auch schon mit einem Herrn aus Bredstedt getroffen. Waltraud will ihre Tochter fragen, ob sie ihr das zeigt, und Elfi hat sich gestern von ihrem Sohn anmelden lassen.«

»Wo genau?« Ernst versuchte immer noch angestrengt, einen roten Faden in diesem Redeschwall zu finden.

»Wie, wo genau?«

»Wo sie sich angemeldet hat?«, half Ernst ihr auf die Sprünge. »Also Elfi.«

»Bei der Dating-App. Sie ist seit vier Jahren Witwe und ihre Kinder wohnen weit weg. Manchmal fühlt sie sich eben allein. Und Waltraut hat in der letzten Zeit ein paarmal Paare in einem Café gesehen und oft hat einer von denen Eierlikör getrunken. Das kann doch kein Zufall sein. Die sind vielleicht alle bei dieser Dating-App.«

Ganz langsam bekam Ernst eine Vorstellung, worum es ging. »Du meinst, die suchen sich im Handy jemanden zum Kennenlernen?«

»Ja«, antwortete Gudrun und nickte heftig. »Im Internet. Warum auch nicht? Ich finde, das klingt alles sehr überzeugend. Wer weiß«, sagte sie plötzlich lächelnd, »vielleicht hat Hilke sich da auch angemeldet. Und hat nun ein Date nach dem anderen und deshalb Lippenstift benutzt.«

»Hilke?« Wie angestochen schoss Ernst hoch. »Hat das eine der Damen erzählt? Hat sie jemand gesehen?«

»Nein«, Gudrun sah ihn kopfschüttelnd an, bevor sie langsam aufstand. »Das ist mir nur gerade so eingefallen. Theoretisch ist das ja möglich, wenn schon alle darüber reden. Also, dass selbst Hilke davon gehört hat und es auch ausprobiert. Ich bin jedenfalls gespannt, was die Damen nächstes Mal beim Turnen erzählen. So, ich muss mal eben Wiebke anrufen, sie hat mir auf den Anrufbeantworter gesprochen, dass Mats sich eine Fahrkarte gekauft hat, aber nicht gesagt, wann der Junge kommt.«

Sie ging in den Flur, um das Telefon zu holen. Ernst verharrte auf dem Sofa, bis er ihre Stimme und danach die Küchentür hörte, die sie hinter sich schloss, um ihn nicht zu stören. Mutter und Tochter telefonierten immer lang und laut.

Er sprang auf und ging nach nebenan, wo in Wiebkes ehemaligem Kinderzimmer jetzt neben einem Gästebett, einem Fernseher und einem Lesesessel auch ein Schreibtisch mit einem Computer stand. Ernst drückte auf den Power-Knopf und wartete, bis seine Suchmaschine den Bildschirm ausfüllte. Dann gab er sorgsam mit zwei Fingern *Partnersuche Internet* ein und hielt die Luft an, als eine ganze Reihe an Einträgen auftauchte. Atemlos überflog er die ersten Artikel, dann gab er *Daiting-epp* ein, woraufhin ihn der Computer fragte: Meintest du *Dating-App?* Das konnte natürlich auch sein. Er las Anzeigen, Erfahrungsberichte und Statistiken, das meiste verstand er gar nicht und scrollte weiter. Dann versuchte er es mit *Kriminalität bei Partnersuche im Internet*, sofort ploppten passende Einträge auf, während sein Blutdruck stieg. Genau das hatte er sich gedacht, hier war Menschen, die die Notlage anderer ausnutzten, Tür und Tor geöffnet. Er las Artikel über Männer, die sich im Netz charmant und verbindlich gaben, deren Fotos in Wirklichkeit aber gar nicht sie, sondern attraktive Schauspieler oder Fotomodelle zeigten. Sie erzählten den Frauen schöne Geschichten von ihrem spannenden Leben, aber auch von schweren Schicksalsschlägen. Die Polizei gab Tipps, wie man Betrüger im Netz erkannte, warnte vor verdächtiger Bildauswahl und monierte die Leichtgläubigkeit vor allem älterer Frauen, die auf dieses System hereinfielen.

Mit erhöhtem Puls verfolgte Ernst den Bericht über Wilma S., die sich im Internet in einen schönen Mann mit schwerem Leben verliebt und über Monate mit ihm Mails ausgetauscht hatte. Sogar telefoniert hatten sie, nicht oft, weil er so viel geschäftlich im Ausland war, aber regelmäßig. Dann hatte sie ihm mehrere Male Geld überwiesen. Weil man ihn bestohlen, überfallen oder betrogen hatte und er auf einem Flughafen, Bahnhof oder in einem Hotel festsaß und gern zu ihr kommen wollte. Was er nur ohne Geld nicht bewerkstelligen konnte. Und Wilma S. hatte so lange überwiesen, bis sie pleite war und erfahren musste, dass es den charmanten Alexander gar nicht gab.

Ernst war jetzt hellwach. Da hatte die arme Wilma S. an die große Liebe geglaubt und war nach Strich und Faden belogen und betrogen worden. Und wie Ernst lesen musste, war sie mitnichten ein Einzelfall. Es gab bereits kriminelle Banden, die sich darauf spezialisiert hatten, die Leichtgläubigkeit einsamer und verliebter Frauen, die im Internet nach einem Prinzen suchten, auszunutzen. Es war nicht zu fassen.

Und jetzt kam Gudrun vom Turnen und erzählte freudestrahlend von dieser App mit dem komischen Namen *Liebe oder Eierlikör*. Und schon rannten die turnenden Damen lachend ins Verderben. So war der Kriminalität doch niemals beizukommen. Ernst war alarmiert. Er würde das Treiben genau beobachten. Dafür musste er sich auskennen und vorbereitet sein. Damit er mit der einen oder anderen Dame ein präventives Gespräch führen konnte. Vor allen Dingen mit Hilke Petersen. Er griff zu einem Schreibblock und seinem besten Kugelschreiber und fing an, sich Notizen zu machen. Er würde dem Verbrechen ein Schnippchen schlagen, er hoffte nur, es wäre noch rechtzeitig. Plötzlich hob er entsetzt den Kopf. Was, wenn nicht? Kurz entschlossen griff er zu seinem Handy und suchte eine

Nummer unter den Kontakten. Nach zwei Freizeichen wurde abgenommen.

»Ja?«

»Martina, hier ist Ernst Mannsen, ich habe eine Frage und hoffe, du kannst sie aus dem Kopf beantworten. Es ist wichtig. Gab es bei Hilke in den letzten Monaten auffällige Kontobewegungen? Bei Hilke Petersen? Oder auch bei anderen Kunden. Vorzugsweise Kundinnen? Überweisungen oder Abhebungen?«

Am anderen Ende entstand eine lange Pause, was ungewöhnlich war. Normalerweise beantwortete Martina Fragen, die mit Zahlen zu tun hatten, wie aus der Pistole geschossen. Nur jetzt nicht, stattdessen räusperte sie sich. »Weißt du, was ein Bankgeheimnis ist?«

»Ja, natürlich, aber ich mache mir Sorgen um Hilke. Also, sag mal, war da was?«

»Morgen Nachmittag habe ich frei. Um 16 Uhr bei mir.«

Ohne die Antwort abzuwarten, legte sie auf.

8.

Hella hockte vor ihrer Musiktruhe und suchte eine Langspielplatte von Caterina Valente, sie musste in die richtige Stimmung kommen, das war jetzt wichtig. Sie lächelte, als die ersten Töne durch ihr Wohnzimmer klangen, und kam mit einem kleinen Ächzen hoch. Ihr Handy lag schon auf dem Tisch, das Sektglas stand daneben und Martina hatte ihr noch mal ausgedruckt, wie das alles genau funktionierte, damit Hella in ihrer Aufregung nichts vergaß. Sie wollte ja alles richtig und keine Bedienfehler machen, nicht dass daran die wirklich interessanten Kontakte scheiterten.

Mit einem zufriedenen Seufzen ließ sie sich auf einen Stuhl sinken und setzte ihre Brille auf. Vorsichtig, als könnte sie etwas kaputt machen, rief Hella die App auf. Sie warf einen Blick auf die ausgedruckte Anleitung, fand danach sofort ihr Profil und sah sich zufrieden das Foto an, das Martina von ihr gemacht und eingestellt hatte.

Auf dem Bild trug sie ihre neue gelbe Jacke und stand in Martinas Garten vor dem Kirschbaum, dessen zartrosa Blätter einen wunderbaren Kontrast zu dem Gelb darstellten. Hella lächelte sinnlich in die Kamera, zumindest hatte sie sich darum bemüht, und war jetzt mit dem Ergebnis hochzufrieden. Auch ihre Frisur saß, glücklicherweise war sie vorher noch bei Sabine gewesen, die eine halbe Dose Haarspray verbraucht hatte, damit die Locken der Frühlingsbrise standhielten. Ehrlicherweise musste sie anfügen, dass Martina einen Filter benutzt hatte, der Hella locker fünfzehn Jahre jünger machte. Hella hatte gelesen, dass es so was gab, und Martina gefragt, ob sie das auch könnte. Natürlich konnte sie das, sie konnte alles, was mit Technik zu tun hatte. Also hatte sie ein bisschen getippt, gewischt und bearbeitet und zack, Hella sah aus wie in ihrer Rolle als Hedda Gabler, damals in der Laienspielgruppe. Martina war nur etwas irritiert, als Hella sagte, sie solle das Foto bitte so lassen. Sie hatte ihr eigentlich nur die technischen Möglichkeiten demonstrieren wollen. »Das kann dann aber sein, dass ein eventueller Kandidat dich nicht erkennt«, hatte sie gesagt, aber Hella hatte geantwortet, dass sie bei gutem Licht mit dem richtigen Make-up und sehr ausgeschlafen gar nicht so viel anders aussehen würde. Martina hatte nichts erwidert.

butterblume02, elegante Erscheinung mit guter Laune, liebt Schauspiel, Champagner, gutes Essen und kultivierte Gespräche. #inselliebe#sonnenuntergang#sommerparty#liebeamstrand

Hella lehnte sich zurück und nickte. Vielleicht war das letzte Hashtag etwas zu verwegen in ihrem Alter, aber wer nichts will, kriegt nichts, hatte ihre Mutter immer gesagt. Und wenn sie schon hier mitmachte, dann konnte sie doch auch in die Vollen gehen. Für Überraschungen war es bekanntermaßen nie zu spät.

Überrascht war sie auch gewesen, als Sabine ihr gestern während des Haarefärbens beiläufig erzählt hatte, dass sie sich auf einer neuen Dating-App angemeldet habe und deshalb ab und zu auf ihr Handy schauen müsse, ob es da was Neues gebe. Hella war so perplex gewesen, dass sie sofort gefragt hatte, ob es sich dabei zufällig um *Liebe oder Eierlikör* handeln würde, weil sie sich mit Martinas Hilfe auch registriert, es aber noch nicht ausprobiert habe. Sabine war begeistert gewesen. Sie sei schon seit drei Wochen in dieser Dating-App unterwegs, habe aber erst ein Date gehabt. Das habe nicht an der Auswahl an Männern gelegen, die sei gar nicht so schlecht, sondern der Tatsache geschuldet, dass Sabine schließlich eine berufstätige Frau sei und zudem noch die einzige Friseurin im Dorf.

»Ich glaube«, hatte sie Hella zugeraunt, »dass wir nicht die Einzigen aus dem Dorf sind, die da mitmachen. Ich kann mich kaum noch vor Terminanfragen retten, alle haben plötzlich was vor und wollen eine neue Frisur. Und ich selbst habe keine Zeit, aber so aufregende Anfragen, es ist zu ärgerlich, am Ende schnappen mir noch meine Kundinnen die besten Männer weg.«

Sabines Name lautete *lockenwickler01*, das fand Hella nun nicht besonders originell, dafür waren ihre Hashtags *#kopfmassage#einseifen#nacktamstrand* schon sehr gewagt. Sabine ging gleich zur Sache, dagegen war Hella ja noch harmlos. Aber viel spannender fand sie Sabines Schilderungen ihres ersten und bisher einzigen Dates. Der Mann hieß Bernd, war ein geschiedener Apotheker aus Bredstedt und verbrachte die Wochenenden gern auf Sylt. Er hatte ein Café in Westerland vorgeschlagen, in das er zu Fuß vom Bahnhof gekommen war.

»Ich sag es dir«, Sabine legte ihre Hände auf den Plastikumhang, in den Hella gehüllt war. »Es war eine ganz klare Entscheidung für Eierlikör. Der Bernd war auch so fürchterlich verschwitzt, dabei ist der Weg vom Bahnhof nicht besonders weit, der hatte überhaupt keine Kondition. Er ist auch ein bisschen zu dick, na ja. Und es ist auch nicht seine Apotheke, sondern er ist nur da angestellt. Aber er war nett und ich kriege jetzt diese eine

Creme, die es nur in der Apotheke gibt, billiger. Und wir haben dann jeder zwei Eierliköre getrunken und hatten trotzdem einen netten Nachmittag. Aber jetzt könnte auch mal was Spannenderes kommen. Und bei dir so?«

Bei Hella war ja noch nichts passiert, deshalb konnte sie auch nichts Aufregendes erzählen, aber jetzt war es endlich so weit.

Es war nicht so, dass Hella Fröhlich sich einsam fühlte, sie hatte genug Freunde und immer etwas zu tun. Aber sie hatte diese Freunde schon lange und seit Jahren kam niemand Neues mehr dazu. Früher hatte der Frühling auf der Insel die gesellschaftlichen Highlights eingeläutet. Es gab Tanzveranstaltungen im Haus des Kurgastes, Misswahlen, Modenschauen oder Bunte Abende im Casino in Westerland, Konzerte in der Musikmuschel auf der Promenade, überall und andauernd konnte man aufregende Leute kennenlernen, die ein paar Wochen auf der Insel verbrachten und genau wie Hella Feier- und Frühlingslaune hatten. Heute waren die meisten Gäste nur kurz hier, das Haus des Kurgastes war einem Hotel gewichen, das Casino in Westerland war erst zur Spielbank geworden und nun ganz geschlossen, die Touristen blieben unter sich und Hella lernte niemanden mehr kennen. Aber das sollte sich jetzt ändern.

Sie trank einen Schluck Sekt, blies sich eine Locke aus

der Stirn und las noch einmal die Anleitung durch. Dann wischte sie entschlossen über das Display.

fußballer72, sportlich, lustig, zuverlässig
#HSV#ersteLiga#ewiguweseeler

Hella runzelte die Stirn, als sie das Bild sah, wenig Haare, freundliche Augen, aber zu viel Fußball. Obwohl es sie auch bekümmert hatte, dass Uwe Seeler gestorben war. Für Fußball selbst interessierte sie sich aber nicht. Das ging ihr schon bei Ernst auf die Nerven, der sich jeden Besuch am Samstagabend verbat, solange die Sportschau lief. Das war nichts für Hella Fröhlich. Sie wischte *fußballer72* weg.

Konzentriert sah sie sich die Auswahl an und überlegte, welchem dieser Herren sie eine Anfrage schicken sollte, konnte sich aber nicht entscheiden. Wobei sie auch nicht ganz sicher war, ob sie das System wirklich verstand. Während sie noch überlegte, wie sie nun vorgehen sollte, piepte das Handy und das Bild eines Mannes, der ein bisschen aussah wie der jung gebliebene Vater von George Clooney, tauchte auf dem Display auf.

fischgräte61, gepflegte Erscheinung, kulturell interessiert, reiselustig. #syltforever#rotweinimstrandkorb#tangoummitternacht

Wie elektrisiert starrte Hella auf die Einladung zum Date. So wie es aussah, war das ja schon fast ein Hauptgewinn. Er hatte sehr volles Haar und war kulturell interessiert, es war kaum zu fassen. So wie es aussah, kam er sogar von der Insel, wie sonst war *#syltforever* und *#rotweinimstrandkorb* zu erklären? Davon abgesehen, dass Hellas Puls ohnehin bei *#tangoummitternacht* in die Höhe schnellte. Das war ja ein ganz anderer Fall als der etwas zu dicke Bernd aus der Apotheke in Bredstedt, der verschwitzt vom Bahnhof zum Treffen mit Sabine gekommen war.

Hella hob das Handy dichter an die Augen und lächelte. Bei diesem Date würde sie vermutlich keinen Eierlikör trinken. Sie vergewisserte sich noch mal auf der ausgedruckten Anleitung, in welche Richtung sie wischen musste, und bekundetet ihr Interesse. Sogar mit einem Herzchen. Und ging in ihr Schlafzimmer, um sich, vor dem großen Kleiderschrank stehend, schon mal Gedanken zu machen, was *butterblume02* tragen könnte, um die elegante Erscheinung mit guter Laune zu unterstreichen.

Eine Stunde später sah ihr Schlafzimmer aus wie nach einem Erdbeben. Das Bett war unter einem Berg von Kleidern und Blusen kaum noch auszumachen, überall standen offene Schachteln, aus denen Tücher, Hüte und Unmengen an Schmuck quollen, Hella selbst stand gerade in einem hellgrünen Samtkleid vor dem großen

Spiegel und musterte anerkennend nickend ihre Rückseite, als ein Piepton sie aus der Konzentration riss. Die App meldete ihr eine Textnachricht, sofort tippte Hella darauf, um sie zu lesen.

»Gnädigste butterblume02, ich schlage für ein baldiges Treffen das kleine Café in Keitum an der Wattseite vor. Vielleicht schon übermorgen? Um 16 Uhr? Ich kann es kaum erwarten. In großer Vorfreude, fischgräte61.«

Mit einem wohligen Seufzer ließ Hella sich auf den Kleiderhaufen sinken, die Augen immer noch auf den Text gerichtet. *Gnädigste butterblume02 … in großer Vorfreude …* Hier handelte es sich offensichtlich um einen Mann mit Stil, das war mit Sicherheit kein Kandidat für einen Eierlikör. Hella lächelte und drückte theatralisch das Handy an ihre Brust. Sie war eben ein Sonnenkind. Auch bei einer Dating-App. *butterblume02* hatte einen Lauf. Und schrieb mit zitternden Fingern eine Antwort, in der sie ihr erstes Date bestätigte.

9.

Mit tief ins Gesicht gezogener Schirmmütze drückte Ernst die Pforte zu Martinas Vorgarten auf. Er wollte nicht von Hella entdeckt werden, die von ihrer Wohnung einen freien Blick auf das Haus hatte. Sollte sie mitbekommen, dass er Martina besuchte, würde es in acht Sekunden an der Tür klingeln. Hella war unglaublich neugierig und Ernst wollte erst mal hören, was Martina ihm zu sagen hatte, bevor Hella vorschlagen könnte, zusammen ihren legendären Haselnussschnaps zu trinken. Weil man die Feste feiern musste, wie sie fielen.

Er sah verstohlen zu Hellas Fenster hinauf, während er den Vorgarten durchquerte. Nichts rührte sich, beruhigt drückte er auf den Klingelknopf, sofort öffnete sich die Tür.

»Schlag 16 Uhr«, sagte Martina zufrieden und hielt ihm die Tür auf, »sehr gut.«

Ernst betrat schnell das Haus und schloss die Tür

gleich hinter sich. »Ich bin immer ausgesprochen pünktlich«, sagte er und zog seine Schirmmütze vom Kopf. »Ein Gebot des Respekts und der Höflichkeit. Wo kann ich …?« Mit der Mütze in der Hand sah er sich vergeblich nach einer Ablagemöglichkeit um, die Garderobenhaken waren belegt, ein Schränkchen gab es nicht. Achselzuckend stülpte er sie über eine leere Bodenvase und folgte Martina ins Wohnzimmer.

Sie stand schon im Raum und deutete auf die grüne Sitzgarnitur. »Setz dich. Möchtest du was trinken?«

»Ach, nein«, winkte Ernst ab. »Mach dir keine Mühe, ich bin viel zu gespannt zu hören, warum du mich sprechen wolltest.«

»Ich hole aber eine Flasche Wasser.« Martina ging an ihm vorbei. »Es ist ja alles da.«

Sie verschwand und Ernst umkurvte den kleinen, dreibeinigen Tisch, um zum grünen Sofa zu kommen. Eine ähnliche Sitzgarnitur hatten Gudrun und er auch mal gehabt, damals, als sie frischverheiratet gewesen waren. Sie hatte lange gehalten, kurz vor der Silberhochzeit hatten sie die grünen Polstermöbel endlich durch zwei neue Sofas ersetzt. Ernst vermutete, dass Martinas Möbel aus derselben Baureihe stammten.

Er nahm Platz und wippte ein bisschen auf und ab, die Polsterung war noch tadellos. Das traf auch auf die übrigen Möbel zu, sie waren altmodisch, aber ordentlich gepflegt und nahezu ohne Gebrauchsspuren. Martinas Sparsamkeit gefiel Ernst, er konnte es nicht leiden, wenn Dinge dauernd weggeworfen wurden.

Jetzt kam sie mit einer Wasserflasche und zwei Gläsern zurück und stellte alles auf den kleinen Tisch. Sie schenkte ein und schob ihm ein Glas zu, bevor sie sich auf einen der beiden Sessel setzte. »Warum machst du dir Sorgen um Hilke?«

Martina war nicht gerade die Frau für diplomatische Gesprächsanfänge, sie kam gern gleich zur Sache. Sie sah ihn unbewegt an, während sie auf seine Antwort wartete. Ernst überlegte einen Moment, er konnte Martina nicht mit seinem komischen Gefühl kommen, sie war eine Frau der Fakten.

»Wie soll ich anfangen?«, begann er zögernd und trank einen Schluck Wasser.

»Geordnet«, antwortete Martina. »Von Beginn an. In ganzen Sätzen.«

»Also, es gibt zwei Dinge, die gerade zusammenkommen und die ich mir nicht erklären kann. Zum einen die völlig veränderte Hilke und zum anderen eine Neuigkeit, die ich gestern Abend von Gudrun gehört habe. Ich vermute zwischen diesen beiden Dingen einen Zusammenhang.«

Martina hob eine Augenbraue. Dann die zweite. »Das ist eine sehr vage Beschreibung. Und nicht geordnet. Erstens: Inwiefern ist Hilke verändert?«

»Wann hast du sie denn das letzte Mal gesehen?«

»Gestern. In der Bank.«

»Gestern?« Ernst beugte sich ruckartig vor. »Was wollte sie?«

»Geld abheben. Kein ungewöhnlicher Vorgang in einer Bank. Wobei alles Weitere unter das Bankgeheimnis fällt.«

Martinas stoische Haltung machte Ernst ganz nervös. Während er mit den Fingern durch seine Haare fuhr, saß sie bewegungslos in ihrem Sessel und beobachtete ihn, als er jetzt etwas lauter fragte: »Ja, und ist dir nichts an ihr aufgefallen? Hat sie sich benommen wie immer, sah sie aus wie immer, hat sie geredet wie immer?«

Martina atmete tief ein, dann wieder aus und verschränkte die Finger über dem Bauch. »Ich hatte dir die Frage gestellt, warum du dir Sorgen um Hilke machst. Ich möchte jetzt nicht durch ein Frage-und-Antwort-Spiel darauf kommen müssen. Könntest du mir deine Befürchtungen bitte mitteilen, damit wir einen vernünftigen Gesprächsanfang haben?«

»Ja«, Ernst schluckte und zwang sich zur Konzentration. Vielleicht wäre es besser gewesen, er hätte seine Notizen mitgenommen, dann hätte er die einzelnen Punkte einfach vorlesen können. Aber vielleicht ging es auch so. Er holte tief Luft und hob einen Finger in die Luft.

»Also: Erstens, mir ist aufgefallen, dass Hilke sich äußerlich verändert hat. Sie benutzt Lippenstift. Und zieht sich plötzlich bunt an. Ohne einen mir bekannten äußeren Anlass übrigens. An ihren Haaren ist auch etwas neu.«

Martina sah ihn stumm an.

»Dann zweitens: Sie hat ihre Mithilfe beim Frühlingsbasar abgesagt, ohne einen konkreten Grund dafür zu nennen. Auch für das Brötchenschmieren beim Blutspenden des Roten Kreuzes und das samstägliche Kochen für den Kinder-Club stand sie nicht zur Verfügung, auch hier hat sie nicht über ihre Gründe gesprochen. Das ist seit Jahren nicht vorgekommen, bislang hatte sie immer Zeit. Wir vermuten, dass eine … also dass sie vielleicht … wegen der Frühlingsgefühle … dass sie unter Umständen einen Mann kennengelernt hat.«

»Das ist eine Spekulation«, unterbrach ihn Martina. »Wer ist in dem Zusammenhang *Wir?*«

»Gudrun und Hella haben diese Möglichkeit aufgeworfen«, Ernst strich mit der Hand über die grüne Sofaarmlehne. »Minna hielt die Idee auch nicht für abwegig. Wir haben nur überlegt, dass es für Hilke schwierig ist, jemanden kennenzulernen, weil sie doch nie ausgeht. Deshalb stellt sich hier doch die Frage, wo und wie es zu einem Treffen gekommen sein könnte.«

Martina hob nur die Schultern. »Ja, und? Konntet ihr diese Frage beantworten?«

»Ja«, Ernst zog die Hand wieder zurück und setzte sich etwas bequemer hin. »Oder nein. Hier kommt die Neuigkeit ins Spiel, die ich von Gudrun erfahren habe.«

Er machte eine dramaturgisch perfekte Pause, deren Wirkung bei Martina allerdings verpuffte. »Und? Welche?«

Er lächelte sie an. »Ich sage nur *Liebe oder Eierlikör.* Du wirst es nicht glauben, aber das ist eine …«

»App, ich weiß.« Jetzt bewegte Martina sich. Sie beugte sich vor, griff nach ihrem Wasserglas, trank und stellte es wieder zurück, bevor sie sich zurücklehnte.

»Was hat das mit Hilke zu tun?«

»Du kennst dieses Ding?« Perplex starrte Ernst sie an. »Du willst mir doch etwas nicht sagen, dass du auch …«

»Unsinn«, Martinas Mundwinkel zuckte. »Aber was hat das nun mit Hilke zu tun?«

»Ich … wir haben vermutet, dass sie da mitmacht.«

»Warum?«

»Ach, Martina«, resigniert ließ Ernst die Schultern sinken. »Sei doch mal ein bisschen kreativ. Hilke hat sich verändert, Gudrun hat gesagt, dass verliebte Frauen sich schön machen, Hilke geht aber nie aus und diese komische App kursiert hier gerade im Dorf. Das hat mir auch Gudrun erzählt, die das wiederum von ihren Turnfrauen gehört hat, von denen einige mitmachen oder überlegen, mitzumachen. Und deshalb ...«

Abrupt hob Martina die Hand, Ernst verstummte, als er ihren Gesichtsausdruck sah.

»Das sind mir alles zu viele Vermutungen«, sagte sie bestimmt. »Es ist nicht bewiesen, dass das eine mit dem anderen zu tun hat. Ich habe mich über diese App informiert, die einen guten Eindruck macht. Und ...«

»Woher kennst du die App denn?«, Ernst war zu überrascht, um sie ausreden lassen zu können. »Du hast doch ...«

»Das spielt keine Rolle. Ich kenne sie eben.«

»Aber hast du dich denn auch darüber informiert, wie viel Schindluder in dieser Art der Kontaktbörsen möglich ist?« Ernst stützte seine Hände auf die Oberschenkel, als wollte er sich selbst am Aufspringen hindern. »Das ist immens, ich habe die reinen Horrorgeschichten darüber gelesen. Es sind falsche Profile von schönen Männern im Umlauf, die es aber gar nicht gibt, an ihrer Stelle erschleichen sich Betrüger das Vertrauen von arglosen Frauen. Kannst du alles nachlesen. Da ist zum Beispiel die Geschichte von Wilma S., das habe ich gelesen, die …«

»Wer ist Wilma S.?«

»Ein Opfer. Ich habe ihre Geschichte im Internet gefunden und …«

Martina schüttelte den Kopf. »Du vermischst wieder alles. Wenn du so argumentierst, darf auch niemand Brotmesser verkaufen, weil es sein kann, dass irgendjemand damit irgendwo jemanden ermordet.«

»Das ist doch was ganz anderes.«

»Nein«, Martina schüttelte den Kopf. »Man soll nicht alles über einen Kamm scheren. Die App kann durchaus etwas Gutes sein, aber manche Menschen sind eben schlecht.«

»Hm«, nachdenklich sah Ernst sie an. »Nachdem du also alle meine Argumente zerpflückst, kannst du mir jetzt ja mal sagen, warum ich überhaupt hierherkommen sollte.«

»Du hast mich gefragt, ob es bei Hilke auffällige Kontobewegungen gab. Davon abgesehen, dass ich dir das nicht sagen darf, möchte ich wissen, warum du mich das gefragt hast.«

»Tja«, antwortete Ernst triumphierend, »hättest du mich mal ausreden lassen. Ich komme wieder auf Wilma S. Bei meiner Recherche habe ich nämlich herausgefunden, dass diese Betrüger mit den falschen Profilen und Fotos sich das Vertrauen der Frauen erschleichen, um an ihr Geld zu kommen. Weil sie angeblich in Schwierigkeiten stecken, leihen sie sich immer wieder kleinere Summen, die natürlich nie zurückgezahlt werden. Ist Wilma S. genau so passiert, jetzt ist sie pleite. Und den schönen Alexander, der ihr Geld hat, den gibt es gar nicht.«

Er konnte Martinas Gesichtsausdruck nicht deuten, sie sah ihn lange an, dann nickte sie langsam und stand auf. Sie stellte sich mit dem Rücken zu ihm ans Fenster und sah nach draußen. Nach einer gefühlten Ewigkeit drehte sie sich um.

»Wenn man solche Betrüger schnappen will, muss man ihnen eine Falle stellen. Man braucht Beweise. Es hat keinen Zweck, irgendwelche Vermutungen anzustellen.«

Ernst nickte. »Ja, aber ich kann mich schlecht als Frau ausgeben und da mitmachen. Und dann mit Perücke und einem Kleid von Gudrun zum Treffen gehen.« Er grinste ein bisschen, wurde aber sofort wieder ernst. »Ich muss mich damit begnügen, die gefährdeten Frauen zu warnen.«

»Wie denn? Und wen willst du alles warnen?«

»Na, erst mal Hilke«, Ernst sah zu ihr hoch. »Und die

anderen natürlich auch. Wenn ich bloß wüsste, wer da alles mitmacht.«

Den Blick auf ihn geheftet, kam Martina langsam zurück und blieb vor ihm stehen. »Das solltest du rausfinden, wenn du dir ernsthafte Sorgen machst. Wobei ich Hilke an deiner Stelle einfach fragen würde, ob sie da mitmacht, ihr kennt euch ja gut. Bei den anderen musst du dir was ausdenken.«

»Also hast du bei der Geschichte auch ein komisches Gefühl?« Aufgeregt sprang Ernst auf und war jetzt mit ihr auf Augenhöhe. »Sag das ruhig.«

Sofort trat Martina einen Schritt zurück. »Das hat nichts mit Gefühl zu tun. Ich drücke es mal so aus. Du hast mich nach auffälligen Kontobewegungen gefragt, ich unterliege dem Bankgeheimnis. Aber manchmal mache ich mir Notizen, wenn mir was unlogisch oder ungewöhnlich vorkommt. Auf kleinen gelben Zetteln. Natürlich würde ich niemals Erklärungen dazu abgeben, das dürfte ich auch gar nicht. Und nun entschuldige mich einen Moment, ich muss mir eben die Hände waschen.«

Sie drehte sich um und ging zur Tür. Als sie draußen war, fiel sein Blick auf ein sorgfältig zusammengefaltetes gelbes Papier, das auf dem Boden am Fenster lag. Ohne nachzudenken, hob Ernst es auf und faltete es auseinander. Die Zahlenreihen sahen aus wie Kontonummern, mit denen er natürlich nichts anfangen konnte. Darunter standen Summen und verschiedene Daten, ganz unten tauchte eine Betreffzeile auf, die er aber nicht verstand. Ernst runzelte die Stirn, das hier mussten die auffälligen Kontobewegungen sein. Aber wieso hatte Martina nicht wenigstens die Namen aufgeschrieben, wieso nur die Kontonummern? Er schob den Zettel in die Hosentasche und ging langsam zurück zum Sofa.

Als Martina wieder reinkam, warf sie einen kurzen Blick auf die Stelle, an der das Papier gelegen hatte. Sie nickte und setzte sich. Ernst hob die Schultern. »Und nun?«

»Denk nach«, Martina sah ihn auffordernd an. »Ich darf nichts sagen. Bankgeheimnis.«

»Aber du hast aufgrund dieser Kontobewegungen den Verdacht, dass ich mit meinen Befürchtungen nicht ganz falsch liege?«

Wenn man ganz genau hinsah, konnte man ein sehr leichtes Nicken ausmachen. Ernst sah ganz genau hin. Dann lächelte er. »Gut. Dann ist es an der Zeit, einen Plan zu machen.«

»Deine Entscheidung«, Martina griff zufrieden nach ihrem Glas. »Ich sage nichts.«

10.

Ernst verlangsamte seine Schritte, als er die Schlange vor dem Gemeindebüro sah und stöhnte auf. Was wollten denn all die Menschen hier? So viele Fragen konnten Touristen doch gar nicht haben. Wenn er sich anstellte, bräuchte er ewig, bis er vor Hilkes Schreibtisch ankam. Und müsste sich womöglich während der Wartezeit noch mit irgendwelchen Fremden unterhalten, die ihn als Auskunftsbüro missbrauchen würden, wenn sie herausfanden, dass er Insulaner war und sich hier auskannte. Dazu hatte er überhaupt keine Lust. Und auch keine Zeit dafür. Andererseits duldete das, was er mit Hilke klären musste, keinen Aufschub. Nach dem Gespräch mit Martina blieb ihm nichts anderes übrig. Hier war tatsächlich etwas im Busch, aber sein Plan A war erst mal, Hilke direkt zu fragen. Wenn der nicht funktionierte, kam Plan B zum Einsatz. Und der hatte es natürlich in sich. Ernst war hier in der Pflicht. Er wusste schon zu viel.

Er nahm seine Schirmmütze ab und kratzte sich nachdenklich am Kopf. Es war schon sehr warm, viel zu warm für diese Jahreszeit. Ernst fragte sich, ob der Klimawandel die Frühlingshormone früher oder womöglich sehr viel massiver zum Ausbruch gebracht hatte. Das würde ihm ja noch fehlen, dass alle noch verrückter wurden. Nein, es duldete keinen Aufschub. Er atmete tief durch, straffte sich und schritt entschlossen auf das Ende der Schlange zu.

Der Mann, der das Schlusslicht bildete, drehte sich um, als Ernst sich anstellte. »Das dauert hier«, sagte er mit einem Anflug schlechter Laune. »Die haben wohl nur einen Schalter besetzt.«

»Mhm.«

»Meine Freundin hat mich hergeschickt, weil sie ein Verzeichnis der Ferienwohnungen haben will«, er sah Ernst genervt an. »Damit wir uns jetzt schon eine für die Herbstferien aussuchen können. Dabei sind wir gestern erst angekommen. Aber wir wohnen in einem dermaßen schlimmen Loch, das ist nicht zu glauben. Die vermieten hier ja wirklich die letzten Wohnungen für einen Haufen Geld, ich werde mich da drin auch gleich über den Vermieter beschweren. Die haben noch nicht mal WLAN und nur einen Fernseher. Wie ist das denn bei Ihnen?«

»Wir haben WLAN.« Ernst sah absichtlich an ihm

vorbei. »Und drei Fernseher.« Einer war kaputt und stand im Keller, aber das ging den Mann ja nichts an.

»Glück gehabt«, sagte er, stellte sich auf die Zehenspitzen und versuchte zu erkennen, ob sich vorn schon etwas bewegte. »Meine Freundin will eine Wohnung mit Sauna. Haben Sie eine?«

»Nein.«

Die Einsilbigkeit schreckte den Mann nicht ab, sein Frust musste raus. »Ich sehe mir so was ja immer im Netz an, Hotels und Ferienwohnungen und so. Dann hat man auch gleich die Beurteilungen. Aber meine Freundin will das immer gedruckt. Sie hat einen Reiseführer gekauft, da sind angeblich so tolle Restauranttipps drin. Habe ich gestern gemerkt. Gott, die hatten da Preise, das war nicht zu glauben. Aber dafür Miniportionen, ich hatte die ganze Nacht Hunger. Kennen Sie schon ein Restaurant, in dem man satt wird?«

Natürlich kannte Ernst jede Menge, er dachte nur nicht daran, ihm die zu nennen. Er wollte solche Leute nicht beim Essen treffen. »Nein«, antwortete er deshalb. »Wir gehen nie essen.«

»Ist ja auch ansonsten teuer genug, diese Insel«, der Mann schüttelte resigniert den Kopf. »Ich wollte gar nicht her, aber meine Freundin will das. Weil alle ihre Freundinnen immer nach Sylt fahren. Und sie will mitreden.«

Die Schlange bewegte sich plötzlich einen Meter nach vorn und ersparte Ernst die Antwort. Der Mann tippte jetzt der vor ihm stehenden Frau auf die Schulter. »Können Sie mir sagen, warum Sie hier sind?«

Sie drehte sich um und lächelte. »Ich möchte Tickets für eine Wattführung kaufen. Warum?«

»Weil ich nur ein Gastgeberverzeichnis holen soll. Könnten Sie mich vorlassen?«

»Warum?«

»Weil ich weitermuss. Und es dauert hier ja alles so ewig.«

»Tja«, das Lächeln war verschwunden. »Sind Sie kein Urlauber?«

»Doch.«

»Ja, also«, sie drehte sich wieder zurück. »Dann haben Sie ja Zeit.«

Ernst grinste. Der Mann wandte sich zu ihm um und guckte finster. »Was?«

»Nichts. Schönes Wetter heute.«

Seine Laune hob sich, er zog die Jacke aus und bemerkte, dass sich die Schlange jetzt zügiger nach vorn bewegte. Vermutlich hatte Hilke Unterstützung von Silke Brune bekommen. Sie war zwar langsam und nicht so gewissenhaft wie Hilke, aber Karten für Wattwanderungen konnte sie auch verkaufen. Und sie mussten jetzt mal Tempo machen, in einer halben Stunde war Mittagspause, die wurde immer sehr streng eingehalten.

Nach zehn Minuten war er endlich im Gebäude, vor ihm waren noch drei Leute, der schlecht gelaunte Mann, die Frau, die ihn nicht vorlassen wollte und noch eine kleine ältere Frau in einer dunkelblauen Steppweste, vermutlich auch Touristin. Hinter Ernst hatte sich noch ein Paar angestellt, das geduldig wartete. Aber von hier aus hatte er wenigstens einen Blick auf Hilke an ihrem Schreibtisch. Sie hatte etwas mit ihren Haaren gemacht, es waren plötzlich so helle Strähnen dazwischen. Und sie trug ein Kleid. Ein hübsches Kleid, befand Ernst, auch wenn der Ausschnitt vielleicht etwas zu tief war. Das Kleid war hellblau mit weißen Blümchen, der Lippenstift richtig rot. Ernst schluckte und dachte plötzlich wieder an Wilma S. In dem Artikel hatte es kein Foto von ihr gegeben, das hatte sie wohl nicht gewollt. Es wäre ja unvorstellbar peinlich, wenn Nachbarn oder Arbeitskollegen sie erkennen würden. Wenn alle wüssten, dass die einsame Wilma S. auf einen Betrüger im Internet hereingefallen war, dass sie ihm alles geglaubt hatte und vor lauter Liebe so dumm gewesen war, ihm ihr ganzes Geld zu schicken. Im Bericht hatte gestanden, dass sie niemandem etwas davon erzählt hätte. Deshalb habe sie auch niemand gewarnt. Sie sei doch völlig ahnungslos gewesen und habe niemals vermutet, dass die Fotos, die Geschichten und die Liebesbezeugungen eine einzige Lüge und ein schändlicher Betrug gewesen seien.

Ernst sah an dem immer nervöser werdenden Mann vorbei und betrachtete Hilke, die gerade die nächste Dame freundlich ansah. Hilke war ebenfalls ahnungslos, da war Ernst sich sicher. Sie war wie Wilma S., freundlich, arglos und alleinlebend. Auch Hilke schwieg und sagte keinem ihrer Freunde oder Bekannten, warum sie plötzlich Lippenstift und Kleider mit Ausschnitt trug. Aber im Unterschied zu Wilma S. konnte Hilke P. sich auf Ernst verlassen, er würde nämlich keineswegs zusehen, wie sie in ihr Verderben rannte.

Die Dame, die jetzt vor Hilke stand, wollte wissen, wo sie sich E-Bikes leihen konnte und welche die schönsten Touren seien. Sie käme ja aus dem Weserbergland und würde zu Hause viel E-Bike fahren, habe aber ihr eigenes nicht mit, weil sie ja Bahnfahrerin sei, gerade wegen des Klimas und weil …

»Das will doch niemand wissen und all diese Fragen hätten Sie sich vorher auch im Internet selbst beantworten können. Jetzt stehlen Sie hier allen die Zeit.« Der Mann vor Ernst verlor jetzt endgültig die Nerven und blaffte die Dame an, die sich sofort erschrocken umdrehte. »Aber ich habe doch nur …«

Er spürte seinen Blutdruck ansteigen und machte einen Schritt nach vorn, während der Mann sich aufregte. »Ich brauche nur so ein blödes Vermieterverzeichnis und stehe schon seit Stunden hier rum. Und Sie fangen an, vom Weserbergland zu quatschen.«

»Internet!«, Ernst packte ihn an der Schulter. »Ihr redet alle nur vom Internet. Und Sie stehen auch nicht seit Stunden hier rum, sondern höchstens zwanzig Minuten. Jetzt reißen Sie sich mal zusammen. Und im Übrigen liegen die Gastgeberverzeichnisse im Eingangsbereich im Regal, Sie sind dran vorbeigelaufen. Die kann man sich einfach da wegnehmen.«

Der Mann fuhr wütend herum. »Und wieso haben Sie mir das nicht früher gesagt?«

»Sie haben mich nicht gefragt.« Ernst sah ihn achselzuckend an und zeigte hinter sich. »Da vorne links. Schönen Urlaub noch.«

Das Paar, das hinter Ernst stand, lachte leise, was den Mann noch wütender machte. Beim Rausgehen riss er ein Verzeichnis aus dem Regal und ließ die Tür hinter sich zuknallen.

»Er hat wohl Pech mit seiner Wohnung«, versuchte Ernst die Stimmung zu lockern und bekam sofort ein dankbares Lächeln von Hilke, das ihn sehr zufrieden machte.

Auch die kleine Frau lächelte ihn an, als sie mit dem Prospekt des Verleihers und einer Karte von Sylt an ihm vorbeihuschte. Er lächelte zurück und trat als Retter des Tages an Hilkes Tisch. »Danke«, sagte sie leise. »Das war vielleicht ein Idiot.«

Sie redete normalerweise nie schlecht über andere Menschen, Ernst sah sie erstaunt an. Waren das schon die ersten Warnzeichen? War sie schon in einer Situation, die sie unter Druck setzte? Er merkte selbst, dass er sie immer noch anstarrte, als sie ihn fragte: »Was möchtest du denn?«

Er wusste zwar, was er wollte, er hatte sich nur nicht überlegt, wie er das anstellen sollte. »Ich …«, begann er, trat dann aber zur Seite und gab dem Paar hinter ihm ein Zeichen. »Das dauert einen Moment, aber gehen Sie doch vor, ich bin Rentner, ich habe Zeit.«

»Wie nett«, sagte die Frau und zog sofort ein Portemonnaie aus der Tasche. »Wir möchten eine Besucherkarte für unsere Tochter abholen.«

Ernst beobachtete Hilke, die gewohnt souverän ihren Job machte. Sie wirkte, bis auf die hellen Strähnen, das Kleid und den Lippenstift, nicht viel anders als sonst. Aber zwischendurch vibrierte plötzlich ihr Handy und sie ließ sich tatsächlich davon ablenken. Sie sah noch während ihres Kundengesprächs auf die Meldung, die eingegangen war. Ernst wurde ganz übel. Sie steckte schon mittendrin. Vielleicht war gerade schon die erste Bitte um Geld eingetroffen. Er musste sorgsam vorgehen, das hatte er in dem Artikel über Wilma S. gelernt. Er durfte Hilke keine Vorwürfe machen, keine klugen Ratschläge erteilen, er musste sanftmütig und verständnisvoll reagieren, sie musste ihm vertrauen.

Jetzt wischte sie auch noch über das Display, um die eingehende Mitteilung zu lesen. Und lächelte, während die Frau noch dabei war, ihr Geld und die Besucherkarte wegzustecken. Hilke war mit den Gedanken schon woanders.

Ernst hustete laut, bis Hilke hochsah.

»So, Ernst«, sagte sie und verstaute ihr Handy in ihrer Handtasche, die unter dem Schreibtisch stand. »Was wolltest du denn jetzt? In fünf Minuten machen wir Mittagspause.«

»Vielen Dank und auf Wiedersehen«, die Frau mit den Tickets hatte alles verstaut und ging, gefolgt von ihrem Mann, nach draußen.

»Ja, Wiedersehen«, antwortete Hilke noch schnell, dann wandte sie sich wieder an Ernst. »Und?«

Hinter ihm ging die Tür auf und eine Frau mit Putzeimer und einem Staubsauger tauchte auf. »Oh, hallo Frau Petersen, bin ich zu früh?«

»Hallo, nein, Frau Assmann, ich bin gleich weg.«

»Hilke«, Ernst fühlte sich jetzt unter Zeitdruck und wurde nervös. »Ich wollte wissen, ob die Plakate für den Frühlingsbasar schon fertig sind.«

»Die Plakate?« Hilke runzelte die Stirn. »Mit denen habe ich doch gar nichts zu tun.«

»Ja, ich weiß«, Ernst stützte sich so plötzlich mit den Händen auf den Tresen, dass Hilke zurückwich. »Hast du schon mal was von Romanze Skamming gehört?« Er hatte es so ausgesprochen, wie es geschrieben wurde. »Oder Lohwe Skamming?«

Hilke schüttelte verwirrt den Kopf.

»Frau Petersen, kann ich schon staubsaugen?«

»Ja, Frau Assmann«, Hilke hatte automatisch geantwortet, den Blick noch auf Ernst gerichtet. »Nein. Was hat das mit den Plakaten zu tun?«

»Nichts«, Ernst musste sehr laut antworten, weil hinter ihm der Staubsauger angestellt wurde. »Nichts, gar nichts. Ist dir klar, dass jeder im Internet sein Profil mithilfe von falschen Fotos, Häusern, Autos, Landschaften und ausgedachten Geschichten total verfälschen kann und zwar so, dass niemand es merkt? Bist du dir sicher, dass du die Guten von den Schlechten unterscheiden kannst?«

Hilke starrte ihn fragend und schweigend an. Frau Assmann saugte jetzt an ihnen vorbei und machte einen Höllenlärm, während Ernst schrie: »Kennst du die Geschichte von Wilma S.? Die hat sich in Alexander verliebt, aber den gab es nicht, der war in Wirklichkeit ein Unterwäschemodell.«

»Ernst?« Hilkes Gesichtsausdruck wechselte von fragend zu besorgt. »Ist alles in Ordnung?«

»Romanze Skamming«, brüllte er, als plötzlich der Staubsauger ausgestellt wurde. Frau Assmann und Hilke standen stumm nebeneinander und sahen ihn entgeistert an. Frau Assmann fand als Erste die Worte wieder. »Ich müsste jetzt unter dem Tisch saugen.«

»Ernst, ich verstehe kein Wort«, sagte Hilke schnell und zog ihre Tasche unter dem Schreibtisch vor. »Und ich muss jetzt los. Ich bin zum Mittagessen verabredet. Wir reden mal in Ruhe, ja? Ich kenne übrigens keine Vera S. Und wegen der Plakate musst du Minna fragen, die kümmert sich darum.«

»Wilma«, entgegnete Ernst, »Wilma S. Nicht Vera.«

»Oder so. Tschüss, Ernst. Frau Assmann, Sie schließen ab, ja?«

Ernst stand noch auf der Stelle und sah ihr nach. Sie wollte anscheinend nicht darüber reden, er hatte es befürchtet. Plan A war nicht aufgegangen. Das hatte sich Martina zu leicht vorgestellt. Hilke wollte nichts sagen und wich ihm sogar aus. Ein Räuspern neben ihm riss ihn aus seinen Gedanken.

»Entschuldigung, ich müsste da jetzt saugen.«

»Ach so, ja klar, Verzeihung, ich bin schon weg.«

»Romance Scamming«, sagte Frau Assmann plötzlich. »Es heißt Romance Scamming oder Love Scamming. Von Scam, das heißt Betrug.«

»Ach«, elektrisiert sah Ernst sie an. »Haben Sie etwa Erfahrungen damit gemacht?«

Frau Assmann lachte. »Nein, ich bin seit vierzig Jahren mit Kai-Uwe verheiratet. Aber ich habe neulich einen Film gesehen. Da kam es vor.«

»Und wie ging der Film aus?«

»Die Frau war hinterher tot. Aber der Kommissar hat den Mörder gefunden. So, und ich muss jetzt hier weitermachen. Einen schönen Tag noch.«

Sie stellte den Staubsauger wieder an, während Ernst sich wie betäubt zum Ausgang bewegte. Tot. Sein Gefühl war richtig gewesen. Das war eine schlimme Sache, die hier passierte. Von wegen Frühlingsgefühle und Liebeshormone, es ging hier um etwas ganz anderes.

Er schüttelte den Gedanken an die Tote ab und tastete in der Hemdtasche nach dem gelben Zettel. Er konnte nicht weitermachen, als wäre nichts. Er musste jetzt Plan B zünden. Martina stand hinter ihm, das hatte er im

Gefühl. Auch wenn er letztlich selbst tätig werden musste. Aber das war er den alleinstehenden, turnenden Damen der Insel und ganz besonders Hilke schuldig. Hier rannte niemand in eine Katastrophe, hier nicht.

11.

»Sie können mich hier rauslassen«, Hella tippte dem Taxifahrer auf die Schulter, bevor er das Café an der Keitumer Wattseite erreicht hatte. »Da vorn bitte, an der Ecke.«

Die letzten Meter würde sie zu Fuß gehen, nicht dass die Leute dachten, die alte Frau müsste bis vor die Tür gefahren werden. Weil sie nicht mehr mobil sei.

Das Taxi hielt, Hella bezahlte, gab in ihrer Euphorie etwas zu viel Trinkgeld, was sie aber erst bemerkte, als der junge Mann ausstieg, um ihr schwungvoll die Tür aufzuhalten. Sie blieb stehen, bis das Taxi weggefahren war, dann atmete sie einmal tief durch und machte sich auf, das erste Internet-Date ihres Lebens in Angriff zu nehmen.

Obwohl Hella den gestrigen und heutigen Tag in prickelnder Vorfreude verbracht, stundenlange Anproben,

Maniküre, Pediküre, Gesichtsmasken gemacht und Parfümentscheidungen getroffen hatte, waren ihre Lippen versiegelt gewesen. Nicht mal Minna gegenüber hatte sie nur eine Silbe verlauten lassen, obwohl die unter einem Vorwand vorbeigekommen war, nur um ihr zu erzählen, dass Ernst sich Sorgen um Hilke machte. Das wusste Hella ja schon und fand es nach wie vor übertrieben.

»Ernst macht sich keine Sorgen«, hatte Hella gesagt. »Es zwiebelt ihn nur, dass er nicht weiß, warum Hilke plötzlich Lippenstift und bunte Blusen trägt. Und er ahnt, dass sie sich verliebt hat, aber ihm nicht erzählt, in wen. Er wird es schon rauskriegen.«

»Ich habe da was gesehen«, war Minnas prompte Antwort gewesen. »Nämlich Hilke mit einem Begleiter. Ich konnte ihn nur nicht so schnell erkennen, sie fuhren zusammen in einem weißen SUV mit Hamburger Kennzeichen. Aber wo hat sie ihn denn kennengelernt? Oder meinst du, dass sie auch bei dieser komischen Dating-Dings mitmacht? Elfi hat mir davon erzählt. Das ist doch auch wieder so ein moderner Quatsch, oder?«

An dieser Stelle hatte sich Hellas Schauspieltalent wieder einmal ausgezahlt. Ohne die kleinste Regung zu zeigen, hatte sie Minna angesehen und gemeint: »Ich kenne mich damit nicht aus. Keine Ahnung.«

Minna hatte nicht nachgefragt, nur noch angefügt,

dass sie nicht hoffe, dass Hilke diesem Mann nach Hamburg folgen werde, sie werde in der Gemeindearbeit sonst sehr fehlen. Und sie sei nur schwer zu ersetzen. Hella hatte zustimmend genickt. Falls Hilke wirklich mitmachte, hatte sie anscheinend schon Glück gehabt. Hella nahm es als Verheißung, was ihre Aufregung verstärkte. Sie würde Minna erst einweihen, wenn das ganze Projekt erfolgreich war. Und dann konnte sie es auch Ernst und Gudrun erzählen. Aber vorerst musste es erst mal ihre geheime Mission bleiben.

Jetzt stand sie vor dem Café, pünktlich, in einem hellgrünen Kleid mit weißen Punkten, ergänzt durch eine Korallenkette, passende Armreifen und Ohrringe. Der Lippenstift passte zur Koralle, die Handtasche zu den Schuhen, die Haare waren lässig-romantisch hochgesteckt, *fischgräte61* würde Augen machen. Hella zog sich noch routiniert die Lippen nach, hob das Kinn und betrat vorfreudig das Café.

Das Kleid schwang um ihre Knie, als sie den Raum durchschritt, sie meinte den einen oder anderen bewundernden Blick zu spüren. Allerdings saßen im Innenraum nur Paare oder Gruppen an den Tischen, kein al leinstehender Mann, der als *fischgräte61* infrage kam. Alle Plätze waren besetzt, kurz entschlossen ging sie auf die Terrasse, auch hier saß niemand allein, dafür waren zwei Tische frei. Die Frühlingssonne ließ es zu, draußen Platz zu nehmen, außerdem war ihr vor lauter Aufregung ohnehin sehr warm. Ein Blick auf die Uhr sagte Hella, dass sie tatsächlich sechs Minuten zu früh war, was vielleicht der Aufregung geschuldet war. Dann würde sie ihm eben entgegensehen, das war vielleicht sogar ein Vorteil.

Sie nahm Platz und lehnte sich entspannt zurück. Die zaghaften Sonnenstrahlen tauchten den Garten in ein wunderbares Licht, der gelbe Strandginster blühte am Weg, der an der Terrasse vorbeiführte, der Duft der Sylter Rosenhecke neben ihr war jetzt schon betörend.

Hella lächelte.

»Moin, was kann ich Ihnen denn bringen?« Die Bedienung stand plötzlich vor ihr.

»Ich erwarte noch jemanden«, antwortete Hella zögernd. »Ich habe hier eine Verabredung. Aber vielleicht bringen Sie mir schon mal einen Cappuccino.«

»Gern.« Die junge Frau verschwand und Hella sah auf die Uhr. 16.01 Uhr. Er müsste jeden Moment um die Ecke kommen. Erwartungsvoll sah sie zum Eingang, es tat sich nichts, also wandte sie ihren Blick wieder Richtung Meer. Vielmehr aufs Watt, es war Niedrigwasser, vom Meer war nichts zu sehen, bis auf ein Glitzern des

Wassers in den Prielen. Drei Pferde trabten mit ihren Reitern am Watt entlang, ein schönes Bild, fand Hella und stellte sich einen Ausritt mit *fischgräte61* vor. Sie im weißen Kleid mit Strohhut, er dicht hinter ihr im weißen, aufgeknöpften Hemd, die untergehende Sonne als satter roter Ball vor ihnen und sie auf dem Weg hinein. Wie im Film. Hella seufzte hingerissen und sah wieder auf die Uhr. 16.08 Uhr.

Aus dem Augenwinkel nahm sie eine Bewegung am Eingang wahr, es war aber nur die Bedienung, die ihren Cappuccino brachte. »Bitte schön«, sie stellte die Tasse vor Hella ab, deren Blick auf das Herz aus Kakaopulver fiel. Das war bestimmt ein gutes Omen.

»Danke«, sagte sie und verzichtete auf Zucker, um das Herz nicht zu zerstören. Es wäre wirklich zu schön, wenn *fischgräte61* sich als ein so netter Mann entpuppte, wie Hella ihn sich vorstellte. Es gab immer mal die eine oder andere Veranstaltung auf der Insel, zu der sie gern gegangen wäre, wenn sie denn einen Begleiter gehabt hätte. Aber leider waren die potenziellen Kandidaten in ihrem Freundeskreis dünn gesät. Die meisten ihrer Freunde hatten eine Ehefrau, die auch gern zu Veranstaltungen ging, und Hella wollte nicht das dritte Rad am Wagen sein. Der Einzige, der sie manchmal begleitete, war Siggi, ihr alter Bekannter aus Kampen, der vor vielen Jahren mal als Kellner für Hugo und sie gearbeitet hatte. Er war ein netter Kerl, nur leider so furchtbar schweigsam. Er hatte so gar keine Ahnung von gepflegten Tischgesprächen oder angeregtem Small Talk. Deshalb konnte Hella ihn nur ins Kino oder manchmal zu einem Konzert mitnehmen. Wobei er meistens einschlief, wenn es im Saal dunkel wurde. Aber wenigstens wurde Hella beim Kommen und Gehen begleitet.

Ihre Aufmerksamkeit wurde auf eine eintreffende Frau ihres Alters gelenkt. Sie wirkte gepflegt, zwar nicht so elegant wie Hella, aber ganz gut angezogen. Sie blieb auf der Terrasse stehen und sah sich um, bevor sie auf die Uhr schaute. Anscheinend war sie auch zu früh zu ihrer Verabredung gekommen, nach einem abschließenden Blick nahm sie am letzten freien Tisch Platz und griff zur Getränkekarte. Auch Hella kontrollierte die Uhrzeit: 16.21 Uhr. Es wurde langsam Zeit, dass er kam. Unpünktlich war etwas, das Hella hasste.

Die andere Frau legte jetzt die Karte weg und zog ihr Handy aus der Tasche. Sie wischte ein paarmal auf dem Display hin und her, bevor sie das Gerät mit zusammengepressten Lippen wieder einsteckte. Plötzlich schoss Hella der Gedanke durch den Kopf, dass auch diese Frau hier auf ein erstes Date warten könnte. Und auf ihr Handy gesehen hatte, weil sie sich dort eine Nachricht erhoffte. Sofort fischte auch Hella ihr Telefon aus der Tasche und klickte die App an. Sie durchsuchte alles, hatte aber keine neue Nachricht. Sicherheitshalber ließ sie das Handy auf dem Tisch liegen, falls *fischgräte61* sich für seine Verspätung entschuldigen sollte.

Die Frau am Nebentisch bestellte jetzt ein Wasser und verschränkte die Arme vor der Brust, während sie auf den Eingang starrte. Sie wirkte sehr ungeduldig und Hella überlegte, auf wen sie wohl wartete. Und ob es tatsächlich ihr erstes Date oder schon das dritte oder vierte war. Vielleicht war man dann auch nicht mehr so aufgeregt, sondern eher ungeduldig. Weil es mit der Liebe immer noch nicht geklappt hatte. Obwohl man sich schon mehrere Male aufgerüscht, vorbereitet und gefreut, aber immer noch nicht den Richtigen getroffen hatte.

Das Herz aus Kakaopulver war eingesackt, Hella rührte jetzt doch Zucker in den inzwischen erkalteten Cappuccino und trank ihn aus. Mittlerweile war es schon 16.31 Uhr und tatsächlich ziemlich unverschämt, eine Dame so lange warten zu lassen. Und das, obwohl der erste Eindruck bei solchen Treffen immer der entscheidende war. Als die Bedienung vorbeikam, hob Hella die Hand und winkte sie zu sich. »Würden Sie mir vielleicht noch eine Tasse Kaffee und ein Gläschen Eierlikör bringen?«

Falls er jetzt kam, konnte er schon mal sehen, wohin das Zuspätkommen geführt hatte. Man ließ Hella Fröhlich nicht warten. Zumindest nicht ohne einen wirklich guten Grund.

Genau in dem Augenblick betrat ein Mann die Terrasse: volles graues Haar, schlank, modische Hornbrille, eleganter Mantel, in den besten Jahren, der sich suchend umsah. Hella war drauf und dran die Bestellung wieder zurückzunehmen, als er die Frau am Nebentisch entdeckte und sofort lächelnd auf sie zuging. Sie sah nur hoch und sagte knapp: »Kommst du auch noch mal? Ich hasse diese Warterei, es ist immer dasselbe. Echt, Rüdiger, es geht mir so auf die Nerven.«

Rüdiger setzte sich zerknirscht, während die Bedienung noch vor Hella stand und fragte: »Eine Tasse Kaffee, ein Glas Eierlikör?«

»Ach nein«, Hella sah sie an. »Lassen Sie mal den Kaffee weg. Nur Eierlikör. Aber doppelt.«

Während Rüdiger und die genervte Frau in beleidigtem Schweigen Kuchen aßen, probierte Hella schon den Eierlikör und war eigentlich ganz dankbar, dass sie so etwas nicht in ihrem Leben hatte. Keine Vorwürfe, kein Beleidigtsein, kein …

»Hella?« Eine laute Stimme riss sie plötzlich aus ihren Gedanken. Sie hob den Kopf und sah Ernst auf sich zukommen, der mit entsetzter Miene auf ihr Glas deutete. »Was machst du hier? Und kannst du mir sagen, warum du das da trinkst?«

»Ich freue mich auch, dich zu sehen«, sie deutete auf den Stuhl gegenüber. »Setz dich doch. Und wieso bist du hier?«

»Ich war beim Zahnarzt«, Ernst deutete vage in eine Richtung. »Der ist sozusagen nebenan. Und danach wollte ich ein Stück Kuchen kaufen. Und da habe ich dich hier sitzen gesehen. Bist du allein?«

»Das siehst du doch«, Hella sah ihn unbeteiligt an und achtete nicht auf die Bedienung, die gerade wieder vorbeikam und stehen blieb. »Ach, da ist Ihre Verabredung ja doch noch. Was darf es denn für Sie sein?«

Ernst sah Hella lange an, die zuckte mit den Achseln. »Was denn? Was möchtest du trinken?«

Er wandte den Blick nur langsam ab und sah die Bedienung an. »Ich nehme eine kleine Flasche Wasser, bitte.«

»Kommt sofort.«

Als sie außer Hörweite war, beugte Ernst sich über den Tisch. »Hella, ich frage dich jetzt ganz direkt: Machst du auch bei diesem Zirkus mit?«

»Was meinst du?«, fragte sie so harmlos wie möglich zurück. »Was für ein Zirkus?«

»Du warst hier verabredet«, stellte Ernst fest. »Du trinkst um diese Zeit Eierlikör. Du bist allein an einem Ort, an dem du sonst nie bist. Also: Machst du etwa auch bei *Liebe oder Eierlikör* mit?«

Hella Fröhlich wusste, wann das Spiel vorbei war und sich die schauspielerische Anstrengung nicht mehr lohnte. Sie ließ die Schultern sinken und stieß einen langen Seufzer aus. »Ja«, gab sie unumwunden zu. »Und heute war mein erstes Date. Mit *fischgräte61.* Aber er ist nicht gekommen. Ärgerlich.«

Fassungslos schüttelte Ernst den Kopf. »Das glaube ich nicht. Dass du da mitmachst. Weißt du eigentlich, welche kriminellen Möglichkeiten sich bei solchen Portalen auftun? Und dieser Herr Fischgräte? Was ist das überhaupt für ein Name? Weißt du denn irgendetwas über ihn?«

»Das sind ausgedachte Namen«, Hella hob die Schultern. »Die sucht man sich erst mal selbst aus. Ich heiße *butterblume02*, weil ich am 2. Mai Geburtstag habe. Und *fischgräte61* ist kulturell interessiert und tanzt Tango.«

»Großer Gott«, Ernst wirkte erschüttert. »Und er hat am 61. Geburtstag? Oder ist das sein Jahrgang und er fünfzehn Jahre jünger als du? Warum du da Butterblume heißt, muss ich gar nicht wissen. Wieso machst du bei so was mit?«

Das mit dem Jahrgang war eine gute Erklärung, darauf

wäre Hella gar nicht gekommen. Dann war er vielleicht wirklich ein bisschen jung. Eventuell doch nicht so schlimm, dass er nicht gekommen war.

Ernst wartete immer noch auf ihre Antwort. Sie sah ihn gelassen an. »Damit mal Schwung ins Leben kommt. Ich finde das ganz spannend, mal ein paar neue Leute kennenzulernen. Gerade in unserem Alter. Wir sind doch alle so langweilig geworden.«

»Ich bitte dich, Hella«, Ernst runzelte die Stirn. »Du willst keine Leute kennenlernen, sondern Männer. Das machen nämlich auch einige von Gudruns Turnfrauen, ich habe mich bereits informiert. Auch über die Gefahren, die das Ganze birgt. Sag mal«, er machte eine kleine Pause, »wenn du da schon Mitglied bist, dann kannst du ja auch rausfinden, wer da noch so mitmacht, oder?«

»Nur die Männer«, antwortete sie. »Wer von den Frauen mitmacht, sehe ich ja nicht. Aber wenn du dich auch anmelden würdest, könnten wir beide ein Date ausmachen. Was hältst du davon?«

»Nichts«, Ernst redete nicht weiter, weil die Bedienung gerade sein Wasser vor ihm abstellte. »Danke«, sagte er und sah ihr nach, wie sie mit leerem Tablett und langen Schritten über die Terrasse lief. Er wandte sich wieder Hella zu. »Aber kannst du rausfinden, ob Hilke da auch mitmacht?«

»Warum?«

»Weil das für unerfahrene, zurückhaltende und eher schüchterne Frauen gefährlich werden kann, ich sage nur Wilma S., das kann ich dir mal in Ruhe erzählen, aber ich habe bereits recherchiert. Ich mache mir Sorgen um Hilke, ich möchte ihr die unangenehmen Erfahrungen gern ersparen. Ich muss sie beschützen.«

»Mich nicht?«

Ernst sah sie an. »Dir passiert da nichts, du bist zu ausgebufft.«

»Wenn du rausfinden willst, welche Frauen mitmachen, musst du dich selbst anmelden. Anders geht das nicht.«

Ernst kniff die Augen zusammen und sah sie scharf an. »Falls du weitermachst, kannst du mir gern deine Erfahrungen mitteilen. Aber nur damit das klar ist: Ich habe dich gewarnt.«

»Okay«, Hella nickte und tätschelte seine Hand. »Du bist dagegen, willst aber alles wissen. Ich habe es verstanden. Dann kannst du jetzt der Bedienung zuwinken und noch eine Runde Eierlikör bestellen. Wir wollen ja keine Liebe. Und ansonsten wäre ich dankbar, wenn du nicht in der Gegend rumposaunst, dass ich *butterblume02* bin. Das ist nämlich privat.«

12.

Am Westerländer Bahnhof blieb Elvira so lange winkend auf dem Bahnsteig stehen, bis der Zug losfuhr. Erst dann drehte sie sich um und ging langsam den Bahnsteig entlang bis zum Ausgang. Sie war ein bisschen enttäuscht, eigentlich hatte sie gedacht, dass ihre Tochter wenigstens bis zum Wochenende bleiben würde. Aber so war Inken gerade mal vier Tage hier gewesen, sie hatten gar nicht viel zusammen unternehmen können. Es war nicht zu ändern, dafür hatte sich die Sprechstundenhilfe ihres Hausarztes über zwei Kinokarten gefreut, die Elvira ihr gestern Nachmittag geschenkt hatte. Sie ging nicht gern allein ins Kino und musste sich ohnehin dringend um die Beete im Garten kümmern, der Frühling kam mit aller Macht und auf den Rosen lagen immer noch die Tannenzweige.

Ihr Auto stand auf dem Parkplatz vor dem Bahnhof in Westerland, sie stutzte, als sie sah, wie voll es plötzlich geworden war. Mehrere Autos kreisten auf der Suche nach einem Parkplatz, ein Fahrer hupte lang anhaltend, weil ein anderer zu langsam aus der Lücke fuhr. Als würde dieses blöde Hupen die Sache beschleunigen, Elvira schüttelte den Kopf und schlängelte sich durch die Reihe der wartenden Autos. Bevor sie einstieg, gab sie einer freundlich wirkenden Frau das Zeichen, dass sie jetzt wegfuhr. Die Fahrerin hob dankbar lächelnd die Hand und hielt in gebührendem Abstand, woraufhin der Wagen hinter ihr sofort wilde Lichtzeichen gab.

»Noch so ein Kamel«, sagte Elvira laut, während sie den Schlüssel drehte und den Rückwärtsgang einlegte. Sie fuhr aus der Lücke, hielt an, schaltete in den ersten Gang und rollte langsam zur Ausfahrt. Die Ampel sprang auf Grün, Elvira sah kurz nach rechts, ließ sanft die Kupplung kommen und dann ging alles sehr schnell. Ein durchdringendes Hupen, ein weißer, großer Wagen sehr dicht hinter, dann plötzlich neben ihr, das Quietschen der Reifen, wieder ein Hupen, sie wich reflexartig aus, hörte ein knirschendes, metallenes Geräusch, einen Schrei, trat erschrocken auf die Bremse und stand plötzlich mit abgewürgtem Motor auf dem Gehweg, den entsetzten Blick auf den sich drehenden Reifen eines umgestürzten Fahrrads gerichtet, während der weiße große Wagen mit affenartiger Geschwindigkeit einfach weiterfuhr. Sie blieb einen Moment wie erstarrt sitzen, bevor sie registrierte, was gerade passiert war. Sie hatte einen Radfahrer über den Haufen gefahren. Der sich gerade mühsam wieder aufrichtete und sich dabei mit einer Hand auf der Motorhaube abstützte.

»Um Gottes willen«, in Sekundenbruchteilen war sie aus dem Auto gesprungen und neben ihm. »Es tut mir so leid, ich wurde irgendwie abgedrängt und … Geht es Ihnen gut? Sind Sie verletzt?« Sie berührte ihn leicht am Arm, er zuckte zusammen, wandte sich ihr aber zu. Er hatte sehr blaue Augen, die sie trotz allem freundlich ansahen. »Ich glaube nicht«, er lächelte angestrengt. »Es ging alles ein bisschen schnell. Was ist denn mit meinem Fahrrad?«

Ein vorbeikommender Mann hatte das Gefährt gerade hochgehoben und schob es auf ihn zu. »Kann ich helfen? Ich habe alles gesehen, ich war Zeuge. Soll ich die Polizei rufen? Einen Krankenwagen?«

Inzwischen waren mehrere Passanten stehen geblieben. Sie hielten noch etwas Abstand, der verunglückte Mann hob jetzt die Hand und sagte laut: »Nein, bitte keine Polizei und keinen Krankenwagen. Es ist alles in Ordnung, Sie können jetzt weitergehen.«

»Ja, aber es wäre doch besser …«, der Passant mit dem Fahrrad sah sich unentschlossen um, dann lehnte er das

Rad an eine Straßenlaterne. »Das Rad sieht in Ordnung aus. Und der Kamikaze-Fahrer hatte eine Hamburger Nummer. Die letzte Ziffer war eine 3, aber den Rest habe ich nicht erkannt. Aber der ist ganz schön flott am Poller entlanggeratscht, der muss eine ordentliche Schramme haben. Also falls Sie es sich doch noch anders überlegen. Ansonsten ...«

»Danke«, der Mann mit den freundlichen Augen beugte sich zu seinem Fahrrad und strich mit der Hand über die Reifen und den Rahmen. »Vielen Dank, aber es ist alles in Ordnung. Wiedersehen.«

»Gut«, der Zeuge hob die Hand. »Dann gehe ich mal, auf Wiedersehen.«

Elvira hatte die ganze Zeit schweigend danebengestanden und ihr Opfer so unauffällig wie möglich beobachtet. Er schien wirklich keine Verletzungen zu haben, auch wenn er ein bisschen humpelte. Aber sie sah kein Blut, keine Löcher in der Kleidung und er machte auch keinen benommenen Eindruck. Ganz im Gegenteil. Er hatte eine feste Stimme und war überhaupt ausgesprochen sympathisch, etwa in ihrem Alter, groß und sportlich.

Der Kreis der Umstehenden löste sich auf, auch der Zeuge ging weiter, nur sie beide und das Fahrrad blieben übrig. Elvira ging einen Schritt auf ihn zu und sagte:

»Aber Sie humpeln doch. Haben Sie Schmerzen im Bein? Oder tut Ihnen etwas anderes weh?«

Er trat prüfend auf und verzog leicht das Gesicht. »Ich bin blöde aufs Knie gefallen. Aber nicht so schlimm, ich mache mir nachher kalte Umschläge, dann geht es schon. Sie können gern weiterfahren, mein Rad ist auch in Ordnung, dann fahre ich jetzt nach Hause.«

»Oh nein, das kann ich nicht zulassen«, entschlossen legte sie die Hand auf den Lenker. »Das Rad müsste in mein Auto passen und dann fahre ich Sie in die Klinik, die sollen sich das Knie ansehen. Nachher ist doch was kaputtgegangen, das kann ich nicht verantworten.«

»Das ist aber wirklich nicht nötig«, er rieb sich vorsichtig das Knie. »Ich will Ihnen auch keine Umstände …«

»Unsinn«, winkte Elvira ab. »Ich bestehe darauf. Kommen Sie.«

Er war etwas blass um die Nase, das erklärte wohl auch, warum er seinen Widerstand schnell aufgab. Mit vereinten Kräften schoben sie das Fahrrad in Elviras Kombi, danach hielt sie ihm die Tür auf und wartete, bis er bequem saß, bevor sie selbst einstieg. »Dann wollen wir mal«, sagte sie betont munter und spürte, dass er sie neugierig ansah. Sie startete den Motor und fuhr langsam vom Gehweg auf die Straße.

»Vielleicht hätten wir doch die Polizei rufen sollen«, überlegte sie dabei laut. »Und den Fahrer anzeigen müssen. Er hat mich schließlich abgedrängt und Schuld daran, dass ich Sie umgefahren habe. Und dann hat er auch noch Fahrerflucht begangen.«

»Es ist ja nichts passiert«, der Mann sah sie immer noch an. »Und ich habe auch keine Lust, stundenlang auf dem Revier Unfallberichte aufnehmen zu lassen, das dauert doch ewig. Das ist schon gut so, Sie müssen sich keine Gedanken mehr machen.«

Elvira fand, dass er eine angenehme Stimme hatte. Und überhaupt ein angenehmer Mann war. Sie wurde ein bisschen rot, wie konnten ihr nur solche Gedanken kommen, wenn sie ihn doch gerade regelrecht umgenietet hatte?

»Machen Sie Urlaub auf Sylt?«, fragte sie, um an etwas anderes zu denken.

»Nein«, seine Antwort klang erstaunt. »Ich lebe hier. In Tinnum.«

»Ach ja?«, sie lächelte. »Das ist ja schön.«

Innerlich schüttelte sie über sich selbst den Kopf. Was war daran denn schön, was war das für eine blöde Antwort?

»Es sind zu viele Autos auf der Insel«, stellte er nach einer kurzen Pause fest. »Es ist ja kein Wunder, dass hier dauernd Unfälle passieren. Die Leute wollen nicht mehr laufen, am liebsten würden sie mit ihren großen Autos direkt zum Strand oder ins Restaurant fahren, sie sind alle ungeduldig und gehetzt, telefonieren auch noch beim Fahren, wie sollen sie denn dabei auch noch auf den Verkehr achten? Wohnen Sie denn auch hier?«

»Ja«, Elvira sah ihn kurz an. »Ich habe meine Tochter zum Bahnhof gefahren, sie wohnt in Hamburg und war ein paar Tage hier. Hat aber immer Gepäck mit, als würde sie wieder zu Hause einziehen. Schlimm.«

»So sind eben die jungen Mädchen.«

»Junges Mädchen?«, Elvira lachte auf. »Meine Tochter ist 42. Haben Sie auch Kinder?«

»Nein. Nur einen Neffen. Jannis. Der reicht mir schon. Er studiert, jedenfalls behauptet er das, verbringt aber den ganzen Sommer auf der Insel und arbeitet als Rettungsschwimmer. Schon das dritte Jahr.«

»Als Rettungsschwimmer? Das ist toll, die sind doch sehr wichtig.«

»Natürlich«, er nickte. »Aber mein Neffe wohnt die ganze Zeit bei mir. Und redet ununterbrochen, sobald er das Haus betritt.«

Elvira hielt vor einer roten Ampel und warf einen kurzen Blick auf ihren Beifahrer. Er hatte seine Hände auf das Knie gelegt und sah nach vorn auf die Straße. Er strahlte eine große Ruhe aus, sie fand ihn immer sympathischer. »Haben Sie Schmerzen?«

»Nicht schlimm«, er blickte sie an und lächelte. »Ich halte auch das Krankenhaus für übertrieben.«

»Ich nicht«, widersprach Elvira. »Wir warten mal ab, was die Untersuchung ergibt, wenn es nicht weiter schlimm ist, kann ich Sie immer noch nach Hause bringen.«

Die Ampel sprang auf Grün, sie fuhr weiter, jetzt waren sie nur noch wenige Minuten von der Nordseeklinik entfernt. Elvira bemerkte, dass er sie wieder beobachtete. Fieberhaft überlegte sie, was sie jetzt sagen könnte, es sollte etwas Zugewandtes, Interessiertes sein. Sie würde sich so gern mit ihm unterhalten, aber sie war mittlerweile so ungeübt in Gesprächen mit Fremden, dass ihr überhaupt nichts Kluges einfiel. Er schien kein großes Interesse an einer Unterhaltung zu haben oder er sprach im Gegensatz zu seinem Neffen nicht gern. So fuhren sie schweigend das letzte Stück zur Klinik, bis Elvira ihr Auto auf den Parkplatz vor der Notaufnahme gelenkt hatte. »Da wären wir«, sagte sie langsam und löste den Gurt, um auszusteigen.

»Sie müssen aber wirklich nicht mit reinkommen«, er hatte die Autotür schon geöffnet, blieb aber noch sitzen. »Ich weiß ja nicht, ob ich gleich drankomme, das kann dauern. Ich fahre dann mit dem Rad nach Hause.«

»Aber wenn das Knie doch schlimmer verletzt ist und

Sie gar nicht Fahrrad fahren können?« Elvira sah ihn besorgt an. »Ich kann doch warten. Das macht mir gar nichts aus.«

»Nein«, mit einem Lächeln schüttelte er den Kopf. »Wirklich nicht, vielen Dank für Ihre Mühe. Aber wenn etwas ist, dann rufe ich meinen Neffen an, der kann mich mit dem Wagen abholen. Das ist kein Problem, ich habe sogar ein Mobiltelefon dabei, das hat er mir geschenkt. Für Notfälle. Dann kommt das heute wenigstens mal zum Einsatz, ich wollte so ein Gerät ja gar nicht haben.«

Er blieb sitzen und klopfte seine Jacke tastend ab. »Wenn es denn den Sturz unbeschadet überstanden hat.« Jetzt zog er es aus der Innentasche und starrte drauf. »Wie geht das denn noch mal an?«

Elvira warf einen Blick auf das Gerät und hob die Schultern. »Die meisten haben so eine Gesichtserkennung. Oder man muss eine Nummer eingeben.«

Er hob den Kopf und runzelte die Stirn. »Es geht nicht an.«

Sie beugte sich vor. »Dann müssen Sie vielleicht eine Pin eingeben. Wissen Sie die denn?«

»Keine Ahnung«, er ließ das Handy zurück in seine Jacke gleiten und lächelte sie an. »Das mache ich später. Mein Neffe hat da alles Mögliche eingerichtet, mitsamt

Foto von mir und so. Aber ich hatte noch keine Lust, es mir erklären zu lassen. Das kann ich ja mal tun. Also, dann bedanke ich mich erst mal für Ihre Mühe. Auf Wiedersehen. Und es war mir ein Vergnügen. Also, nicht der kleine Unfall, aber der Rest.«

Elvira bekam Herzklopfen. »Ja«, stammelte sie verlegen, »mir auch.« Sie wollte noch irgendetwas sagen, ihr fiel nur überhaupt nichts ein. Dafür streckte er ihr die Hand entgegen. »Dann auf Wiedersehen. Und bleiben Sie gern sitzen, das Rad bekomme ich auch allein raus. Alles Gute.«

Stumm ergriff sie seine Hand und schüttelte sie etwas zu lange. Sein Händedruck war fest und warm. »Also dann, einen schönen Tag noch.«

Bevor sie antworten konnte, war er ausgestiegen, hatte die Heckklappe geöffnet, das Fahrrad rausgehoben und schob es langsam auf den Eingang der Notaufnahme zu. Kurz bevor er ihn erreicht hatte, drehte er sich um und hob kurz die Hand. Elvira erwiderte langsam den Gruß, dann legte sie zögernd die Hand an den Zündschlüssel, drehte ihn aber erst um, als der Mann hinter der Tür verschwunden war.

Als sie langsam über die Ausfahrt der Nordseeklinik rollte, merkte sie, dass sie ganz aufgeregt war. So ein freundlicher Mann. Und diese Stimme. Nur sie hatte sich benommen wie ein verknallter Teenager und war nicht in der Lage gewesen, irgendetwas Kluges oder Witziges zu sagen. Inken hatte vielleicht recht mit dem Vorwurf, dass sie überhaupt nicht mehr unter Leute ging und deshalb immer ungeübter wurde. Deshalb hatte sie ja auch in den letzten Wochen und Monaten überlegt, das Haus zu verkaufen und die Insel in Richtung Flensburg zu verlassen, wo ihre Schwester lebte. Weil sie hier überhaupt niemanden mehr kannte, geschweige denn kennenlernte. Und dann fuhr sie plötzlich jemanden um, den sie wirklich gern näher kennenlernen würde.

Elvira schüttelte den Kopf. Er wohnte auf der Insel. In Tinnum. Sie hätten sich vielleicht auch auf eine andere Art treffen können. Auf eine romantischere Art. In diesem Moment durchfuhr sie ein Gedanke. Fast wäre sie ihrem Vordermann draufgeknallt, sie sah die roten Lichter erst im letzten Moment, trat auf die Bremse und würgte den Motor schon wieder ab. Sie hatte ihn überhaupt nicht nach seinem Namen gefragt. Sie hatte es vergessen. Sie wusste weder seinen Namen noch seine Adresse. Nur, dass er in Tinnum wohnte. Aber sie konnte ja schlecht an allen Türen klingeln, bis der Richtige öffnete.

Sie umklammerte das Lenkrad, bis ihre Knöchel weiß wurden. Wie doof konnte man sein?

Erst als der Wagen hinter ihr hupte, riss sie sich zusammen und startete erneut. Beim zweiten Versuch sprang das Auto wieder an und Elvira gab Gas. Wirklich, wie doof konnte man sein?

13.

Was für ein Höllenhund, dachte Ernst, als er die Unfallstelle langsam wieder verließ und sich auf den Weg zum Bahnsteig machte, um seinen Enkel Mats abzuholen. Er war etwas zu früh angekommen und hatte sich nur kurz die Beine vertreten wollen, als er beobachtet hatte, wie dieser weiße SUV wie ein Irrer den braunen Kombi überholt hatte. An einer Stelle auf dem Bahnhofsparkplatz, wo niemand, der nicht komplett verrückt war, überholen würde. Es war doch kein Wunder, dass die ältere Fahrerin des Kombis vor lauter Schreck und Ausweichmanöver den Radfahrer auf die Hörner, oder besser, auf die Motorhaube genommen hatte. Der Mann hatte Glück gehabt, dass er sich nicht den Hals gebrochen hatte, wobei die Frau nicht sehr schnell unterwegs gewesen war. Im Gegensatz zu diesem Affen im SUV, der wie ein Blöder seine Kamikazefahrt fortgesetzt hatte. Ernst hätte ja die Polizei geholt, den Trottel hätte man anzeigen müssen, um sofort den Führerschein zu kassieren. Falls der überhaupt einen hatte. Und Ernst hätte sehr gern als Zeuge zur Verfügung gestanden. Aber das war ja nicht gewünscht gewesen. Was vielleicht auch besser war, er hatte ohnehin das Kennzeichen des SUVs auf die Schnelle nicht richtig erkennen können. Und er musste ja auch Mats abholen.

Der gestürzte Radfahrer war letztlich in den Kombi gestiegen und mit der Frau, die ihn fast umgebracht hatte, weggefahren. Die beiden hatten sich irgendwie seltsam angesehen, vielleicht bildete Ernst es sich ja ein, aber der Gesichtsausdruck des Mannes hatte auch nach Frühlingsgefühlen ausgesehen. Die ganze Welt war anscheinend gerade verrückt geworden. Womit er schon wieder bei seinem eigentlichen Thema war. Er musste dringend mit seinem Enkel sprechen, er hatte da einige Fragen.

Der Zug fuhr gerade ein, als Ernst am Bahnsteig angekommen war. Er entdeckte seinen Enkel sofort, Mats überragte die meisten Reisenden, er war so lang und dünn, dass man ihn nie lange suchen musste. Jetzt kam er auf ihn zu, übers ganze Gesicht grinsend, einen Rucksack auf dem Rücken, die Hände in die Jeanstaschen geschoben.

»Hallo Opa, was sagst du nun? Nur zehn Minuten Verspätung.«

Er drückte ihn so fest an sich, dass Ernst seine Mütze festhalten musste. »Das war in diesem Fall ganz gut«, sagte er lässig. »So konnte ich noch einem verunfallten Radfahrer behilflich sein.«

»Dann hast du deine gute Tat für heute ja schon hinter dir«, Mats klopfte ihm anerkennend auf den Rücken. »Respekt.«

»Ja, dann wollen wir mal los«, Ernst wandte sich zum Gehen, Mats folgte ihm. »Hast du Hunger oder Durst?«

»Das fragt Oma sonst immer. Solltest du das fragen?«

»Nein«, Ernst deutete mit dem Finger nach vorn. »Da steht das Auto. Ich wollte dir vorschlagen, dass wir noch nach Wenningstedt fahren und ein kleines Fischbrötchen essen. Und was Schönes trinken.«

»Vorm Mittagessen?« Mats sah seinen Großvater erstaunt an. »Du traust dich was. Was sagt Oma dazu?«

»Das muss Oma nicht wissen«, Ernst schloss den Wagen auf und öffnete den Kofferraum. »Wir essen heute auch erst später, wir haben noch Zeit. Außerdem habe ich was mit dir zu besprechen, was Oma auch nicht wissen muss.«

»Oha«, Mats warf seinen Rucksack in den Kofferraum und ließ die Klappe zuknallen, was Ernst zusammenzucken ließ. »Junge, das ist kein Panzer, du musst mit den Türen nicht so ballern. Steig ein.«

Neugierig sah Mats ihn an, während er den Gurt umlegte. »Was soll Oma denn nicht wissen? Hast du ein dunkles Geheimnis?«

»Unsinn. Ich will sie nur nicht beunruhigen und ihre kostbare Zeit verschwenden.«

Mats runzelte die Stirn. »Womit?«

»Gleich«, Ernst sah in den Rückspiegel und fuhr aus der Parklücke. »Jetzt muss ich mich auf den Verkehr konzentrieren. Wir reden gleich in Ruhe.«

Während er schweigend den Bahnweg entlangfuhr, überlegte er, wie er sein Anliegen am besten formulieren sollte. Er warf einen kurzen Blick auf seinen Enkel, der gerade sein Handy aus der Tasche zog und schon nach wenigen Sekunden völlig versunken war. Er wischte auf dem Display herum, verharrte kurz, las etwas, wischte weiter, lachte, wischte noch schneller, bewegte die Lippen beim Lesen und wurde nach vorn katapultiert, als Ernst kurz und heftig auf die Bremse trat. »Was ist? Wieso bremst du?«

»Um dich mal aus diesem Moloch des Internets zu holen. Wird man da nicht blöde, wenn man den ganzen Tag in dieses Ding guckt?«

»Opa«, Mats ließ das Handy sinken. »Echt! Deswegen steigst du so in die Eisen? Uns hätte jemand drauffahren können.«

»Hast du eigentlich noch Freunde? Also, ich meine, echte Freunde? Die du siehst und anfassen kannst?«

»Ich fasse meine Kumpels in der Regel nicht an«, Mats grinste. »Machst du das?«

»Natürlich nicht«, wehrte Ernst ab. »Aber ich bewege mich auch nicht den ganzen Tag in diesem Internet. Ich kenne mich ja noch nicht damit aus.« Das war doch schon ein genialer Übergang, dachte er bei sich und setzte seine Fahrt gut gelaunt fort. Und da Mats sich sofort wieder seinem Handy widmete, konnte er ungestört überlegen, wie er das Gespräch gleich angehen würde.

Eine halbe Stunde später saßen sie auf einer Bank in der Frühlingssonne, hatten einen grandiosen Blick aufs Meer und zwei Fischbrötchen vor sich. Mats streckte seine langen Beine aus und biss genussvoll in sein Matjesbrötchen, ein Zwiebelring hing ihm aus dem Mund, während er kaute. Noch mit vollem Mund nuschelte er: »So, jetzt erzähl mal dein dunkles Geheimnis.«

»Ich habe kein dunkles Geheimnis«, wehrte Ernst ab. »Das hast du gesagt. Nein, nein, ich dachte, dass du jetzt doch in einem Alter bist, in dem man auch mal Gespräche von Mann zu Mann führen kann. Ohne dass deine Oma danebensitzt.«

»Okaaay«, Mats dehnte die zweite Silbe und sah Ernst neugierig an. »Na, da bin ich ja gespannt. Aufgeklärt bin ich übrigens schon. Falls das der Inhalt unseres Männergesprächs werden sollte.«

»Blödmann«, Ernst knuffte ihn in die Seite. »Du bist neunzehn. Also, wie soll ich das sagen? Ich fange mal so an: Ich bin in einer verzwickten Situation. Ich befürchte, dass eine sehr gute Freundin im Begriff ist, auf einem gefährlichen Pfad zu wandeln, der sie ruinieren wird. Sie rennt sozusagen gerade lächelnd in ihr Verderben. Ich sehe zwar die Gefahr, kann das im Moment aber noch nicht beweisen. Ich brauche mehr Informationen, die ich mir allein aber nur schwer beschaffen kann.«

»Hä?« Mats starrte ihn verwirrt an und biss wieder in sein Brötchen. »Ich verstehe kein Wort. Wer wandelt auf welchem Pfad? Und wohin?«

»Im Internet«, antwortete Ernst sofort. »Also, sie wandelt im Internet. In so einer Deiting-Ep.«

»In einer was?«, fragte Mats nach. »Meinst du eine Dating-App?«

Sofort nickte Ernst. »Oder so. Jedenfalls in der Art. Die gibt es hier jetzt ganz neu, deine Oma hat auch schon davon gehört, da machen sogar einige ihrer Turnfrauen mit. Angeblich ist das nichts Unanständiges, sogar Hella hat sich angemeldet, wie ich vor Kurzem zufällig erfahren habe. Aber anscheinend haben die Frauen gerade Frühlingsgefühle oder komische Hormone, sie sind ja alle so ahnungslos. Doch ich habe mir mal die Mühe gemacht und über die Gefahren dieser Kontaktbörsen im Internet recherchiert und ich muss dir sagen, ich sehe da Gefahr im Verzug. Rumanz schkämming ist das Stichwort.«

»Romance scamming«, wiederholte Mats belustigt. »Wo hast du denn recherchiert? Unter True Crime?«

»Kenne ich nicht«, Ernst wischte den Einwand sofort weg. »Aber es gibt jede Menge Artikel, in denen die reinsten Horrorgeschichten stehen. Leichtgläubige Frauen, auch im fortgeschrittenen Alter, die auf Männer reinfallen, die es gar nicht gibt, die aber an ihre Ersparnisse wollen. Das kannst du dir gar nicht ausdenken, ich war so geschockt, ich habe ein paar Nächte schlecht geschlafen.«

Mats musterte ihn, dann stand er plötzlich auf. »Ich hole mir noch ein Brötchen. Und was zu trinken. Möchtest du auch was?«

»Eine Cola«, Ernst trank so was zwar sonst nie, aber heute war ein Tag für Neues. »Und das Gespräch ist noch nicht vorbei.«

»Gut«, Mats nickte. »Im Moment weiß ich auch noch nicht, was du mir eigentlich sagen willst. Bin gleich wieder da.«

Als er weg war, lehnte Ernst sich zurück und blickte

zufrieden auf die Nordsee. Es war ein perfekter Blick, das endlose Meer, der fast weiße Strand, die sanften Dünen, vereinzelte Strandspaziergänger, Möwen, ganz hinten ein Fischkutter und über allem ein blauer Himmel und Frühlingssonne. Was für ein Paradies, dachte Ernst, und er würde alles in seiner Macht Stehende tun, damit das auch so blieb. Er schloss die Augen gegen die Sonne und kämpfte gegen eine spontan aufkommende Müdigkeit. Wie gern würde er jetzt ein kleines Nickerchen machen, nur hatte er dafür keine Zeit, erst musste der Plan zur Rettung der einsamen Damen auf Sylt stehen. Danach konnte er sich wieder um seine Bedürfnisse kümmern.

»Hier bitte«, Mats' Stimme und die ausgestreckte Hand mit der Cola weckten ihn, offenbar war er doch für eine Sekunde eingenickt. »Hast du gerade geschlafen?«

»Nachgedacht«, Ernst setzte sich aufrecht hin und nahm ihm das Glas ab. »Danke.«

Mats kaute schon, während er sich auf die Bank fallen ließ und ihn von der Seite ansah. »Also noch mal. Wenn ich das richtig verstanden habe, hat Hella sich bei einer Dating-App angemeldet und du hast jetzt Angst, dass sie an einen Betrüger geraten ist, richtig?«

»Hella doch nicht«, antwortete Ernst. »Die betrügt keiner. Das traut sich niemand. Nein, Hilke. Hilke Petersen.«

»Die von der Gemeinde?«

»Genau.«

Mats schluckte und biss sofort wieder ab. Er kaute kurz, dann sagte er: »Die ist doch so alt wie Mama. Und die sucht sich jetzt einen Mann?«

»Genau das vermute ich«, Ernst nickte. »Und sie ist in ihrer Unerfahrenheit und Freundlichkeit das perfekte Opfer.«

»Opa, du guckst zu viele schlechte Krimis«, antwortete Mats nach einer Pause. »Millionen Leute lernen sich im Netz kennen, das ist doch heute ganz normal. Wieso sollen die gleich betrogen werden?«

»Nicht gleich und auch nicht alle, aber eindeutig zu viele. Ich nehme die Gefahren im Gegensatz zu dir sehr ernst und ich werde nicht tatenlos zusehen.« Ernst verschränkte seine Arme entschlossen vor der Brust und sah wieder aufs Meer. »Und im Übrigen habe ich Hinweise bekommen, die darauf deuten, dass die Betrügereien bereits auf der Insel angekommen sind.«

»Was für Hinweise?«

»Darüber darf ich nicht sprechen.«

Mats knüllte das Papier vom Fischbrötchen zusammen und antwortete achselzuckend: »Hinweise. Ach so. Aber was willst du machen? Bei ihren Dates mit einem Hammer in der Hand hinterm Baum stehen?«

»Undercover«, sagte Ernst leise. »Plan B. Ich muss in diese Deiting-Dings ...«

»Dating-App.«

»Deeting-App kommen, um Beweise zu sammeln.«

Ruckartig drehte Mats sich zu ihm. »Du willst da mitmachen? Echt jetzt?« Er grinste übers ganze Gesicht. »Opa, Opa, doch ein dunkles Geheimnis. Ernst Mannsen auf der Suche nach Frauen und Betrügern im Netz. Das ist klar, dass Oma nichts wissen darf. Aber mich ziehst du da rein? Findest du das richtig?«

»Nicht so laut«, Ernst umklammerte sein Handgelenk und sah sich um. »Ich ziehe dich nicht rein, ich brauche deine Hilfe. Ich muss wissen, wen Hilke da so trifft. Und wie. Und wer da sonst noch dabei ist. Anders kann ich die Katastrophe nicht verhindern. Weißt du, wie man das macht? Also, wie man das auf sein Handy kriegt? Ich will Hella nicht fragen, ich will sie da nicht mit reinziehen. Zumindest im Moment noch nicht.«

»Ich denke, die macht auch mit.«

»Ja, schon. Aber sie muss noch nicht wissen, dass ich das undercover mache. Also, was ist? Kannst du so was?«

Mats streckte seine Hand aus. »Dein Handy.«

Sofort zog Ernst es aus der Jackentasche und entsperrte es. »Aber nichts löschen. Da sind so schöne Bilder vom Garten drauf.«

»Wie heißt diese App?«

»Irgendetwas mit Liebe«, Ernst kam zunächst in seiner Aufregung nicht drauf, dann fiel es ihm wieder ein. »*Liebe oder Eierlikör.* Genau. So heißt das.«

»Was ist das denn für ein Name?« Kopfschüttelnd wischte Mats über das Handydisplay. »Tatsächlich, da ist sie.« Er überflog die wenigen Zeilen, stand plötzlich auf und stellte sich vor seinem Großvater in Position. »Wir machen schon mal ein Foto. Guck freundlich.«

Ernst sah ihn an, ohne die Miene zu verziehen. Mats ließ das Handy sinken. »Das wird kein Fahndungsfoto. Du sollst sympathisch, charmant und vielleicht ein bisschen abenteuerlustig aussehen. Also.«

Ernst hob seine Mundwinkel minimal.

»Opa. Lächeln!«

»Mehr geht nicht. Ich mach mich hier nicht zum Horst.«

Prüfend begutachtete Mats die Fotos, dann setzte er sich wieder achselzuckend neben Ernst. »Ich bearbeite das noch ein bisschen, dann wird's was. Was für einen Namen willst du denn?«

»Ernst Mannsen.«

»Nein, man nimmt einen Nickname. Denk dir was aus, einen, der zu dir passt.«

»Keine Ahnung. Was nimmt man denn so?«

Mats betrachtete ihn. »Irgendwas, so schnell fällt mir jetzt auch keiner ein. Und dann musst du hier deine Hobbys angeben.«

»Spazierengehen, Bundesliga, Fernsehkrimis.«

»Das ist total langweilig.«

»Wieso ist das langweilig? Das sind ganz normale Hobbys. Das reicht.«

Mats kaute auf seiner Unterlippe. »Na, egal, ich überlege mir was. Und was nehmen wir für Hashtags?«

»Häsch was?«

»Ach Opa«, Mats ließ das Handy sinken. »Bei dir fängt man ja bei null an. Okay, ich bastle dir nachher ein Profil, das Foto haben wir ja wenigstens schon. Und wenn ich damit fertig bin, erkläre ich dir den Rest.«

»Gut«, zufrieden klopfte Ernst auf Mats' Oberschenkel. »Sehr gut. Ich wusste, dass ich mich auf dich verlassen kann. Und wir warten damit, bis Oma nachher im Bett ist, nicht wahr?«

Mats lachte. »Auf jeden Fall. Wenn Oma das mitkriegt, flippt sie aus. Dagegen war deine Weihnachtsmann-Nummer vom letzten Jahr fast harmlos.«

»Ja, und?« Ernst stand plötzlich auf und sah auf seinen Enkel hinab. »Damit habe ich aber ein großes Problem im Dorf gelöst. Und jetzt kümmere ich mich um das nächste. Aber du musst den Mund halten, Oma und ihre Turnfrauen dürfen auf keinen Fall etwas mitkriegen.«

14.

Hella hob ihr Opernglas vor die Augen und ließ ihren suchenden Blick über die Tische wandern. Noch sah sie niemanden, der infrage kam, allerdings war sie auch zehn Minuten zu früh gewesen. Aber dieses Mal würde sie ihren Auftritt so inszenieren, dass der Mann auf *sie* wartete, auf keinen Fall umgekehrt. Es würde ihr nicht noch mal passieren, dass sie wie ein Mauerblümchen stundenlang allein am Tisch saß und für alle sichtbar versetzt wurde.

Ihr Aussichtspunkt war gut gewählt, sie stand hinter einem Strandkorb, von wo aus sie einen guten Blick auf das Strandlokal und den reservierten Tisch hatte, an dem sie gleich verabredet war. Mit *kavalier11*, *gebildet, belesen, an Musik und Tanz interessiert*, dessen Hashtags *#nieohnekrawatte#sherryamkamin* und *#opernliebe* auf einen Glücksgriff deuteten. Hella ließ das Opernglas wieder sinken und zog ihren Spiegel aus der Tasche, um den Lippenstift zu kontrollieren. Er war dramatisch rot, passend zum weit schwingenden Rock und der Blume in ihrem Haar. Die schwarze Rüschenbluse passte zwar nicht ganz zu dem frühlingshaften Wetter, gehörte aber zum Carmen-Kostüm, ein Opernfan würde es sofort erkennen. Sie zog ihre Lippen noch einmal nach und warf einen Blick auf die Uhr. Jetzt war es fünf Minuten nach der verabredeten Zeit, das ging nicht gut los. Sie runzelte die Stirn und nahm plötzlich eine Bewegung auf dem kleinen Weg wahr, der zu der Strandbar führte. Sofort hob sie das Opernglas und hielt perplex den Atem an. Das war doch nicht möglich. Sie kannte den Mann, der zielsicher auf den Tisch zuging und sich setzte. Leider. Was für ein Debakel. Hella schluckte und beobachtete, wie er der Bedienung etwas herrisch zuwinkte und sich ungeduldig umsah. Er bestellte etwas und glättete anschließend sein dünnes Haar, bevor er mit blasiertem Gesichtsausdruck die Beine übereinanderschlug. Instinktiv begann Hella mit kleinen Schritten den Rückzug anzutreten, immer noch das Opernglas vor den Augen. Es war nicht zu fassen. Dort saß, unter dem Tarnnamen *kavalier11,* einer der schrecklichsten Männer der Insel. Es war Theo Möller, pensionierter Rechtsanwalt, der damals ihren Ex-Mann Hugo bei der Scheidung vertreten hatte. Es war zwar schon viele Jahre her, aber Hella hatte das nicht vergessen. Sie wechselte heute noch die Straßenseite, wenn sie ihn zufällig in Westerland sah. Ein arroganter, korrupter Trottel, der tatsächlich in der Verhandlung zu Hella gesagt hatte, sie sei doch nur eine gescheiterte schlechte Schauspielerin, die an Hugos Geld wollte. Eine Frechheit. Als wenn Hugo noch Geld gehabt hätte. Davon abgesehen hatte Theo Möller schlechtes Benehmen, dünnes Haar und keine Ahnung von Frauen. Hella hatte gehört, dass er von zwei Ehefrauen verlassen worden war. Jetzt suchte er anscheinend die dritte. »Oh nein, Theo«, sagte sie leise. »Nicht mit mir.«

Kurz entschlossen ließ Hella das Opernglas in der Tasche verschwinden und zog ihr Handy heraus. Sie suchte eine Nummer, wartete, bis jemand abnahm, und sagte dann: »Guten Tag, ich hatte einen Tisch bei Ihnen bestellt. Auf den Namen *Liebe.* Da müsste schon meine Verabredung sitzen. Wären Sie so gut, ihm ein Glas Eierlikör zu bringen? Nein, Sie müssen nichts dazu sagen. Der Herr zahlt selbst. Danke.«

Sie legte auf und lächelte. Gar nicht aufzutauchen hatte keinen Stil. So war es doch viel besser.

Ihr Rückzug war unauffällig erfolgt, jetzt atmete sie erleichtert durch und lief beschwingt und ganz in Gedanken über den Dünenweg zum Parkplatz, wo ihr Auto stand. Da war sie ja wirklich haarscharf einer Katastrophe entgangen. Was für ein Glück, dass sie das rechtzeitig erkannt hatte. Kurz bevor sie den Parkplatz erreicht hatte, kam ihr eine Frau mit Sonnenbrille und einem hellen Mantel entgegen. Als sie an ihr vorbeilief, blieb die Frau stehen. »Hella?«

Sie nahm die Sonnenbrille ab, erst jetzt sah Hella richtig hin. »Elvira! Entschuldige, ich war ganz in Gedanken. Hallo, das ist ja nett.«

Elvira Sander betrachtete Hella beeindruckt. »Was hast du denn vor? Du siehst ja … spektakulär aus.«

»Ach du«, Hella strich sich flüchtig über den Rock. »Ich habe gedacht, was soll das Zeug im Schrank hängen? Man kann sich doch auch im Alltag mal ein bisschen schicker anziehen. Ich bin hier spazieren gegangen, bei diesem schönen Wetter muss man doch an die frische Luft. Und du?«

»Ich wollte spazieren gehen«, Elvira deutete Richtung Meer. »Meine Gäste, die heute kommen sollen, stehen im Stau und treffen erst gegen Abend ein. Ich dachte, ich nutze die freie Zeit. Und außerdem gibt es da vorn diese hübsche Strandbar. Hast du Lust, mit mir eine Tasse Kaffee dort zu trinken?«

»In der Strandbar?« Hella schüttelte vehement den Kopf. »Da bin ich gerade vorbeigelaufen, die ist sehr voll und es sitzen dort ausgesprochen unsympathische Leute. Lass uns doch woanders hingehen. Auf die Promenade vielleicht, zum Eisladen?«

»Gut«, Elvira nickte. »Gern.«

Kurz darauf saßen sie vor Kaffee und Eisbecher auf der Terrasse des Cafés in der Sonne. »Ja, Elvira, dann erzähl doch mal«, begann Hella das Gespräch. »Bevor wir uns bei Sabine getroffen haben, habe ich dich ja ewig nicht gesehen. Ich dachte schon, du hättest die Insel verlassen.«

Elvira senkte den Blick und rührte Zucker in ihren Kaffee. Erst nach einer Weile sah sie hoch. »Du wirst lachen, ich bin im Moment wirklich am Überlegen, die Insel zu verlassen. Ich wollte es erst mal in Ruhe mit meiner Tochter besprechen, aber die hatte wie immer keine Zeit. Deshalb denke ich immer noch so für mich darauf herum.«

»Aber warum?« Hella sah sie erstaunt an. »Du hast doch dieses schöne Haus in Westerland. Und alte Bäume sollte man nicht mehr verpflanzen, das soll nicht uncharmant klingen, aber ich darf das sagen, wir sind schließlich ein Jahrgang. In unserem Alter zieht man doch nicht mehr um. Und schon gar nicht von der Insel weg. Dann hockst du an irgendeinem fremden Ort unter lauter fremden Leuten. Das kannst du doch nicht wollen.«

»Ich hocke doch hier auch unter lauter fremden Leuten«, entgegnete Elvira achselzuckend. »Meine Nachbarn sind entweder gestorben oder haben ihre Häuser verkauft, in meiner Straße bin ich die Letzte der alten Einwohner. Im Winter ist alles dunkel, im Sommer ist in jedem Garten abends Halligalli. Die meisten Häuser werden vermietet, jede Woche ist Bettenwechsel, es ist ein einziges Kommen und Gehen. Mein Chor hat sich im letzten Jahr aufgelöst, weil wir nicht mehr genug Mitglieder hatten, meine Doppelkopfrunde gibt es auch nicht mehr und wo bitte soll man denn jetzt noch Leute treffen? Es wird mir jetzt langsam zu einsam. Ich finde noch nicht einmal jemanden, der mit mir mal ins Kino geht. Und ich gehe so gern ins Kino, nur eben nicht allein.«

»Ins Kino?« Hella beugte sich sofort vor. »Also, meine Liebe, da reicht ein Anruf, ins Kino komme ich jederzeit mit.«

»Wirklich?«, ein kleines Lächeln huschte über Elviras Gesicht. »Das wäre schön. Sogar sehr schön. Ja, vielleicht rufe ich dich tatsächlich mal an.«

»Vielleicht?« Hella schüttelte empört den Kopf. »Das machst du ganz bestimmt. Du darfst dich nicht darüber beschweren, dass du einsam bist, du musst was dagegen tun. Unternimm was, falls dir nichts einfällt, ich habe genug Ideen.«

»Ach ja?«, die Skepsis in Elviras Stimme war nicht zu überhören. »Die brauche ich auch. Ich will mich ja nicht in irgendwelche Lokale setzen und darauf warten, dass mich jemand anspricht, dafür bin ich auch zu alt. Aber auf anderen Wegen lernt man wahrscheinlich niemanden mehr kennen. Bis auf …« Sie lächelte plötzlich zaghaft, sofort fragte Hella: »Ja? Was wolltest du gerade sagen?«

»Ach, mir ist da neulich was Dummes passiert«, Elvira errötete leicht. »Ich bin von der Straße abgedrängt worden und habe einen Fahrradfahrer angefahren. Natürlich habe ich mich sofort um ihn gekümmert und ihn ins Krankenhaus gebracht. Ein sehr sympathischer Mann, er wohnt in Tinnum.«

»Und?«

»Nichts und«, achselzuckend sah Elvira sie an. »Ich war zu aufgeregt, um ihn nach seinem Namen zu fragen. Er hat mich aber auch nicht nach meinem gefragt. Hinterher habe ich mich geärgert. Ich wäre sehr gern mit ihm Kaffee trinken gegangen. Und hätte mich erkundigt, wie es ihm geht. Aber dann war es zu spät.«

»Dann musst du das eben rauskriegen. Oder hoffen, dass du ihn noch mal zufällig triffst.«

»Bei meinem Glück wird das wohl nichts«, Elvira lächelte wehmütig. »Aber es ist jetzt auch egal. Vielleicht hat meine Tochter recht, ich muss mehr unter Leute, dann fällt es mir auch wieder leichter, ganz normal mit Fremden zu reden, ohne zu vergessen, mich vorzustellen.«

Hella betrachtete sie nachdenklich, dann sagte sie: »Falls du Lust hast, wir haben am Wochenende bei uns den Frühlingsbasar und wir brauchen dringend noch Hilfe beim Kuchenverkauf. Dann kämst du unter Leute.«

»Frühlingsbasar?« Elvira hob interessiert den Blick. »Den gibt es noch? Früher war ich gern dort. Hans-Georg und ich sind immer mit dem Rad hingefahren und haben da Kaffee getrunken. Und es gab so guten Kuchen. Die Idee ist gar nicht schlecht.«

»Den guten Kuchen gibt es immer noch«, sagte Hella. »Aber wie gesagt, wir brauchen Verstärkung, um den zu verkaufen. Unsere Hilke Petersen ist ausgefallen, anscheinend ist sie verliebt und hat jetzt andere Dinge zu tun.«

»Verliebt?«, Elvira lächelte. »Das gehört im Frühling bei jungen Leuten doch dazu.«

»So jung ist sie auch nicht mehr«, entgegnete Hella. »Wobei das selbstverständlich kein Grund ist, sich nicht zu verlieben. Apropos, Elvira, ich habe noch eine Idee, wie du deine Einsamkeit beenden und vielleicht den geheimnisvollen Fahrradfahrer wiederfinden kannst.«

»Ach ja?«

Hella beugte sich über den Tisch und senkte ihre Stimme. »Ich sag nur *Liebe oder Eierlikör*. Hast du schon davon gehört?«

»Von Eierlikör?«, verständnislos sah Elvira sie an. »Ja, schon. Ich mag den nicht besonders. Nur mit Eis. Warum?«

»Nein, ganz falsch. *Liebe oder Eierlikör* ist der Name einer Möglichkeit, im Internet einen Partner zu finden. Eine App, mit deren Hilfe man jemanden aus der Umgebung kennenlernen kann. Du brauchst nur ein Handy und jemanden, der sich damit auskennt. Ich kenne mich inzwischen aus. Es war bislang zwar noch nicht sonderlich erfolgreich, aber ich habe auch erst angefangen. Sabine ist übrigens auch dabei.«

»Eine Kontaktbörse?« Elvira riss die Augen auf und winkte sofort ab. »Um Himmels willen, das ist nichts für mich. Ich würde nur gern ab und zu mal wieder was mit anderen unternehmen. Aber ich möchte mir keinen neuen Mann suchen. Und ich glaube auch nicht, dass der Fahrradfahrer bei so was mitmacht. Der wusste noch nicht einmal, wie sein Handy angeht.«

»Nicht?«, Hella hob die Schultern. »Na ja, das muss ja auch nicht sein. Aber dann kannst du doch trotzdem zum Frühlingsbasar kommen, oder? Und uns beim Kuchenverkauf helfen?«

»Ja«, Elvira nickte entschlossen. »Da mache ich gern mit. Wann soll ich da sein?«

»Am Samstag um zehn. Dann sag ich Minna Paulsen Bescheid, die wird sich freuen und du wirst sehen, dass du ruckzuck neue Leute kennenlernst. Halt dich einfach an mich.« Sie lächelte zufrieden. »Es gibt wirklich keinen Grund, diese Insel zu verlassen. Du musst nur mal aus dem Quark kommen. Der Rest ergibt sich ganz von selbst.«

15.

Auf dem Platz vor dem Gemeindegebäude herrschte schon ein lebhaftes Treiben, als Ernst um die Ecke bog. Er blieb stehen und suchte nach bekannten Gesichtern unter all den Menschen, die hier von Stand zu Stand schlenderten und sich die Auslagen ansahen. Ob Blumen, Gartenartikel, Keramikgeschirr, Marmeladen oder Süßigkeiten, vor jedem Stand hatten sich Schlangen gebildet.

Ernst bahnte sich den Weg zum Kaffeestand, der in seinen Augen ohnehin der wichtigste auf diesem Frühlingsbasar war. Auch hier war eine Schlange, die er mit wichtigem Gesichtsausdruck elegant umrundete: »Entschuldigung, darf ich mal durch, verzeihen Sie, ich müsste da eben mal vorbei, danke, darf ich …« Bereitwillig traten die Leute zur Seite, man musste nur so tun, als sei man in wichtiger Funktion unterwegs und schon hatte man Vorfahrt. Jetzt hatte er den Tresen erreicht und stand vor der Damenriege um Minna Paulsen. Gudrun kehrte ihm den Rücken zu, weil sie sich an der Kaffeemaschine zu schaffen machte, Minna schnitt Tortenstücke und Hella kassierte gerade bei der Dame, die noch vor ihm stand. Sein Blick fiel auf die Frau, die neben Minna die Tortenstücke auf Teller schob, sie kam ihm bekannt vor, ihm fiel nur nicht ein, woher er sie kannte. Sie schien die Vertretung für Hilke zu sein, zumindest trug sie eine der Schürzen, die Minna damals für alle genäht hatte. Damit sie einheitlich aussahen. Aus dem Dorf kam sie nicht, das wüsste er. Aber gesehen hatte er sie schon mal.

Jetzt sah sie ihn direkt an und fragte: »Was darf es für Sie sein?«

»Ja, ich ...«, Ernst sah sie neugierig an. »Ich wollte gern Kuchen. Aber wir kennen uns doch, oder? Wir haben uns schon mal gesehen.«

Plötzlich unsicher geworden, musterte sie ihn und runzelte die Stirn. »Ja, jetzt wo Sie es sagen, aber ...«

»Ach, guck mal«, Hella hatte ihn plötzlich entdeckt und lächelte breit. »Elvira, das ist Gudruns Mann, Ernst. Ernst, das ist Elvira Sander aus Westerland, eine uralte Bekannte von mir, wir haben uns aber erst jetzt wiedergetroffen. Und sie ist gleich hier eingesprungen.«

»Jetzt weiß ich es«, Elvira beugte sich über den Tresen

und gab ihm die Hand. »Sie haben neulich geholfen, als ich am Bahnhof den Fahrradfahrer umgefahren habe. Sie waren Zeuge und haben sich um das Rad gekümmert.«

»Genau«, er lächelte sie an. »Das stimmt. Sie sind ja danach mit ihm weggefahren. Wie geht es ihm denn? Hat er alles gut überstanden?«

»Das …«, mit einem Seitenblick auf Hella zögerte sie, bevor sie leise antwortete: »Ich weiß es leider nicht, ich habe vergessen, nach seinem Namen zu fragen, und kann mich deshalb nicht danach erkundigen. Kannten … Sie ihn vielleicht? Er ist ein Sylter.«

»Nein, ich kannte ihn nicht«, sagte Ernst bedauernd. »Ich habe mehr auf den Unfallverursacher und das Fahrrad geachtet. Tut mir leid. Aber er schien ja ganz munter zu sein. Und nicht verletzt.«

»Ja«, Elvira sah ihn enttäuscht an. »Das stimmt. Aber ich dachte …«

»Ach, Ernst«, Gudrun hatte ihn in dem Moment entdeckt. »Wenn du schon da bist, kannst du uns einen Gefallen tun. Wir brauchen die Dosenmilch aus dem großen Kühlschrank. Kannst du die schnell holen?«

»Ich? Jetzt?« Ernst sah sich um. »Aus welchem Kühlschrank denn?«

»Ich komme mit«, Hella kam um den Tresen herum.

»Wir brauchen auch noch Servietten, du kannst tragen helfen. Kommst du?«

Zu seiner Verwunderung lächelte sie ihn immer noch übertrieben an, während sie ihn am Handgelenk mit sich zog, sodass er der netten Elvira nur noch kurz zuwinken konnte. Erst als sie außer Hörweite der Kuchendamen waren, sagte sie in verschwörerischem Ton: *»jamesbond006? Sportlich, entschlossen, gerecht?«*

»Was?«

»#gentlemanräuber, #sonneübersylt, #bierstattschampus«, Hella kicherte und stieß ihn in die Seite. »Ich hätte mich wegschmeißen können.«

»Worüber denn?«, Ernst blieb stehen und sah sie verwirrt an. »Ich verstehe kein Wort.«

Sie kicherte immer noch und zog ihn weiter. »Nur dein Bild sieht aus wie ein Fahndungsfoto. Nicht ganz unsympathisch, du hast da so was Zupackendes im Blick, was manche Frauen ja durchaus mögen. Aber du wirkst da zehn Jahre jünger. Das sind diese Filter, nicht wahr? Habe ich aber auch gemacht. Ich habe dich trotzdem sofort erkannt.«

»Hella«, Ernst befreite sich aus ihrem Klammergriff. Langsam ahnte er, um was es ging. »Kannst du mir das zeigen?«

»Komm mit«, sie deutete mit dem Kopf zum Eingang.

»Sonst fliegst du doch noch auf.« Er folgte ihr ins Gebäude, hinter der Tür blieb sie stehen und zog ihr Handy aus der Jackentasche. Während sie über das Display wischte, grinste sie wieder. »Ich habe echt nicht gedacht, dass du da mitmachen könntest. Deine Neugier muss grenzenlos sein. Ich hoffe, dass du das nur machst, um Hilke zu retten. Ansonsten müsste ich mal ein ernstes Wort mit Gudrun reden, wir sind schließlich befreundet.« Inzwischen hatte sie gefunden, was sie gesucht hatte, und hielt ihm triumphierend das Handy vor die Augen. »Bitte«, sagte sie und lachte schon wieder. »*jamesbond006*. Lustig, wirklich lustig.«

Ohne den Blick abzuwenden, suchte er in seiner Jackentasche nach der Brille, setzte sie auf und nahm Hella das Gerät ab. »Aber …«, er betrachtete das Bild und die Schrift. »Wieso 006? Das muss doch 007 heißen.«

»Das ist doch der Witz«, antwortete Hella. »Du bist ja nicht das Original, sondern eine Nummer kleiner. War das denn nicht deine Idee?«

»Ich … nein … doch«, ganz langsam hob Ernst das Handy höher, damit er das Bild besser sehen konnte. Er war *jamesbond006*. Es war das Foto, das Mats in Wenningstedt von ihm gemacht hatte, allerdings war es jetzt schwarz-weiß und gab ihm tatsächlich etwas sehr Verwegenes und Abenteuerlustiges. Nicht schlecht, dachte er, das war beileibe nicht schlecht. Was diese zusammengeschriebenen Wörter darunter genau zu bedeuten hatten, war ihm nicht auf Anhieb klar, aber *bierstattschampus* war eine korrekte Aussage.

»Das ist doch gut«, er sah Hella an. »Also Mats hat ja … bin ich jetzt …?«

»Bei *Liebe oder Eierlikör* angemeldet«, vollendete Hella seinen Satz. »Ich habe heute Morgen auch mein Interesse an einem Date mit dir bekundet. Soll ich beleidigt sein, dass du nicht reagiert hast? Oder hast du das noch nicht gesehen?«

»Wie? Nein«, nervös lockerte Ernst seinen Kragen. »Ich weiß noch gar nicht, wie das alles genau funktioniert. Und mein Handy liegt zu Hause. Oh Gott, ich darf das nicht mehr liegen lassen, wenn da jetzt Gudrun draufguckt.«

»Jetzt verkauft sie erst mal Kuchen«, Hella klopfte ihm beruhigend auf den Rücken. »Aber ab sofort solltest du es am Mann tragen. Sonst bekommst du gar nicht mit, wenn dich jemand kennenlernen will.«

»Aber ich will ja nicht …«, Ernst schluckte trocken, er hatte plötzlich einen ganz heißen Kopf. »Ich will mich ja nicht mit irgendjemandem verabreden, ich wollte nur sehen, ob Hilke da mitmacht. Und ob ich da sonst noch jemanden kenne. Ich versuche, Schaden abzuwenden.«

»Dafür musst du die mutmaßlichen Opfer aber erst mal treffen«, Hella sah ihn schadenfroh an. »Jetzt musst du mitmachen, jetzt bist du angemeldet. Mitgefangen, mitgehangen. Aber ich kann natürlich mitkommen, wenn du dein erstes Date hast. Als Aufpasserin.«

»Sag mal, wo bleibt ihr denn?« Wie aus dem Nichts war plötzlich Minna aufgetaucht. »Wir warten auf die Dosenmilch. Habt ihr keinen Schlüssel für die Küche oder warum dauert das so lange?«

»Den musste ich erst mal besorgen«, antwortete Hella und hielt ein Schlüsselbund hoch. »Ich wollte die Sahne gerade holen.«

»Ja, dann los«, Minna schob Hella in Richtung Küche. »Die anderen warten.«

»Dann braucht ihr mich hier nicht mehr?«, rief Ernst ihnen nach. »Dann gehe ich wieder? Ich muss noch mal kurz nach Hause, ich habe etwas vergessen.«

»Alles klar.« Hella winkte ihm zu. »Viel Erfolg«, dann verschwand sie mit Minna im Gang.

Als Hella kurz darauf zusammen mit Minna, einem Arm voll Servietten und einem großen Karton Dosensahne wieder zurückkam, war von Ernst nichts mehr zu sehen. Vermutlich rannte er gerade nach Hause, um sein Handy zu sichern, dachte sie und musste sich sofort wieder das

Lachen verbeißen. *jamesbond006.* Es war wirklich lustig. Und sie war sich sicher, dass er Einladungen zu Verabredungen bekommen würde. Sein Foto gehörte zum oberen Drittel von denen, die sich Hella bis jetzt angesehen hatte. Mats hatte es sehr gut bearbeitet. Ernst Bond hatte gute Chancen.

Die Schlange vor dem Kaffeetresen war zwar inzwischen etwas kürzer geworden, aber Elvira und Gudrun wirbelten trotzdem mit erhitzten Gesichtern zwischen Kaffeemaschine und Kuchenblechen und sahen Minna und Hella erleichtert entgegen, als die wieder ihre Plätze einnahmen.

»Was darf es sein?«, fragte Hella sofort einen grau melierten, gut aussehenden Mann in wattierter, dunkelblauer Jacke, der den Kuchen in der Auslage kritisch beäugte. »Haben Sie hier nur Kuchen?«, fragte er laut und wandte sich an seine weibliche Begleitung, die hinter ihm stand und Hella bekannt vorkam. »Die haben nur Kuchen, Silke.«

»Ja«, entgegnete Hella sehr freundlich, »weil das hier der Kuchenstand ist. Würstchen gibt es hinten rechts am Wagen.«

»Silvia«, sagte die Begleitung und lächelte ihn unsicher an. »Ich hätte ganz gern ein Stück Kuchen. Und eine Tasse Kaffee.«

»Silvia. Na gut«, er hob die Schultern. »Dann eben Kuchen. Und Kaffee. Zweimal Kaffee, ein Stück Kuchen.«

»Zwei Tassen Kaffee, bitte«, rief Hella in Gudruns Richtung, die für die Getränke verantwortlich war. Sie überlegte immer noch, woher sie die Frau kannte, kam aber nicht darauf. »Und welcher Kuchen darf es sein?«

»Was ist das für einer? Der mit der Schokoladenglasur?«

Hella folgte ihrem Blick und nahm schon mal einen Teller in die Hand. »Das ist …«, sie hatte keine Ahnung und sah Hilfe suchend zu Minna.

»Eierlikör«, sagte die sofort. »Ist sehr gut.«

»Eierlikör?«, die Frau sah den Mann an und lachte auf. »Dann lieber nicht. Ich nehme ein Stück Apfelstreusel.«

Hella stutzte jetzt und sah die Frau genauer an. Konnte es sein, dass die beiden sich auch …

»Bitte schön«, Gudrun kam von hinten und stellte zwei Tassen auf den Tresen.

»Und was ist mit dem Kuchen?«, der Mann hatte seine Geldbörse schon in der Hand. »Haben Sie verstanden? Apfelstreusel.«

»Ja, ähm, natürlich«, Hella legte ein Stück Kuchen auf den Teller. »Mit Sahne?«

»Nein«, antwortete der Mann. »Was bekommen Sie?«

»Sieben Euro fünfzig, bitte.«

Er legte das Geld abgezählt auf die kleine Schale, reichte seiner Begleitung den Teller und eine Tasse und folgte ihr mit der anderen Tasse zu einem der langen Tische.

Hella sah ihm nach. Die Frau war mindestens zehn Jahre älter als er und wirkte etwas schüchtern. So als ob sie ihn gerade erst kennengelernt hätte.

»Ich räume mal die Tische ab«, sagte Hella kurz entschlossen zu Elvira. »Und sammele das gebrauchte Geschirr ein. Die Leute bringen ja nie was zurück.« Sie griff nach einem Tablett und steuerte auf die Tische zu. Sie wollte wissen, woher sie die Frau kannte, es machte sie immer ganz verrückt, wenn ihr so was nicht einfiel. Sie warf einen unauffälligen Blick zum Tisch, dann fing sie an, in unmittelbarer Nähe des Paares die Tassen und Teller zusammenzustellen.

»Jedenfalls gestalten sich die Verhandlungen außerordentlich schleppend«, erzählte der Mann in der wattierten Jacke so laut, dass Hella sich beim Zuhören noch nicht einmal anstrengen musste. »Was ich überhaupt nicht verstehe: Die sollen doch froh sein, so ein altes Hotel abzureißen, das verschandelt doch den ganzen Ort.«

»Aber es ist doch ein ganz hübsches Haus«, warf seine

Begleitung ein. »Ich kenne das *Deichhotel* seit Jahren, ich mag diese weiße Fassade und die kleinen Türmchen.«

»Türmchen«, der Mann schnaubte. »Diese alten Hotels sind doch gar nicht mehr gefragt, wer will denn in dieser Klitsche noch wohnen? Das kannst du nur abreißen und an der Stelle moderne Appartements bauen. Das werde ich denen noch beibringen. Die Leute wollen es heute stylish und modern, niemand will mehr in so alten, engen Zimmern hausen. Aber diese Insulaner sind wirklich fürchterlich verschnarcht, bis die mal in die Pötte kommen, ist hier schon Land unter. Ich hatte ja bis vor Kurzem ein Projekt in Dubai, da sind die Leute entschlossener, da kannst du noch Geld verdienen. Das ist da eine ganz andere Baubranche, da läuft die Nummer, da denkt jeder mit, nicht so wie hier, wo alle zu ihrem Glück gezwungen werden müssen. Aber das kriege ich auch noch hin.«

»Dubai?«, sie sah ihn mit großen Augen an. »Da war ich auch mal. Mit meiner Schwester auf einer Kreuzfahrt. Wir haben da einen Landausflug gemacht und in einem sehr vornehmen Hotel ganz oben Kaffee mit Blattgold getrunken. Das war toll. Du kommst ja anscheinend viel herum in deinem Beruf, das muss sehr aufregend sein.«

Die Bäckereiverkäuferin aus Keitum. Hella musste

sich beherrschen, sich nicht an die Stirn zu schlagen. Sie hatte sie nur nicht erkannt, weil sie sonst immer einen weißen Kittel anhatte. Statt des bunten Kleids, das sie heute trug. Aber sie war es. Ganz sicher.

»Eine Kreuzfahrt?«, der arrogant wirkende Mann senkte jetzt seine Stimme, legte der Bäckereifachverkäuferin aber sanft die Hand auf die Schulter. »Das können wir ja auch mal zusammen planen. Vielleicht ans Mittelmeer? Korsika, Monaco, Mallorca, wie wäre das?«

»Oh«, sie sah verlegen hoch. »Das wäre natürlich … also, ja, gern. Ich habe aber erst im September Urlaub, während der Saison ist es schwierig.«

Hella wischte ein paar Krümel vom Tisch und rückte noch ein bisschen näher. Der Mann beugte sich jetzt zu der Frau, seine Nase berührte fast ihr Haar.

»Im September ist es wundervoll am Mittelmeer. Und bis dahin habe ich auch meine Geschäfte auf der Insel und in Berlin und München erledigt und jede Menge Zeit für dich. Kannst du dir das vorstellen, wir beide, die Sonne, das Meer, kühle Getränke, heiße Nächte?«

Sie lächelte hingerissen und Hella schüttelte sich innerlich. Nicht nur, dass dieser Schleimer wesentlich jünger war als sie, er hatte tatsächlich etwas Aalglattes, fast schon Unangenehmes an sich. Mister Wichtig aus Dubai. Hella fragte sich, wie blind eine Frau sein konnte.

Diese hier war anscheinend sehr vernebelt, sie legte ihm jetzt eine Hand auf den Arm und sagte: »Das wäre wunderbar.«

»Ja, gut«, abrupt wich er zurück und sah auf die Uhr. »Du, es tut mir leid, aber ich habe noch einen wichtigen Termin, ich müsste langsam los. Kann ich dich noch nach Hause bringen oder möchtest du hier noch schauen?«

»Nein, ich fahre gern mit dir mit«, sie ordnete schnell ihr Haar, während er schon aufstand. »Dann haben wir noch ein bisschen Zeit miteinander.«

Hella zog sich mit ihrem vollen Tablett zurück, bevor die beiden noch bemerkten, dass sie gerade Opfer eines Lauschangriffs geworden waren. Während sie das Tablett langsam zum Tresen balancierte, fragte sie sich, ob sie mit ihrer Vermutung richtiglag. Aber er war wirklich ein unangenehmer Typ. Die arme Frau. Das konnte doch nichts werden.

Hella blieb noch einen Moment stehen und sah ihnen nach, bis sie in ein Auto stiegen, das im absoluten Halteverbot geparkt hatte.

Typisch, dachte Hella, noch einer dieser Männer, die dicke Autos fuhren, aber keine Schilder lesen konnten. Als der weiße SUV auf die Straße schoss, seufzte sie auf. Sie hätte ihr den Eierlikörkuchen aufzwingen sollen. Nach Liebe hatte das gerade nicht ausgesehen.

16.

Martinas Finger flogen über die Tastatur, während sie die Zahlenkolonne addierte. Plötzlich hatte sie einen seltsamen Geruch in der Nase, sie hob den Kopf und sah Ernst Mannsen auf sich zukommen. »Moin Martina.«

»Moin Ernst«, sie schnupperte, als er vor ihr stehen blieb, und sah ihn an. »Bist du das? Dieser Geruch?«

»Ja«, er strich sich verlegen übers Kinn. »Ein neues Rasierwasser kombiniert mit dem Eau de Toilette, das mir meine Tochter letztes Jahr zu Weihnachten geschenkt hat. Gefällt es dir nicht?«

Martina blieb neutral. Was sollte sie auch sagen? Er roch wie eine Seifenfabrik. Sie musterte ihn und hob dabei fast unmerklich eine Augenbraue. Seine Garderobe war heute auch außergewöhnlich. Das Hemd war mehrfarbig gestreift, er sah sehr bunt aus, zumal er auch noch einen knallroten Pullover über die Schultern gelegt hatte. Sie kannte Ernst Mannsen nur in gedeckten Farben. Was ihm auch eher entsprach.

»Du hast heute was vor.« Es war mehr eine Feststellung als eine Frage. Ernst sah sich kurz um, bevor er sich zu ihr beugte. »Mission Frühlingsgefühle«, raunte er ihr leise zu. »Jetzt geht es los. Du kannst mir die Daumen drücken.«

Hinter ihm ging die Tür auf, ein älterer Mann betrat die Bank und schob seine Karte in den Kontoauszugsdrucker. Er warf einen Blick auf Martina und hob die Hand. Sie nickte. »Moin, Herr Berger.«

Sofort trat Ernst einen Schritt zurück und sagte laut: »Mats wartet im Auto, wir machen heute einen Opa-Enkel-Tag. Ich soll aber vorher die Einnahmen vom Kuchenverkauf einzahlen. Es war sehr schade, dass du nicht auf dem Frühlingsbasar warst. Die Damen haben ihren Kuchen bis auf den letzten Krümel verkauft. Alles für den Kinder-Club, Minna hat sich sehr gefreut. Und ich soll es einzahlen, weil Gudrun und Minna ja heute nach Husum müssen, zum Augenarzt, weil Minna eine neue Linse kriegt, und Gudrun begleitet sie.« Er holte Luft, als sein Redeschwall beendet war. Martina streckte nur die Hand nach der Geldtasche aus und sah ihn warnend an. Wenn Ernst nervös war, redete er immer zu viel. Und Herr Berger stand noch hinter ihm.

»Rechne lieber noch mal nach«, schlug Ernst jetzt vor, während sie bereits begonnen hatte, die Scheine stumm zu zählen.

»1876,20 Euro«, sagte Martina jetzt laut und sortierte die Scheine ein. »Gut.«

»Eine Menge Geld, nicht wahr?« Ernst hatte mit der Frage gewartet, bis Martina alles gezählt hatte. »Für Hilke ist übrigens eine alte Bekannte von Hella am Kuchenstand eingesprungen. Nette Frau. Elvira Sander. Ich kannte sie schon, ich habe sie neulich bei einem Autounfall kennengelernt. Ich hatte mich als Zeuge zur Verfügung gestellt, nur wurden meine Dienste nicht gebraucht. Aber es kommen auch wieder Zeiten, in denen meine Hilfe benötigt wird.«

Martina sah ihn warnend an. »Wiedersehen, Herr Berger.«

»Ja, tschüss, Frau Wolf«, die Tür schob sich hinter ihm zu und Martina heftete den Blick auf Ernst. Mit der Hand fächerte sie sich Luft zu. »Es riecht sehr stark.«

»Ach, das verfliegt gleich draußen«, beruhigte Ernst sie. »Aber ich muss mir ja Mühe geben. Ich bin sehr nervös, Martina, was mache ich denn, wenn das alles schiefgeht?«

Martina tippte jetzt etwas in den Computer und schob ihm einen Durchschlag des Einzahlungsträgers zu. »Den kannst du in den Kinder-Club-Ordner abheften. Was soll denn schiefgehen? Du willst dich doch nur vergewissern, dass die Damen, mit denen du dich triffst, nicht auf etwaige Betrüger hereinfallen. Und vielleicht etwas Licht in das Dunkel meiner gelben Zettel bringen.«

»Das hast du schön gesagt«, Ernst lächelte sie kurz an. »Es wäre noch schöner, wenn du mir auch noch die Namen der Damen mit den auffälligen Kontobewegungen sagen könntest.«

Martina schüttelte den Kopf. »Bankgeheimnis.«

Nach einem langen Seufzer sagte Ernst: »Ich habe übrigens doch Hella eingeweiht. Das musste ich, sie hat mich in dieser App gefunden. Zu meiner großen Überraschung macht sie da nämlich auch mit. Und ich fühle mich sicherer, wenn sie als Zeugin dabei ist. Sie wird sich aber im Hintergrund halten und nur eingreifen, wenn etwas aus dem Ruder läuft.«

Martina hob eine Augenbraue, dann nickte sie. »Eine gute Entscheidung. Wenn sie dir bei der Recherche hilft, redet sie nicht drüber. Das ist besser. Weißt du denn, mit wem du dich gleich triffst?«

»Nein«, Ernst sah sie mit einem Hauch von Verzweiflung an. »Sie hat irgendeinen albernen Namen, Mats hat das alles gemacht. Ich habe mir auch alle Fotos der Frauen angesehen, aber mir kam kein einziges bekannt vor.

Übrigens noch nicht mal das von Hella, die Frauen gucken alle ganz anders in die Kamera, als sie sonst aussehen. Und richtige Namen haben sie ja auch nicht. Hilke habe ich auch nicht gefunden.«

»Dann lass es auf dich zukommen«, Martina sah ihn an und starrte dann auf den Durchschlag der Einzahlung, die noch vor ihm lag. Er folgte ihrem Blick und entdeckte darunter einen gelben Zettel mit der Notiz: *500,–/#erdbeertoertchen.*

Langsam hob er den Kopf und sah sie an. »Was …?«

»Ich wünsche dir einen schönen Tag, Ernst.«

»Danke«, Ernst trat einen Schritt zurück. »Das wünsche ich dir auch.«

Sie sah ihm nach, als er den Vorraum der Bank durchquerte und draußen in sein Auto stieg, in dem Mats wartete, bevor sie sich wieder ihrer Arbeit widmete. Sie wollte diesen Vorgang noch fertig machen, bevor ihre Kollegin kam und sie selbst zu ihrem Termin nach Westerland musste. Sie hob den Kopf und sah auf die Uhr über dem Eingang, es war sechs nach elf, Britt Elvers kam schon wieder zu spät. Im selben Moment fuhr Britt mit dem Fahrrad auf den Parkplatz, stieg ab und schloss das Rad an den Metallständer.

»Entschuldige«, rief sie sofort, als sie hereinstürmte. »Ich bin aufgehalten worden.«

»Du wirst immer aufgehalten«, antwortete Martina, ohne ihre Sitzposition zu verändern. »Mir passiert das nie, vielleicht solltest du das ändern.«

»Ja, ja, aber heute konnte ich nichts dafür«, Britt verstaute ihre Tasche unter dem Schreibtisch und ließ sich auf den Stuhl fallen. »Ich musste einer verzweifelten Frau helfen, sie ist mir fast ins Fahrrad gelaufen, weil sie im Gehen telefoniert und mich nicht gesehen hat.« Sie schaltete ihren Rechner ein und warf Martina einen kurzen Blick zu.

»Aha«, Martina schob ihre Unterlagen zusammen. »War sie verzweifelt, weil sie dir fast ins Fahrrad gelaufen ist?«

»Nein, weil sie ein unangenehmes Gespräch hatte.«

»Und deshalb hat sie dich aufgehalten? Da konntest du doch nichts dafür.«

Britt seufzte. »Martina, du hast wirklich so gar keine Empathie. Die Frau hatte ein Problem, vielmehr ihr Freund hat eines, sie hat mich gefragt, wo es hier eine Bank gibt, das konnte ich ihr ja beantworten. Sie muss jeden Moment kommen, ich bin schon vorgefahren.«

»Aha.« Martina schüttelte ganz leicht den Kopf. Sie konnte nicht verstehen, warum sich alle gleich so aufregten. Es war immer alles dringend und verzweifelt und unangenehm, man konnte doch auch mal die Ruhe bewahren und musste sich nicht überall einmischen. Sie mochte keine Aufregung, schon gar nicht, wenn sie mit ihr überhaupt nichts zu tun hatte. Wenn sich jeder nur um seine Angelegenheiten kümmern würde, gäbe es viel weniger Durcheinander.

»Was ist denn eigentlich mit Hilke Petersen los?«, fragte Britt sie jetzt. »Ich war ja auf dem Frühlingsbasar, da habe ich gehört, dass sie sich ganz plötzlich aus der Gemeindearbeit zurückgezogen hat und jetzt ständig unterwegs ist. Weißt du da was Genaueres?«

Martina seufzte. »Wer erzählt denn so was? Sie arbeitet immer noch in der Gemeinde und hatte nur keine Zeit, beim Basar Kuchen zu verkaufen.«

»Ja eben«, Britt sah sie neugierig an. »Sonst war sie immer da. Der Termin steht ja schon lange. Und den sagt sie plötzlich ab? Das passt doch gar nicht zu ihr. Oder ist sie krank?«

Und schon gab es wieder Durcheinander und Gerüchte. Martina schüttelte den Kopf. »Sie hatte nur keine Zeit. Punkt.«

»Minna Paulsen macht sich aber Sorgen um sie«, Britt gab nicht nach. »Sie wäre so verändert. Stimmt das? Ich habe sie lange nicht gesehen. Minna sagt, dass Ernst Mannsen sich auch Gedanken macht, und hat mich gefragt, ob ich mich mit diesen Dating-Portalen im Internet auskenne. Die Frage kam so aus dem Nichts. Ernst hat Minna wohl erzählt, dass er bei Hilke so ein komisches Gefühl hätte. Hat sie bei so was mitgemacht? Oder was ist da los?«

Jetzt stand Martina ganz langsam auf und stützte sich mit den Händen auf ihrem Schreibtisch ab. »Frag Hilke, wenn es dich so interessiert. Wenngleich ich nicht verstehen kann, warum es dich interessiert. Sonst hast du ja auch nichts mit ihr zu tun.« Ein Geräusch ließ sie zur Tür blicken. »Kundschaft. Mach du das, ich will hier noch die Buchungen fertig machen, bevor ich nach Westerland ins Hauptgeschäft fahre.«

»Ah, da sind Sie ja«, Britt sprang sofort auf, während Martina sich wieder auf den Stuhl sinken ließ. Sie atmete tief durch und konzentrierte sich auf die Zahlen. Auf sie war Verlass, sie waren klar, unaufgeregt, unbestechlich, Martina mochte das. Viel lieber als aufgeregte Leute. Und komische Gefühle.

»Was kann ich denn jetzt für Sie tun?«, Britt hatte so eine furchtbar laute Stimme, auch das verstand Martina nicht. Konnte man nicht mal mit Kunden diskret und leise reden? Es musste doch nicht jeder über die Geldgeschäfte anderer Bescheid wissen. Sie hob nur kurz den Kopf, um die Kundin anzusehen. Die Frau war ihr unbekannt, sie war noch nie in dieser Filiale gewesen. Martina schätzte sie auf Anfang sechzig, sie trug Jeans, einen leichten Mantel und ein buntes Tuch um den Hals. Sie konzentrierte sich wieder auf ihre Buchungen, zuckte aber sofort zusammen, weil die Kundin noch lauter sprach als Britt.

»Ach Gott, wo soll ich anfangen?«, sie rang die Hände, ihre Stimme zitterte vor Aufregung. »Also, mein … mein Lebensgefährte wollte heute mit dem Flugzeug aus Düsseldorf kommen, heute Nachmittag sollte er in Westerland landen. Ich bin hier gerade zur Reha und hatte mich schon so gefreut, dass er überhaupt kommen kann. Und jetzt hat er gerade angerufen, sein Flug sei gecancelt, er müsse jetzt mit der Bahn kommen. Das ist schon ärgerlich genug. Aber gestern Vormittag haben sie ihm im Hotel bei einem Geschäftsessen seine Aktentasche gestohlen, da war alles drin: Laptop, Brieftasche, alle Karten, sein Geld. Natürlich hat er sofort alle Karten sperren lassen, er kann also nichts abheben. Er hat nur noch eine alte EC-Karte, allerdings für ein Konto, das gerade nicht gedeckt ist. Ich muss ihm also jetzt ganz schnell tausend Euro schicken, die müssen aber per Blitzüberweisung rausgehen, das hat er mir so erklärt, damit er wenigstens heute Abend wieder Geld abheben kann. Um morgen hierherkommen zu können.«

Martina runzelte beim Buchen die Stirn, das war ja

eine abenteuerliche Geschichte. Wieso ging er nicht einfach zu seiner Hausbank und holte Geld?

Britt hatte sich zu ihr umgedreht. »Martina, können wir das? Eine Blitzüberweisung? Ich habe das noch nie gemacht, ich weiß gar nicht, wie das geht.«

»Es heißt Echtzeitüberweisung«, Martina sah hoch. »Warum geht Ihr Lebensgefährte nicht einfach zu seiner Hausbank? Die können ihm auch bei einer gesperrten Karte Geld überweisen, wenn er sich legitimieren kann.«

»Das geht nicht.« Die Frau sah zu Martina. »Weil doch auch sein Ausweis in der Aktentasche war. Also, können Sie von meinem Konto auf seins jetzt überweisen oder geht das nicht?« Ihre Lippe zitterte, Martina hoffte nur, dass sie nicht gleich in Tränen ausbrechen würde, das war schon wieder viel zu viel Drama und Aufregung.

»Das können wir«, Martina stand langsam auf und stellte sich neben Britt, die ihr sofort Platz am Computer machte. »Das Geld ist dann in wenigen Sekunden auf seinem Konto. Wie lautet Ihre IBAN?« Ihre Finger schwebten schon über der Tastatur.

Erleichtert atmete die Frau aus und zog ihre EC-Karte aus der Brieftasche, die sie Martina zuschob.

»Karin Lehmann«, las Martina vor und tippte die Zahlenreihe in den Rechner. »Wie heißt der Begünstigte?«

»Wagner. Christoph Wagner.«

»Seine IBAN? Und welche Summe?«

Karin Lehmann entsperrte ihr Handy, suchte einen Eintrag und diktierte die Kontonummer. »Und bitte überweisen Sie tausend Euro.«

Martina tat es, dann sah sie wieder hoch. »Rechnungszeichen? Oder einen Betreff?«

»Rechnungs … ach, geben Sie einfach *gastronom100* ein, zusammengeschrieben.« Sie lächelte. »Und das geht jetzt sofort raus?«

»In diesem Moment«, Martina drückte eine Taste und dachte, dass tausend Euro für eine Bahnfahrkarte schon sehr viel waren. Aber das war nicht ihr Problem.

»Danke«, Karin Lehmann drückte ihre Hände auf die Brust. »Vielen Dank. Ach, ist das toll, dass es geklappt hat.«

Ihr Handy klingelte plötzlich sehr laut, sofort nahm sie das Gespräch an. »Hallo, du, es hat alles geklappt, du müsstest jetzt sofort Geld abheben können. Ja? Oh, ich freue mich auch.«

Sie steckte es wieder zurück und lächelte. »Vielen Dank, die Damen, Sie haben mich wirklich gerettet.«

Selbst Britt blieb zunächst stumm, nachdem Karin Lehmann die Bankfiliale verlassen hatte. Erst nach einer Weile sagte sie: »Irgendwie komisch.«

»Was?«

»Tausend Euro für eine Bahnfahrkarte. Und dass die Frau so verzweifelt ist, weil er sich die Brieftasche hat klauen lassen. Und dieser Betreff, *gastronom100.* Das könnte auch …«

»Britt«, Martina drückte die Hände an die Schläfen. »Das geht uns überhaupt nichts an. Und jetzt muss ich zu meinem Termin. Einen schönen Nachmittag noch.«

Sie nahm Tasche und Jacke und ging an Britt vorbei zum Ausgang. »Und denk daran, es gibt ein Bankgeheimnis. Nicht, dass du diese Geschichte gleich mit deinen Freundinnen teilst.«

Die Schiebetür schloss sich hinter ihr. Martina steckte den gelben Zettel in ihre Jackentasche und atmete tief die frische Luft ein. Es roch nach Frühling.

17.

»Ich weiß nicht, ob die Idee wirklich gut ist«, Ernst stemmte abrupt sein Bein in den leeren Fußraum. »Die Ampel ist rot.«

»Sehe ich.« Mats bremste sanft und kam zum Stehen. »Ich fahre, Opa, du musst nicht alles kommentieren.«

Die Ampel sprang auf Grün, Ernst zog sein Bein wieder an und sah aus dem Seitenfenster. »Ich glaube, die Idee ist sogar ganz schlecht. Ich muss da anders ran. Es bringt doch nichts, wenn ich irgendwelche Frauen befrage. Wir brauchen mehr Hinweise. Das heißt…«, hektisch fing er an, in seiner Jackentasche zu suchen, bis er einen Durchschlag fand und den entfaltete. »*erdbeertörtchen*«, las er laut vor. »Mats, nach der musst du suchen. Nach einer Frau, die sich *erdbeertörtchen* nennt. Mach das bitte. Und dabei kannst du auch noch mal nach Hilke suchen, vielleicht haben wir sie nur übersehen. Aber lass uns das hier und heute abbrechen. Wer weiß, was das für eine Frau ist. Stell dir vor, das ist eine Verrückte, die mich anschließend verfolgt. Wie in der *Verhängnisvollen Affäre.* Dann bin ich geliefert.«

»Dieser uralte Film mit Michael Douglas? In dem die Geliebte das Kaninchen kocht?«

»Genau den meine ich.«

»Du hast weder eine Geliebte noch ein Kaninchen. Du kommst vielleicht auf Ideen«, Mats sah ihn von der Seite an und grinste. »Außerdem wolltest du das doch, ich habe es nur ausgeführt. Und jetzt kriegst du schon vor dem ersten Date kalte Füße?«

»Was heißt kalte Füße?«, Ernst verschränkte seine Arme vor der Brust und presste die Lippen zusammen. »Mir ist übel. Der Bus vor uns hält gleich. Halt Abstand.« Sein Bein war schon wieder durchgestreckt, mit einer Hand stützte er sich auf die Konsole. »Siehst du den Bus?«

»Ja, ich bleibe doch dahinter. Und er fährt schon wieder.«

»Du musst gleich links fahren. Hast du keinen Blinker gesetzt?«

Mats stöhnte und ordnete sich links ein. Er musste den Gegenverkehr durchlassen, geduldig blickte er nach vorn, während Ernst nervös mit den Fingern auf seinem Bein trommelte. »Mats, komm, kehr um, wir fahren zurück, das war eine Schnapsidee.«

»Ich kann hier nicht wenden«, Mats hob die Schultern. »Hier ist viel zu viel Verkehr. Und außerdem sind wir gleich da, jetzt können wir es auch durchziehen.«

»Ich weiß nicht, ich weiß nicht«, Ernst sah auf den Gegenverkehr, plötzlich schoss er nach vorn und griff Mats ins Lenkrad. »Das ist doch …«, er fuhr herum und sah mit aufgerissenen Augen einem weißen Auto nach, das an ihnen vorbeifuhr. »Das war Hilke. Mats, du musst … Hilke saß in dem Auto.«

Er verrenkte sich, um besser sehen zu können. »Das war Hilke neben einem Mann, ich habe aber nur auf sie geachtet und nicht auf ihn, das war der Kamikazefahrer vom Bahnhof, ich erkenne den Wagen wieder und Hilke saß neben ihm, du musst jetzt wenden und … was machst du denn? Du sollst sie verfolgen!«

»Opa«, Mats gab Gas und fuhr links in Richtung Keitumer Kreisel ab. »Es gibt jede Menge weißer SUVs, das muss doch nicht der vom Bahnhof ein. Und außerdem jage ich denen doch nicht hinterher, wir sind hier nicht in Chicago. Und du hast in zehn Minuten eine Verabredung.«

»Es ist eine schwachsinnige Idee gewesen«, Ernst wischte sich mit seinem Taschentuch die Stirn ab. »Wirklich schwachsinnig. Wir hätten stattdessen Hilke folgen müssen.«

»Zu spät«, Mats lenkte das Auto feixend auf den großen Parkplatz am Ortseingang und stellte den Motor aus. »Du wolltest undercover mögliche Opfer beschützen, jetzt zieh es auch durch und geh schon mal vor. Ich warte hier auf Hella und wir folgen. Und Opa, mach ein anderes Gesicht, wir hauen dich raus, falls es aus dem Ruder läuft. Damit niemand dein Kaninchen kocht.«

Ernst blieb nach wenigen Schritten zögernd stehen und sah zurück, ohne dass Mats reagierte. Also straffte er seine Haltung und ging los. Irgendwo musste er ja anfangen. Und er wusste schon zu viel, als dass er es laufen lassen konnte. Und jetzt auch noch Hilke in diesem Auto. Es war so schnell gegangen, dass er nicht auf ihren Begleiter geachtet hatte, er könnte sich in den Hintern beißen. Da war er so kurz davor gewesen, herauszufinden, was der Grund für den Lippenstift und die bunten Blusen war, so kurz davor, und dann hatte er nicht auf den Fahrer geachtet. Oder auf das Kennzeichen. Es war zum Verrücktwerden. Und jetzt musste er sich auch noch auf sein Treffen konzentrieren. Mit *zuckerschote13*. Er musste sich zusammenreißen, die Dame könnte ebenfalls ein mögliches Opfer sein. Und das musste er verhindern.

Mats war begeistert gewesen, dass sein Opa schon so schnell zwei Anfragen für ein Treffen auf seinem Handy gehabt hatte. Ernst hatte es gar nicht bemerkt. Er hatte nicht gewusst, was diese kleinen Symbole auf dem Display bedeuteten. Aber Mats hatte sofort geschaltet. Wenigstens hatte er gewartet, bis Gudrun im Bett war, aber dann mit triumphierendem Ausdruck und übertriebener Stimme die Mitteilungen vorgelesen. »Hör zu, Opa, das klingt doch schon mal gut: *Elegante Erscheinung mit guter Laune, liebt Schauspiel, Champagner, gutes Essen und kultivierte Gespräche. #inselliebe#sonnenuntergang#sommerparty#liebeamstrand*«, *Hallo, lieber jamesbond006, ich hätte großes Interesse an einem kleinen Treffen, da auch mich kriminelle Fragen sehr beschäftigen.* Sie nennt sich *butterblume02* und …«

»Das kannst du wegmachen«, hatte Ernst gesagt. »Das ist Hella. Die findet das wohl lustig. Du sollst Hilke suchen. Was heißt denn, ich habe zwei Anfragen? Was hast du noch?«

»Schade«, hatte Mats geantwortet. »Aber da ist noch eine, pass auf: *zuckerschote13, modisch interessiert, farbenfrohe Ausstrahlung mit Spaß an Geselligkeit. #dierichtigegroeße#rotgehtimmer#pizzastattpudding. Lieber jamesbond006, wenn Sie Interesse haben: Dienstag, Kleine Teestube Keitum, 14.00 Uhr.* So, warte mal, ich …«

Er hatte ein paarmal gewischt und dann gemeint: »… habe zugesagt. Du hast ein Date.«

Ernst hatte geschluckt, das war jetzt sehr schnell gegangen. Ein Date. Zwar noch nicht mit Hilke, aber dafür mit einem anderen möglichen Opfer. Martina würde staunen. Jetzt war er im Spiel.

Mit einem Blick auf die Uhr stellte er am Eingang fest, dass er zehn Minuten zu früh war. Vor Aufregung hatte er einen ganz trockenen Hals, er musste unbedingt vorher noch etwas trinken, sonst würde er gleich kein Wort herausbringen können. Er schob die Pforte auf und ging in den Garten der Teestube, die meisten Tische waren besetzt, niemand saß allein, also war *zuckerschote13* noch nicht eingetroffen. Ernst wählte einen Tisch in der hintersten Ecke und setzte sich etwas umständlich hin. Dankbar, dass eine junge Frau sofort auf ihn zukam und ihn fragte, was er trinken wolle, antwortete er, ohne zu überlegen: »Eine große Flasche Wasser und ein Gläschen Eierlikör.«

Danach lehnte er sich zurück und versuchte, seine Nerven zu beruhigen. Er tat das nur zum Schutz der Frauen. Und um Hilke zu finden. Und weil Martina ihn mit ihren gelben Zetteln geködert hatte. Wobei er mit ihren Hinweisen bislang noch nichts hatte anfangen können.

Er sah zum Eingang und fragte sich, warum man sich wohl den Namen *Zuckerschote* aussuchte. Er mochte diese Dinger gar nicht, aber Geschmäcker waren ja verschieden. Die Bedienung brachte ihm das Wasser und schenkte freundlicherweise sofort ein.

»Oh, ich habe den Eierlikör vergessen«, sagte sie plötzlich. »Den bringe ich gleich.«

»Hat noch Zeit«, antwortete Ernst und sah in diesem Moment Hella und Mats kommen, die sich drei Tische weiter niederließen, die Blicke auf ihn gerichtet. Hella winkte unauffällig auffällig, Ernst drehte sich sofort weg. Er hatte gerade einen Blick auf ihren gelben Rock erhascht, zu dem sie etwas Grünes trug. *butterblume02.* Was machte er eigentlich hier?

Er seufzte und trank das Glas aus, bevor er sich nachschenkte. Er hatte die Flasche gerade weggestellt, als ein Schatten auf ihn fiel und eine tiefe Stimme fragte: »*jamesbond006?*«

Sofort sah er hoch und öffnete den Mund. Um ihn sofort wieder zu schließen. Er sah nur Rot. Viel Rot. Die Frau, die in einer roten, weiten, wallenden Bluse steckte und die plötzlich vor ihm stand, war sehr groß, hatte sehr dunkle Haare, eine sehr tiefe Stimme und einen sehr festen Händedruck. Ernst war nach dem ersten Schreck aufgesprungen und hatte die Hand ausgestreckt. Sie überragte ihn um einen Kopf und fixierte ihn sehr konzentriert. Der rote Stoff wehte wie ein Segel im Wind. Ernst fehlten die Worte, er sah sie nur stumm an, bis sie endlich ihre Hand zurückzog. Diese Frau musste nicht beschützt werden. Diese Frau sah aus, als hätte sie selbst schon mal ein Kaninchen gekocht. Nur langsam fiel die Schockstarre von ihm ab, er machte einen Schritt nach vorn und zog den Stuhl ein Stück für die Dame zurück. Sie nickte kurz.

»Ich bin die Renate«, sagte sie und setzte sich. »Renate Bahnsen. Aus Niebüll.«

»Angenehm«, beeilte er sich zu sagen. »Ernst Mannsen.«

Sie wartete, bis er sich wieder gesetzt hatte, dann beugte sie sich vor und starrte ihn an. »Kennen wir uns irgendwoher?«

Er goss ihr etwas umständlich Wasser ein und schob ihr das Glas hin. »Ich wüsste nicht. Ich komme aus List.«

»Doch«, sie nickte mit gerunzelter Stirn. »Ich kenne Sie irgendwoher. Ich vergesse nie Gesichter. Das ist wohl so eine Berufskrankheit.«

»Aha«, Ernst war verunsichert. »Sind Sie Fotografin? Oder etwa bei der Polizei?«

»Damenoberbekleidung«, Renate griff zu ihrem Glas und trank, ohne den Blick von ihm abzuwenden. Ihr dunkelroter Lippenstift hinterließ einen Abdruck am Rand.

»Interessant«, Ernst hatte sich keine Gedanken gemacht, wie so ein Date ablaufen könnte, nur so hatte er sich das nicht vorgestellt. Was fragte man denn bloß? Hilfe suchend sah er an Renate vorbei zu dem Tisch, an dem Hella und Mats saßen, die unverhohlen zu ihnen herüberstarrten. Hella machte komische Zeichen, er verstand nur die Bedeutung nicht.

Renate räusperte sich, sofort wandte Ernst sich ihr wieder zu. »Haben Sie so etwas schon öfter gemacht?«

»Was genau?« Jetzt war ihr Tonfall lauernd. Wenn er in diesem Moment das Falsche sagte, würde sie womöglich sauer. Er versuchte es diplomatisch: »Nun, so auf diese moderne Weise den Bekanntenkreis vergrößert? Also, im Internet eine Verabredung getroffen? Zwanglos?«

»Es ist das dritte Mal und ich hoffe, es ist dieses Mal erfolgreicher. Ich komme extra von Niebüll, ich habe nämlich heute meinen freien Tag.« Sie kniff die Augen zusammen, um ihn genauer zu mustern, und schüttelte den Kopf. »Also, ich könnte wetten, dass wir uns schon mal getroffen haben. Wie gesagt, ich habe ein überragendes Gedächtnis. Ich komme noch drauf. Was machen Sie sonst so?«

»Oh, ich bin Pensionär, ich gehe gern spazieren,

schaue Fußball …«, er hielt inne, hatte Mats nicht gesagt, das sei langweilig?

»Und?«, Renate hob auffordernd das Kinn. »Verwitwet? Geschieden?«

»Ich, ähm …«, er hustete, was war das denn für eine Frage? Und wie sollte er die denn beantworten? »Also, eigentlich …«

»Jetzt habe ich's!« Ihr Zeigefinger stach in Richtung seiner Brust. »Hat Ihre Frau Konfektionsgröße 42 und hat sie sich vor Kurzem eine dunkelblaue Regenjacke gekauft? Ha. Ich habe gewusst, dass ich Sie kenne. Sie waren bei uns im Geschäft. Das kann ja wohl nicht wahr sein. Ich …«

»So, hier kommt Ihr Eierlikör, entschuldigen Sie, ich hatte ihn einfach vergessen. Die Dame, kann ich Ihnen noch etwas anderes bringen?«

Renates Kopf fuhr herum, sie sah erst die Bedienung, dann Ernst an und holte Luft. »Ach, und der Herr hat von Anfang an gewusst, dass er Eierlikör trinken wird? Na, das ist ja ganz toll, sagen Sie mal, halten Sie mich für blöde?«

Ihre Stimme war jetzt nicht nur tief, sondern auch sehr laut, Ernst saß mit eingezogenem Kopf vor ihr und fühlte sich wie das Kaninchen kurz vor dem Topf, unfähig, sich zu rühren. Und deshalb war er so froh wie selten zuvor, als er plötzlich Hellas Stimme hinter sich hörte. »Ach, hallo, ich glaube, hier liegt ein Missverständnis vor. Darf ich mich dazusetzen?«

»Wer sind Sie denn jetzt?« Renate Bahnsen schnappte nach Luft und drehte sich zu ihr. »Ist das hier … ach, Moment, Sie kenne ich auch. Die gelbe Jacke. Runtergesetzt auf 69 Euro, Größe 44.«

»Exakt«, Hella strahlte sie an und streckte ihre Hand aus. »Hella Fröhlich. Ich habe Sie gleich erkannt, eine so hervorragende Verkäuferin vergisst man nicht. Ernst, die Dame arbeitet in Westerland bei Inga Moden, der Boutique in der Friedrichstraße. Da kauft Gudrun auch manchmal ein. Sehr angenehm.«

Renate Bahnsen ignorierte die ausgestreckte Hand. »Ich würde gern erfahren, was das hier für ein abgekartetes Spiel ist. Und was Sie hier machen. Hatten Sie auch eine Verabredung mit diesem Herrn?«

»Nein, nein«, Hella zog die Hand zurück und setzte sich. »Ich habe Sie erkannt, und bevor es unangenehm wird, wollte ich die Situation klären. Wissen Sie …«, sie beugte sich vertrauensvoll zu Renate. »Der Herr Mannsen ist mehr oder weniger aus Versehen in diese Dating-App geraten.«

»Aus Versehen?«, Renate sah ihn verdutzt an. »Sie meinen, er sucht gar keine Frau?«

»Er hat ja schon eine«, erklärte Hella. »Er macht hier aus viel wichtigeren Gründen mit. Jetzt sag doch auch mal was, Ernst.«

»Ja, also, es tut mir leid«, Ernst fuhr herum, er hatte sich nach Mats umgesehen und erleichtert festgestellt, dass sein Enkel immer noch am Nachbartisch saß, aufs Handy schaute und von dieser Demütigung nicht viel mitbekam. »Ich wollte nur herausfinden, ob hier alles mit rechten Dingen zugeht und niemand Schaden erleidet.«

»Es geht hier nicht mit rechten Dingen zu, das habe ich ja wohl gerade gemerkt«, knurrte Renate. »Wissen Sie, es ist ein Schlag ins Gesicht, wenn man als Frau tatsächlich einen Partner sucht und dann kommt jemand wie Sie, der nur ein Abenteuer will. Oder nur mal gucken will, wie das hier so läuft. Ich bin extra aus Niebüll gekommen, an meinem freien Tag, und jetzt war das wieder umsonst. Langsam vergeht mir die Lust.«

»Haben Sie schon schlechte Erfahrungen gemacht?«, Hella ließ sich von Renates verkniffenem Gesicht überhaupt nicht beeindrucken. »Ich mache ja auch bei dieser App mit, leider bislang ohne Erfolg. Ich bin einmal versetzt worden und beim zweiten Mal bin ich vorher geflüchtet, nachdem ich gesehen habe, welcher Trottel sich hinter dem Namen *kavalier11* versteckt hatte. Ich kannte den. Ein furchtbarer Mann. Und Sie? Waren Sie auch erfolglos?«

Renates Gesichtszüge wurden jetzt etwas weicher. Anscheinend beruhigte es sie, dass sie nicht allein mit ihren Enttäuschungen war. Langsam nickte sie und sagte: »Der erste Mann, mit dem ich verabredet war, suchte eigentlich nur eine günstige Unterkunft auf Sylt. Und nachdem ich ihm gesagt hatte, dass ich in Niebüll wohne und jeden Tag mit der Bahn auf die Insel fahre, verlor er sofort jegliches Interesse. Und hat sich nach fünf Minuten verabschiedet.«

»Das ist ja unmöglich«, Hella sah sie mitleidig an. »So ein Idiot. Und dann?«

»Nichts und dann«, antwortete Renate. »Er ging. Ich auch. Und das zweite Date war genauso ein Schuss in den Ofen. Der war noch unverschämter. Das war ja wirklich schon fast kriminell.«

Sofort fasste Ernst gespannt nach. »Wirklich? Wollen Sie darüber reden?«

Renate seufzte und sah erst Hella, dann ihn an, bevor sie ihr Kinn hob. »Meinetwegen, wenn wir schon beim Thema sind. Er war eigentlich sehr charmant, gut aussehend, gebildet. Er ist Hotelier oder kauft Hotels für andere, so genau habe ich das nicht verstanden. Aber er hatte was Arrogantes, fand ich. Als ich sagte, dass ich in der Damenoberbekleidung beschäftigt bin, hat er so blöde die Augenbraue gehoben. Und dann, ohne Übergang, erzählte er mir, dass ihm auf der Fähre seine Brieftasche ins Wasser gefallen sei. Mit allen Karten und Ausweisen. Er hätte jetzt nur noch ein bisschen Bargeld, könnte davon aber nicht sein Hotelzimmer bezahlen. Und wollte sich von mir 500 Euro leihen. 500 Euro, ich bitte Sie, wo wohnt der denn? Nicht mit mir, habe ich gedacht, ich bin doch nicht Krösus und schleppe so viel Geld mit mir herum. Natürlich habe ich Nein gesagt und nach drei Minuten musste er dann plötzlich los.«

Alarmiert schreckte Ernst hoch. »Er wollte Geld von Ihnen? Wissen Sie denn seinen Namen?«

»Christoph.«

»Und weiter?«

»Weiter bin ich gar nicht gekommen, er war ja so schnell weg. Natürlich ohne seinen Tee zu bezahlen, das musste ich auch noch machen. Er stieg dann in sein großes Auto und fuhr weg. Hat mir noch nicht mal angeboten, mich zum Bahnhof zu fahren. Ich musste da eine halbe Stunde hinlaufen. Ein Idiot. Na ja, der war mir eh zu jung, höchstens fünfzig.«

»Und haben Sie sich denn sein Kennzeichen gemerkt?« Ernst zog sein Taschentuch aus der Hose und trocknete sich die vor Aufregung schweißnasse Stirn ab. »Konnten Sie das sehen?«

Renate schüttelte den Kopf. »Er hat mich ja nicht überfallen. Was soll ich mit seinem Kennzeichen? Irgendeine Hamburger Nummer. Es war so ein großer weißer Wagen.«

Ernst schluckte trocken und flüsterte: »Ein SUV? Hinten eine 3?«

»Kann sein«, Renate Bahnsen trank ihr Wasser aus und knallte das Glas auf den Tisch. »Wie gesagt, ich habe nicht genau hingesehen.« Sie stand jetzt auf und sah auf die beiden hinab. »Ich gehe davon aus, dass ich eingeladen bin. Als Wiedergutmachung. Dann wünsche ich Ihnen viel Erfolg bei dem, was immer Sie da machen. Ich will das auch gar nicht genau wissen.«

Sie schulterte ihre Handtasche, griff ohne zu zögern das Eierlikörglas und trank es aus. »Wenn es schon keine Liebe ist, dann wenigstens der Eierlikör. So sind die Regeln. Dann noch einen schönen Tag.«

Sie wandte sich schon zum Gehen, als Hella schnell fragte: »Dieser Idiot mit dem weißen Wagen, unter welchem Namen hat er Sie denn kontaktiert?«

Renate Bahnsen sah sie lange an. *»gastronom100«*, antwortete sie nach einer Weile. »Und der mit der billigen Unterkunft war *lonesomecowboy0.* Und ich werde jetzt auch noch *jamesbond006* auf die schwarze Liste setzen. Auf Wiedersehen.«

Ihre Bluse wehte im Wind, als sie mit langen Schritten durch den Garten zum Ausgang marschierte. Ernst starrte ihr immer noch stumm hinterher, bis Hella ihn rüde anstieß. »Jetzt sag doch mal was. Du siehst aus, als wärst du kurz vor einem Herzinfarkt. Das ging doch schon mal ganz gut. Mit dir und der Renate. Bis auf die unglückliche Tatsache, dass sie Gudrun und mich kannte. Aber es war doch ein guter Anfang, oder?«

Langsam drehte Ernst sich zu ihr. In der Hand hielt er immer noch das Taschentuch. »Ein guter Anfang?«, fragte er leise. »Hella, ich glaube, das war sogar schon ein sehr guter Anfang. Nahezu ein Volltreffer.«

Zweifelnd sah sie ihn an. »Na, ganz so euphorisch hätte ich es jetzt nicht ausgedrückt. Man kann ja nun nicht gerade sagen, dass Renate von dir begeistert war.«

»Darum geht es hier doch gar nicht«, ein triumphierendes Lächeln zog über sein Gesicht. »Du musst zuhören, meine Liebe, zuhören. Und das habe ich gerade getan.«

18.

Bei allerbestem Wetter schob Peer Sörensen sein Fahrrad die Strandstraße entlang und fragte sich, warum die Leute nicht zu Hause shoppen gingen und stattdessen bei diesem schönen Wetter einen langen Strandspaziergang machten und aufs Meer schauten. Diese Urlauber wurden doch wirklich immer verrückter. Er umrundete ein streitendes Paar, das sich nicht einig war, ob es sofort essen gehen oder erst noch nach einer neuen Jeans für ihn schauen wollte. Er wollte essen, sie wollte, dass er eine neue Jeans wollte. Peer ging an ihnen vorbei, ohne das Ergebnis abzuwarten.

Er war froh, dass er solche Diskussionen nicht mehr führen musste, auch wenn seine Schwester sich dauernd Sorgen machte, dass er als alter Junggeselle kein schönes Leben hätte. Dabei irrte sie sich. Peer fand sein Leben eigentlich ganz schön. Er konnte kochen, das war schließlich mal sein Beruf gewesen, er hielt seinen Garten in Schuss, den Haushalt dank Gunhild, die neben ihm wohnte und sich ein bisschen dazuverdienen musste, er konnte im Fernsehen anschalten, was er wollte, und musste sich nie streiten. Es war also ein friedliches, freundliches Leben, auch wenn er manchmal abends dachte, dass es schon schön wäre, sich jetzt ein bisschen zu unterhalten. Allerdings ebbte dieses Gefühl, seit Jannis bei ihm wohnte, immer mehr ab. Im Moment dachte er, dass es schon schön wäre, abends nicht mehr sprechen und zuhören zu müssen. Jannis redete wirklich genauso viel wie seine Mutter.

Vor der Apotheke schloss er sein Rad ab und ging hinein. Die junge blonde Apothekerin kam von hinten und lächelte ihn an. »Hallo, Herr Sörensen, machen Sie heute keine Kurkartenkontrolle?«

»Nur am Wochenende«, er blieb vor ihr stehen und fummelte sein Rezept aus der Westentasche. »Ich habe hier ein Rezept, diese Sachen soll ich abholen.«

Er schob ihr den Zettel über den Tisch, den sie hochnahm und überflog. »Die Tabletten habe ich da, die Salbe kann ich bis zum Nachmittag bestellen. Was ist passiert? Sportunfall?«

»Fahrradsturz«, er hob die Schultern. »Bluterguss im Knie. Ist aber nicht so schlimm, es tut nur abends ein bisschen weh. Die Zeiten meiner Sportunfälle sind leider vorbei. Aber danke, dass Sie fragen.«

Sie lächelte wieder und zog eine Schublade auf, aus der sie eine Packung nahm und auf den Tisch legte. »Eine morgens, eine abends«, sagte sie, während sie es gleichzeitig auf die Packung schrieb. »Und die Salbe habe ich ab 16 Uhr.«

»Danke«, er steckte die Tabletten in die Tasche. »Vielleicht komme ich auch erst morgen. Tschüss.«

Als er draußen sein Fahrradschloss aufspringen ließ, fiel sein Blick auf das Café gegenüber. Er kniff die Augen zusammen und erkannte Hermann Schulze, der allein an einem Tisch saß. Armer, alter Mann, dachte er, dabei fiel ihm ein, dass Hermann genauso alt war wie er. Seit dessen Frau gestorben war, ging Hermann hier immer essen. Jeden Tag. Immer Mittagstisch. Der noch nicht einmal besonders gut war. Aber so kam er wenigstens zu einer warmen Mahlzeit am Tag. Kochen konnte er nicht. Einsam war er auch.

Jetzt schob Peer sein Fahrrad an die Abgrenzung der Außenterrasse und beugte sich rüber. »Hallo, Hermann.«

»Ach. Peer. Moin.« Hermann ließ die Gabel sinken und sah ihn an. »Und?«

»Alles im Lack. Und bei dir?«

»Muss ja«, Hermann zuckte mit den Achseln. »Hilft ja nichts.«

»Was machst du so?«

»Nichts.« Hermann hob die Schultern. »Was soll man schon machen? Irgendwie den Tag rumbringen. Bis zur Schlafenszeit.«

Er schob sich eine Gabel voll Gemüse in den Mund, das ziemlich zerkocht aussah. Peer schüttelte sich innerlich. Er musterte seinen alten Nachbarn, der nach dem Tod seiner Frau das Haus verkauft und eine kleine Wohnung gemietet hatte. Zu seinem Sohn nach Hamburg hatte er nicht ziehen wollen, er mochte die Schwiegertochter nicht. Deshalb hockte er allein in diesem Lokal, so wie fast jeden Tag. Jetzt legte Hermann seine Gabel zur Seite und wischte sich den Mund mit einer Serviette ab. »Aber ich will mich nicht beschweren. Und bei dir so?«

»Wie immer. Willst du nicht mal mit uns Karten spielen? Jeden ersten Mittwoch im Monat im *Deichgraf*? Dann hast du ab und zu was vor.«

»Ach nein«, Hermann winkte mit einem schiefen Grinsen ab. »Da hocken auch nur alte Männer, die immer dieselben Geschichten erzählen. Die kenne ich doch alle. Schönen Dank.«

»Dann komm mal zum Essen vorbei. Mein Neffe ist auch da. Ich koche sowieso jeden Abend. 19 Uhr.«

»Das kann ich mal machen. Ich melde mich. Bis dann.«

Peer nickte und schob sein Fahrrad weiter. Wenn er so wäre wie Hermann, könnte er verstehen, dass seine Schwester ihm eine Frau suchen wollte. Aber von diesem Elend war er meilenweit entfernt. Es kamen nicht alle Männer so gut mit dem Alleinleben zurecht wie Peer.

Als er das Ende der Fußgängerzone erreicht hatte, schwang er sich aufs Fahrrad und fuhr in Richtung *Deichhotel.* Hier hatte er viele Jahre als Küchenchef gearbeitet, ab und zu sprang er auch jetzt noch in der Küche ein, wenn Not am Mann war. Oder wenn sein ehemaliger Lehrling Klaas, der das Hotel vor einigen Jahren übernommen hatte, seinen alten Chef als Vertretung brauchte. Er mochte den Jungen, der zwar mittlerweile auch schon Anfang fünfzig war, aber immer noch anrief, wenn er eine Frage hatte.

Am Ende der Promenade bog er ab und fuhr in Richtung Südwäldchen. Peer verlangsamte sein Tempo, als er das kleine Hotel am Ende der Straße sehen konnte, und ließ das Rad den Rest des Weges rollen. Der Parkplatz vor dem Hotel war voll, das Geschäft schien gut zu laufen, was ihn für Klaas freute. Der Junge gab sich auch wirklich Mühe, wobei Peer fand, dass es für ihn allein zu viel Arbeit war. Aber Klaas beschwerte sich nie.

Peer stellte sein Fahrrad an die Hauswand, genau in

dem Augenblick, als die Hintertür sich öffnete und Klaas mit einem großen Müllsack herauskam. Sobald er Peer sah, ließ er den Müllsack fallen und kam ihm entgegen. »Hallo, das ist ja schön. Hast du meinen Anruf abgehört? Sag mal, humpelst du?«

Peer klopfte ihm zur Begrüßung auf die Schulter. »Nicht schlimm, ich habe ein kleines Malheur mit dem Fahrrad gehabt. Aber ich kann dir Freitag helfen. Wie viele Leute sind das denn?«

»Zwanzig«, Klaas schob seine Hände in die Taschen der Kochjacke. »Was denn für ein Malheur?«

»Ach«, Peer machte eine wegwerfende Geste. »Mich hat ein Autofahrer auf die Hörner genommen. Das heißt, eine Autofahrerin, eine sehr sympathische, die konnte auch gar nichts dafür, sie wurde abgedrängt. Sie hat mich ins Krankenhaus gefahren, es ist nichts Wildes, das stört mich nicht beim Kochen.«

»Hast du eine Anzeige gemacht?«

»Bist du verrückt? Die Fahrerin war nett und den Drängler habe ich gar nicht gesehen, das ging viel zu schnell. Wieso brauchst du denn überhaupt Hilfe, haben deine Köche frei?«

»Nein«, Klaas schüttelte den Kopf. »Ich möchte freimachen. Die Gäste haben schon ein Menü vorbestellt, das ist alles gut vorzubereiten. Weißt du, ich habe etwas ganz Wichtiges vor, das möchte ich auch nicht absagen, aber meine Köche schaffen nicht das normale Abendgeschäft und auch noch die Gesellschaft. Es wäre toll, wenn du das hinkriegst.«

»Geht klar«, Peer sah ihn an. »Was hast du denn Wichtiges vor?«

»Ich …«, Klaas grinste plötzlich verlegen, »also ich habe da jemanden …«

Ein lautes Motorengeräusch hinderte Klaas am Weitersprechen. Er runzelte die Stirn und starrte irritiert auf das Auto, das gerade etwas zu schnell auf den Parkplatz fuhr und schwungvoll eine Lücke ansteuerte. Peer folgte seinem Blick und entdeckte an dem großen weißen Auto eine hässliche Schramme, die sich über die Beifahrertür zog. Die Reparatur würde teuer werden.

»Peer, wir telefonieren«, Klaas berührte ihn leicht am Arm und schob sich an ihm vorbei. »Das muss ich mir mal ansehen.« Mit langen Schritten ging er auf den weißen Wagen zu, umrundete ihn und beugte sich zum offenen Fenster der Fahrertür. Peer konnte von seinem Standort weder etwas von dem nachfolgenden Gespräch hören noch den Mann am Steuer erkennen. Vielleicht wollte Klaas den Gast trösten, weil der diese Schramme hatte. Er stieg auf sein Fahrrad und fuhr nach Hause.

Er war noch nicht weit gekommen, als er ein Geräusch

hörte, das er zunächst nicht einordnen konnte. Er hatte es vorhin schon mal bemerkt und zunächst gedacht, dass sein Fahrrad beim Unfall doch einen Schaden davongetragen hätte. Beim Weiterfahren sah er sich um, plötzlich verstummte es, Peer hielt an und lauschte. Nach einem kurzen Augenblick fing es wieder an, es war ganz nah und plötzlich hatte er eine Ahnung. Peer zog den Reißverschluss seiner Jacke auf und tastete in der Innentasche nach diesem neuen Telefon, das Geräusch wurde lauter, auf dem Display stand *Jannis ruft an.* »Wie war das noch?«, murmelte er leise, wischte über den roten Pfeil und hielt das Handy ans Ohr. »Ja? Ich bin unterwegs, warum rufst du mich an?«

»Wo bist du denn? Ich habe dich schon zweimal angerufen.«

»Unterwegs. Habe ich doch gesagt.«

»Ja, aber wo genau?«

»Ich war bei Klaas. Im *Deichhotel.* Und jetzt fahre ich nach Hause. Ist was passiert?«

»Nein. Wie lange brauchst du mit dem Rad zur *Seenot?*«

»Lange«, Peer schüttelte den Kopf, was Jannis leider nicht sehen konnte. »Und ich will jetzt weder was essen noch was trinken, ich fahre nach Hause. Bis heute Abend.«

Er beendete das Gespräch und überlegte, wie man diesen Klingelton ausstellen konnte, Jannis hatte ihm das doch erklärt. Als er es in der Hand wendete, fiel es ihm wieder ein, man musste nur den Schalter an der Seite auf Rot stellen, was er auch sofort tat. Es war doch weiß Gott nicht notwendig, überall erreichbar zu sein. Das, was Jannis von ihm wollte, konnte er ihm auch heute Abend in aller Ruhe beim Essen erzählen. So viel Zeit würde es ja wohl haben. Peer stellte seinen Fuß wieder auf die Pedale und fuhr pfeifend weiter. Das Wetter war viel zu schön, um sich von überflüssigen Telefonaten stören zu lassen.

19.

Jannis versuchte es sofort noch einmal, aber Peer ging nicht mehr ran. Leise fluchend schob er sein Handy in die Jeans und sah unauffällig zu der Frau, die am verabredeten Tisch saß und sich mittlerweile ungeduldig umschaute. Sie war zwar älter als auf ihrem Foto, trotzdem hatte er sie sofort erkannt. So jemanden hatte er noch nie gesehen. Die Frau hatte sehr viele Haare, die sie mit zahlreichen glitzernden Spangen hochgesteckt hatte. Ihr Kleid war irgendwas zwischen grün und gelb, etwas zu lang und sehr weit. Sie trug viel silbernen Schmuck und hatte ihre Fingernägel passend zum Kleid lackiert. Abwechselnd grün und gelb. Sie war in Peers Alter, aber meilenweit von einer alten Tante entfernt. Eigentlich sah sie ziemlich verrückt aus, aber nicht unsympathisch. Allerdings konnte man erkennen, dass ihre Laune gerade sank. Weil sie hier warten musste. Auf jemanden, der überhaupt nicht wusste, dass er hier erwartet wurde.

Es half nichts, Peer würde nicht kommen, Jannis musste etwas tun. Kurz entschlossen griff er nach seiner Cola und stand auf, um zu ihrem Tisch zu gehen. Sie hob den Kopf, als er vor ihr stand.

»*butterblume02?*«, er kam sich saublöd vor. Dass ihre Mundwinkel plötzlich zuckten, machte es nicht besser. »Das sind Sie doch, oder?«

»Das ist nicht wahr!«, die Stimme war tief, das Lachen gluckste hoch. »Du sagst mir jetzt nicht, dass du *neptun67* bist? Das kann doch nicht dein Ernst sein.«

»Ich …«, Jannis musste sich räuspern, während er sich vor Angst, jemand könnte ihn beobachten, umsah. »Also, ich, also nicht direkt, aber …«

»*#liebegehtdurchdenmagen#allesitzeninderküche#immerammeer?*«, die Frau schüttelte gespielt verzweifelt den Kopf. »Was ist los mit dir? Willst du adoptiert werden oder was?«

»Ich … ähm, also ich …«

»Setz dich hin«, mit einer einzigen Handbewegung räumte sie ihre Tasche und einen Schal von der Bank. »Die Leute müssen ja nicht mitbekommen, dass du dich hier zum Affen machst.« Sie musterte ihn durchdringend. »Junge, was ist denn in deinem Leben alles schiefgelaufen?«

Jannis hatte mit einer ganz anderen Reaktion gerechnet, er stellte seine Cola auf den Tisch und ließ sich auf die Bank sinken, fieberhaft überlegte er, was er ihr jetzt sagen sollte, hatte aber noch keine Idee für einen intelligenten Anfang.

Aber sein farbenfrohes Gegenüber nahm die Sache in die Hand: »Das ist eine Dating-App für die reife Jugend, mein Süßer. Die meisten Frauen sind so alt wie ich. Plus minus. Was genau willst du denn mit mir? Oder mit anderen Damen meines Alters? Hast du da bestimmte Vorstellungen? Sind die alle legal? Wie alt bist du denn eigentlich?«

»Dreiundzwanzig«, Jannis merkte, dass er tatsächlich rot wurde. Es war alles so unfassbar peinlich, er könnte sich in den Hintern beißen, dass er auf seine Mutter gehört und die Sturheit von Peer unterschätzt hatte. »Aber das ist ein Missverständnis, ich habe mich nicht angemeldet, also, ich meine, ich bin nicht *neptun67*. Ich habe meinen Onkel angemeldet. Aber ich habe es ihm noch nicht gesagt. Das … das hat sich noch nicht ergeben.«

Die Frau hob die Augenbrauen. »Das wird ja immer schlimmer«, sagte sie kopfschüttelnd und hob die Hand, als eine Bedienung vorbeikam. »Bringen Sie mir doch bitte ein kleines Bier. Darfst du noch eine Cola? Oder lieber auch ein Bier? Die Tante bezahlt.«

»Ja, gern auch ein Bier«, Jannis nickte. Diese ganze

Nummer hier würde ihm niemand glauben. Er schob das Colaglas ein Stück zur Seite und knibbelte an seinem Fingernagel.

»Ja, also, ich wollte es meinem Onkel noch in Ruhe sagen, also, dass ich ihn bei der App angemeldet habe, aber dann kam schon heute Morgen Ihre Anfrage. Peer war gerade unter der Dusche und hat nichts mitbekommen. Und Ihr Bild und die Hashtags waren so gut, dass ich gleich zugesagt habe.«

»Die sind auch gut«, unterbrach sie ihn. »Immerhin habe ich lange überlegt. Im Gegensatz zu dir.«

Jannis schluckte. »Ja, aber ich dachte, ich nehme jetzt die Anfrage an und stelle ihn einfach vor vollendete Tatsachen, dann kann er das nicht ablehnen. Und er kann Sie gleich treffen. Ich wollte ihn hierherlotsen und auf dem Weg mit ihm reden, aber ich bin nicht mehr dazu gekommen, weil er seit heute Morgen unterwegs ist und nie an sein Telefon geht, und deshalb bin ich selbst hierhergefahren, damit Sie nicht enttäuscht sind, weil keiner kommt.«

»Mhm«, die Frau fummelte an einer Haarnadel und steckte sie fester, bevor sie ihn wieder ansah. »Wenigstens das. Ich bin auch schon versetzt worden. Das ist ärgerlich.« Die Bedienung kam zurück und stellte die beiden Gläser vor ihnen ab. »Bitte schön.«

»Danke«, *butterblume02* nahm ein Glas in die Hand und prostete ihm zu. »Ich heiße übrigens Hella. Du kannst auch Tante Hella sagen.«

»Jannis. Ich finde, Sie sind aber gar kein Tanten-Typ. Eher …«

»Lass es«, Hella legte den Finger auf die Lippen. »Das Eis, auf dem du stehst, ist dünn.«

Sie tranken und schwiegen einen Moment, bis Hella fragte: »Was ist denn mit deinem Onkel? Wieso musst du ihm eine Frau suchen?«

»Meine Mutter will das«, Jannis stellte sein Glas ab und wischte sich mit dem Handrücken den Schaum von der Lippe. »Er ist seit Jahren geschieden und meine Mutter glaubt nicht, dass er ein schönes Leben als Single hat. Und weil er nie weggeht, lernt er auch niemanden kennen. Das macht sie ganz verrückt und jetzt hat sie diese App gesehen und mir gesagt, dass ich ihn da anmelden soll. Na ja, habe ich ja auch gemacht. Und nun haben wir den Salat. Mir ist das auch peinlich.«

Hella sah einen Moment aufs Meer, das weit und heute ungewöhnlich ruhig vor ihnen lag. Es war fast windstill, es gab kaum Wellen, ein paar enttäuschte Surfer hockten in Neoprenanzügen neben ihren Boards im Sand und warteten, dass der Wind auffrischte.

Sie richtete ihren Blick wieder auf Jannis und musterte ihn. »Wie alt ist dein Onkel denn? Mitte vierzig?«

»Nein«, Jannis sah sie jetzt direkt an. »Peer ist 67, der große Bruder meiner Mutter, die sind zwölf Jahre auseinander. Merkt man aber nicht, weil sie sich dauernd um ihn sorgt.«

»Aha.« Hella lehnte sich an die Holzwand hinter ihr und verschränkte die Arme vor der Brust. »Und du meinst, es sei eine gute Idee, ihn ohne sein Wissen bei einer Dating-App anzumelden? Hast du keine Angst, dass er stinksauer wird? Wieso hat er denn keine Frau? Ist er so komisch?«

»Nein, nur manchmal ein bisschen eigenbrötlerisch. Seine Frau, oder besser Ex-Frau, war komisch. Die ist mit dem Hausmeister von dem Hotel durchgebrannt, in dem sie beide gearbeitet haben. Seitdem ist Peer allein. Vielleicht könnten Sie ihn doch mal treffen?«

Die letzte Frage hatte er fast flehend gestellt, Hella starrte ihn stumm an.

»Er kann kochen, er kann Haushalt, er liest Bücher, er ist wirklich ein toller Mann. Manchmal ein bisschen schweigsam, aber damit kann man ja leben. Sollen wir einfach was verabreden?«

Hella richtete ihren Blick gen Himmel. »Ich glaube nicht, dass das eine gute Idee ist«, sagte sie laut. »Er wird nicht begeistert sein, wenn er merkt, dass er gerade ungefragt verkuppelt wird.«

»Ich kann es ihm vorher ja erzählen«, erwiderte Jannis sofort, stockte dann aber und schlug vor: »Oder wir arrangieren das als zufälliges Treffen. Sie sitzen einfach an einem Tisch, er kommt, weil er denkt, er sei mit mir verabredet, und dann fangen Sie mit ihm ein Gespräch an. Völlig unauffällig.«

»Sag mal«, Hella sah ihn ungläubig an. »Was hast du denn für alberne Ideen? Ich werde doch nicht einfach jemanden anquatschen. Nein, mein Freund, so wird das nichts. Du musst ihm schon sagen, was du da angezettelt hast. Außerdem wird er noch mehr Anfragen bekommen, er sieht ja gut aus und das, was du da alles geschrieben hast, klingt auch interessant. Grandioser Koch, leidenschaftlicher Gärtner, immer noch verspielt … Was genau heißt eigentlich *verspielt?*«

Jannis zog den Kopf ein und sagte etwas gepresst: »Na ja, er spielt einmal im Monat mit ein paar ehemaligen Kollegen Karten. Ich fand, es klang so besser. Es sind alles alte Männer.«

»Mann, Mann, Mann«, Hella sah ihn resigniert an. »Und was ist so grandios an seinen Kochkünsten? Dass er die Dosen selbst aufbekommt?«

»Nein«, jetzt hob Jannis das Kinn. »Das stimmt. Er war früher Küchenchef im *Deichhotel*, er kocht wirklich grandios. Und sein Garten ist auch schön. Weil er so viel

Zeit damit verbringt, anstatt mal wegzugehen und eine Frau kennenzulernen. Sagt meine Mutter. Das hätte heute so gut gepasst. Im Moment kann er nicht in den Garten, weil er ein dickes Knie hat, das er schonen soll.«

»Dickes Knie«, wiederholte Hella tonlos. »Und andauernd im Garten. Ganz ehrlich, das klingt nicht so, als hätte ich Spaß mit ihm. Ich würde gern mal wieder Tango tanzen. Und ich hasse Unkrautjäten und Rasenmähen.«

»Das mit dem Knie ist nur vorübergehend. Er hatte neulich einen Fahrradunfall, das heilt schon wieder. Wobei, ein großer Tänzer ist er auch sonst nicht. Sorry.«

»Ein Fahrradunfall?«, Hella beugte sich unvermittelt zu ihm. »Weißt du, wie das passiert ist? Und wo?«

»Am Bahnhof«, Jannis sah sie erstaunt an. »Er ist angefahren worden.«

»Von einer Frau?« Jetzt klang Hella aufgeregt. »Die ausweichen musste? Brauner Kombi?«

»Was für ein Auto das war, weiß ich nicht«, Jannis hob die Schultern. »Aber ja, es war eine Frau. Eine nette, hat mein Onkel gesagt. Warum?«

Hella lehnte sich lächelnd zurück. »Nur so, Jannis, nur so. Ich glaube, ich habe da eine viel bessere Idee, wie dein Onkel eine sehr nette Frau kennenlernen könnte.«

20.

»Was machst du gerade?«

Gudrun ließ die Pforte hinter sich zuknallen, als sie in den Garten kam, Ernst schreckte aus einem kleinen Mittagsschlaf im Strandkorb auf. »Musst du so mit der Pforte ballern? Die bricht auch bald auseinander.«

»Ach was«, Gudrun ließ sich neben ihm in den Strandkorb fallen und streckte die Beine aus. »Herrliches Wetter. Da ruft doch der Strand.«

»Die Wassertemperatur beträgt 14 Grad«, Ernst zog an der Zeitung, auf die Gudrun sich gesetzt hatte. »Wir haben Anfang Mai. Du sitzt auf dem Sportteil. Heb mal den Hintern hoch.«

»Wir wollen gleich los.«

»Ja, viel Spaß«, er glättete die Seiten und rückte seine Brille zurecht.

»Du kommst mit.«

»Wohin?« Er sah seine Frau an, die gut gelaunt ihre

Frühlingsblumen im Beet betrachtete. »Nach Kampen, in die *Buhne 16*, wir sind verabredet.«

Ernst schluckte, sofort sah er ein Strandlokal, Eierlikör und fremde Frauen vor sich. Im Moment war er in einer Art Dauerpanik, sobald Gudrun irgendetwas sagte, das mit Telefon, Verabredung, Eierlikör oder Frühlingsgefühlen zu tun hatte. Er hatte sein Handy ein paarmal unbeaufsichtigt gelassen, zum Glück war es ihm oder Mats immer rechtzeitig aufgefallen. Trotzdem durfte er seine Frau nicht unterschätzen, sie hatte feine Antennen. Und wie sollte er ihr das alles erklären? Die App? *jamesbond006?* Die Anfragen wildfremder Damen?

Er spürte Gudruns Blick auf sich und hustete. »Aha. Kampen. Und … und mit wem sind wir da verabredet?«

»Sag mal, warum schwitzt du so?« Gudrun hob die Hand und wischte ihm über die Stirn. »Zieh doch mal die dicke Strickjacke aus, das ist doch hier im Strandkorb viel zu warm.«

»Ja, danke für den Hinweis«, er quälte sich aus der Jacke, sie saßen sehr eng nebeneinander. »So ist es viel besser.«

»Gut. Du kannst noch einen Moment sitzen bleiben, in einer halben Stunde fahren wir los«, Gudrun stand auf und sah auf ihn hinab. »Es sei denn, du willst dich etwas schicker anziehen.«

»Wozu?«

»Für die *Buhne 16*? In der wir mit Hella auf den Frühling anstoßen?«, Gudrun zeigte in den blauen Himmel. »Das war Hellas Idee und es ist eine schöne. Wir können ja nicht immer nur zu Hause rumsitzen.«

Hellas Idee! Ernst konnte ein Stöhnen nur knapp unterdrücken. Wenn man auf Diskretion hoffte, durfte man nicht mit Hella ausgehen. Nach einem Glas Sekt fing sie an, Geschichten zu erzählen.

»Was ist jetzt?« Gudrun stand immer noch vor ihm. »Ziehst du dich noch um?«

Am liebsten hätte Ernst den Kopf geschüttelt und gesagt, dass er gar nicht mitwolle. Nur war das zu gefährlich. In der momentanen Situation und bei der Sachlage war es zu riskant, Hella Fröhlich mit Gudrun den Frühling feiern zu lassen. Nicht, dass Hella beim Thema Frühlingsgefühle noch ins Reden kam. Und Gudrun hatte eine gefährliche Art, Fragen zu stellen.

»Ich ziehe mir einen Frühlingspulli an«, sagte Ernst deshalb und zwängte sich aus dem Strandkorb. »Wirklich eine sehr schöne Idee.«

Sein Frühlingspulli war auch grau, aber etwas dünner als der gleichfarbige Winterpulli. Ernst hielt es für besser, nicht großartig aufzufallen, schließlich war er schon vor ein paar Tagen in der *Buhne 16* gewesen. Um sich mit *krabbe100* zu treffen. Das hatte Mats verbockt, der eigentlich eine Verabredung mit *erdbeertörtchen* hatte machen sollen und sich in der Zeile vertan hatte.

Martina hatte allerdings gesagt, er solle es ruhig machen, je mehr Informationen er bekomme, umso besser könne er die Lage beurteilen. Er war sich ja immer noch nicht sicher, ob wirklich Gefahr im Verzug war, aber er musste es einfach herausfinden. Also hatte er seinen roten Pullover getragen, es war so eine Art Kostümierung, um seine Lässigkeit zu demonstrieren. Es hatte allerdings nicht viel genützt, die Verabredung war ziemlich misslungen gewesen. Und hatte ihn bei seiner Mission auch nicht weitergebracht. *krabbe100* hieß im echten Leben Marianne Hiller, kam aus Risum-Lindholm und hatte äußerst ungehalten reagiert, als er ihr einen Vortrag über die möglichen Gefahren im Netz gehalten hatte. Sehr undankbar hatte er das gefunden, zumal Marianne mitten in seinen Erläuterungen aufgesprungen und gegangen war. Er war wie ein Trottel sitzen gelassen worden, hatte aber noch über eine halbe Stunde auf Mats warten müssen, der die Zeit am Strand vertrödelt und den Surfern zugesehen hatte.

Jetzt saß er auf der Rückbank seines Autos, während Gudrun fuhr und mit Hella auf der Beifahrerseite über die Planung des Sommerfests plauderte. Von Zeit zu Zeit klappte Hella die Sonnenblende herunter und zwinkerte ihm im Spiegel zu. Ernst sah sie so böse wie möglich an, ihre Nerven hätte er haben wollen.

Der Parkplatz vor Kampen war zur Hälfte gefüllt. Es war zwar noch keine Hauptsaison, aber das schöne Wetter hatte anscheinend viele Spontanurlauber auf die Insel gelockt. Gudrun fuhr auf der Suche nach einer passenden Lücke langsam an den vielen SUVs und Porsches vorbei. »Da sind doch überall Parkplätze«, monierte Hella ungeduldig. »Auf was für einen wartest du denn?«

»Auf einen schönen«, Gudrun deutete mit dem Kinn zur Seite. »Einen, bei dem mir keiner die Tür beim Aussteigen in die Seite knallt. So wie bei dem da.«

Ernst sah es jetzt auch. Ein weißer SUV, über dessen Seite sich eine hässliche Schramme zog. Sofort beugte er sich vor. »Das ist doch …« Aufgeregt tippte er Gudrun auf die Schulter. »Da vorn ist doch einer, nimm den doch, ich muss mir hier mal was ansehen.«

Gudrun lenkte den Wagen in die Lücke, auf die Ernst gezeigt hatte, und stellte den Motor aus. »So«, sagte sie zufrieden, »hier stehen wir doch gut. Was willst du dir denn ansehen?«

»Das weiße Auto«, Ernst hatte die Tür schon geöffnet. »Ich glaube, das ist der Unfallverursacher vom Bahnhof.

Ihr wisst schon, der Elvira Sander gezwungen hat, den Radfahrer zu überfahren. Diese Schramme kommt von dem Poller, gegen den er gefahren ist. Ich war Zeuge.«

»Jetzt misch dich doch nicht schon wieder in alles ein«, rief ihm Gudrun hinterher, aber es war zu spät, Ernst umrundete bereits den weißen SUV. Er legte seine Hände an die Seitenscheiben, um ins Innere zu spähen. Auf der Rückbank lag eine Regenjacke, sonst nichts, was Hinweise auf den Fahrer geben könnte. Auch vorn war nichts Aufschlussreiches zu finden.

»Wenn dich jemand sieht«, sagte Hella plötzlich laut und genau neben seinem Ohr, er zuckte zusammen. »Dann denkt der, du willst den Wagen aufbrechen.«

»Er ist es. HH und hinten eine 3«, murmelte er, während er zurücktrat und die Schramme begutachtete. »Und außerdem habe ich Hilke in diesem Auto gesehen. Ich bin mir sicher. Vielleicht ist sie sogar in der *Buhne 16*, womöglich mit diesem … wir müssen mit ihr sprechen und ihr sagen, dass sie sich von einem Verkehrsrowdy fahren lässt. Falls er nicht auch noch …«

»Wir müssen gar nichts«, stellte Gudrun fest, die jetzt neben ihm stand. »Wir wandern jetzt durch die Dünen und trinken etwas Schönes auf den Frühling. Wie geplant. Und Hilkes Privatleben geht dich genauso wenig an wie die Schramme auf einem fremden Auto. Jetzt kommt, sonst ist die Sonne gleich weg.«

Sie drehte sich auf dem Absatz um und ging vor, Hella betrachtete den Wagen nachdenklich, dann stieß sie Ernst an und sagte: »Sie hat recht. Und sie soll doch nichts von *Lieb* …«

»Kein Wort mehr«, unterbrach Ernst sie harsch und umklammerte ihren Arm. »Ich bin nur mitgefahren, damit du Gudrun nicht aus Versehen was erzählst. Warum wolltest du überhaupt hierher?«

»Erzähl ich dir später«, Hella zeigte auf Gudrun, die vor ihnen wartete und bereits ungeduldig winkte. »Lass uns gehen, sonst denkt Gudrun noch, wir hätten Geheimnisse.« Ernst ignorierte ihr albernes Kichern.

Der Weg vom Parkplatz zu dem Strandlokal war einer seiner Lieblingsplätze. Ernst sah sich um und freute sich, dass alles immer noch so schön war. Er war in den langen Wintermonaten nicht mehr hier gewesen, jetzt fragte er sich, warum eigentlich. Der Weg führte durch ein Dünental und es gab diesen einen Moment, in dem man plötzlich das Meer sah. Überragender Blick, befand Ernst und ließ sich tatsächlich einen Augenblick von seiner Mission und den damit einhergehenden Problemen ablenken. Aber nur einen Augenblick, bis ihm der weiße

Wagen wieder einfiel. Es konnte kein Zufall sein, dass dieser SUV schon wieder hier auftauchte. Die Schlinge zog sich langsam zu. Und es ging nicht nur um den Unfall und um Hilke, es ging auch um Renate Bahnsen, die ebenfalls von einem solchen Wagen gesprochen hatte und dabei einen Namen erwähnt hatte: *gastronom100.* Ein Name, den Ernst nicht überhören konnte, ein Name, der in einer sehr exakten Handschrift auch auf einem gelben Zettel notiert war, der sich zusammengefaltet in seiner Brieftasche befand.

Vor lauter Nachdenken hatte er nicht gemerkt, dass sie das Lokal erreicht hatten, fast wäre er gegen Hella gelaufen, die neben Gudrun am Eingang stehen geblieben war und noch überlegte, wo sie sich hinsetzen wollte.

»Nach oben, auf die Terrasse«, entschied Hella, bevor Ernst zu Wort kommen konnte. »Da sehen wir alles.«

»Was willst du denn sehen?«, Gudrun sah sich um. »Aber schaut mal, ich hatte schon gedacht, dass wir hier den Altersdurchschnitt sprunghaft in die Höhe treiben, aber es sind heute ja doch viele Ältere hier. Nicht nur wir.« Zufrieden schlug sie den Weg zur Treppe ein, Ernst blieb hinter ihr und zischte Hella zu: »Sag nicht, dass du hier auch noch eine Verabredung hast.«

»Nein, ich habe nur eine initiiert«, Hella tätschelte beruhigend seinen Arm. »Und ich wollte mir das Happy

End mit eigenen Augen ansehen. Komm jetzt, Gudrun ist schon oben.«

Sie ging vor, Ernst wollte ihr gerade folgen, als er plötzlich entsetzt Renate Bahnsen entdeckte, die mit einem schmalen, älteren Herrn an einem Tisch am Rand saß. Er redete leidenschaftlich auf sie ein und drehte sich kurz um. Als Ernst das Profil sah, riss er überrascht die Augen auf. Das war doch Manni Schröder, der ihnen die ganze Elektrik im Haus gemacht hatte. Der ewige Junggeselle, dem Gudrun immer Frühstück mit Rührei gemacht hatte, weil sie ihn so dünn fand. Und der abends mit Tupperdosen nach Hause gegangen war, damit er sich sein Essen nur aufzuwärmen brauchte. Dass der eine Frau suchte, war ja in Ordnung, aber dass er das im Internet machen musste und dabei auch noch an Renate Bahnsen geriet, war schon fast tragisch. Wenigstens stand noch kein Eierlikör auf dem Tisch.

Er zog seine Schirmmütze tiefer ins Gesicht und beeilte sich, zu Gudrun und Hella zu kommen.

Auf dem Weg zur Terrasse sah er unauffällig nach rechts und links und hielt dabei die Luft an. Er hielt es für keinen Zufall, dass hier mehrere ältere Paare waren, die *Buhne 16* gehörte anscheinend zu den beliebten *Liebe oder Eierlikör*-Treffpunkten. Gequält schloss er die Augen. Als er sie wieder öffnete, sah er Hellas Gesicht dicht vor seinem.

»Bleib ganz ruhig«, flüsterte sie ihm zu. »Dahinten sitzt Renate Damenoberbekleidung Bahnsen.«

»Habe ich schon gesehen.« Ernst sah zu Gudrun, die sich am Selbstbedienungstresen angestellt hatte. »Sie mich aber nicht.«

»Gut«, Hella sah über seine Schulter. »Ist das nicht Manni? Manni Schröder? Elektro Schröder? Ich fasse es nicht. Der wird doch von ihr gefrühstückt, der arme Kerl.«

»Pst, Gudrun kommt zurück.«

»Was tuschelt ihr eigentlich die ganze Zeit?«, Gudrun hielt ein Tablett mit drei Gläsern in den Händen und sah sie tadelnd an. »Ich hoffe nur, dass ihr nicht schon wieder ein Geheimnis habt. Dann gnade euch Gott.«

»Aber nein!« Betont harmlos sah Ernst sie an und nahm ihr zuvorkommend das Tablett ab, um es auf den Tisch zu stellen. »Wir haben nur gesagt, dass es doch ganz schön ist, mal rauszukommen.«

Gudrun erwiderte nichts, rutschte in die Bank und wartete, bis Ernst die Gläser verteilt hatte. »Ein Hugo«, sagte sie mit Blick auf Hella und begutachtete das grünliche Getränk. »In Angedenken an die Zeit, als Hella noch eine solide Ehefrau war.«

»Ich war nie solide«, antwortete Hella und griff zu ihrem Glas. »Hugo war es ja auch nicht. Dann mal prost, auf den Frühling und die Frühlingsgefühle.«

Ernst wandte den Blick von ihr ab, damit niemand sein Augenrollen sah, und konzentrierte sich auf die anderen Gäste. An den meisten Tischen saßen kleine Gruppen gut gelaunter Menschen, an einem ein sehr junger Mann, der mit seinem Handy herumspielte, aber an drei Tischen tatsächlich ältere Paare. Er kniff die Augen zusammen, als er vor einer der Frauen ein Glas Eierlikör stehen sah. Die Schlacht war wohl schon geschlagen, hier war keine Liebe im Spiel und ihr Portemonnaie würde geschlossen bleiben. Er lenkte seinen Blick auf Manni und Renate Bahnsen, hier wurde erstaunlicherweise Sekt getrunken, trotzdem konnte Ernst sich entspannen, er kannte Manni Schröder seit Jahren und hielt es für unwahrscheinlich, dass er sich im Rentenalter zu einem Internetkriminellen entwickelt hatte. Außerdem hatte er Geld genug. Der suchte tatsächlich nur eine Frau. Vielleicht war Renate Bahnsen gar nicht so verkehrt, wie er dachte.

Beim dritten Paar war der Stand der Dinge leider nicht zu erkennen. Sie redeten nicht besonders viel, tranken Kaffee und hielten ihre Gesichter in die Sonne. Ernst beugte sich ein Stück weiter über das Geländer und bekam von Gudrun sofort einen Knuff in die Seite. »Ernst, bitte, du kannst doch nicht so die Leute anstarren. Was ist denn da?«

»Och, nichts«, sofort lehnte er sich zurück. »Ich dachte nur, ich kenne das Paar, das da neben dem Aufgang sitzt. Ich habe überlegt, woher.«

Gudrun folgte seinem Blick, in dem Moment sah die Frau hoch und winkte. Ernst zog den Kopf ein, während Gudrun plötzlich überschwänglich zurückgrüßte. »Das sind die Webers«, sagte sie laut. »Sie hat früher bei Blumen Hansen gearbeitet und ihr Mann war beim Ordnungsamt. Hallo!«

»Ach, die sind schon verheiratet?«

Hella kicherte und hielt sich die Hand vor die Augen, während Gudrun beide irritiert ansah. »Seit ungefähr vierzig Jahren. Was ist denn daran komisch?«

»Du, nichts, ich habe mich nur …«

»Da ist sie ja«, plötzlich aufspringend, riss Hella die Hand hoch und winkte. »Elvira, hallo, hier oben sind wir.«

Sofort wandten Gudrun und Ernst sich um und sahen Elvira Sander freudig lächelnd die Treppe zur Terrasse hochsteigen. »Was für ein schöner Tag«, stieß sie begeistert aus, bevor sie die drei anderen begrüßte. »Und was für eine gute Idee, Hella.«

»Das finde ich aber auch«, Gudrun drückte ihre Hand sehr lange. »Ich wusste nicht, dass Sie auch kommen, das ist ja eine nette Überraschung. Wir haben uns gar nicht richtig dafür bedankt, dass Sie uns beim Basar geholfen haben.«

Elvira sah sie gut gelaunt an. »Es hat mir Freude gemacht. Jederzeit wieder. Hallo, Herr Mannsen, das ist nett, Sie wiederzusehen.«

»Ja, freut mich auch.« Ernst erwiderte ihren Händedruck. »Das ist …«

Irritiert fiel sein Blick plötzlich auf Hella, die sich hinter Gudruns Rücken weit über die Balustrade beugte und wild gestikulierte. Elvira ließ seine Hand los und drehte sich um. Sofort hielt Hella in der Bewegung inne und strich sich beiläufig eine Haarsträhne aus dem Gesicht. »Ernst, holst du Elvira einen Hugo? Oder soll ich das machen?«

»Ich mach schon«, sagte er langsam und stand auf. Als er vor dem Selbstbedienungstresen stand, versuchte er herauszufinden, wem Hellas Aufmerksamkeit gegolten hatte. Der Einzige, der nach oben gesehen hatte, war der junge Mann mit dem Handy gewesen. Da hatte Hella sich wohl vergrüßt. Der war doch höchstens zwanzig und Ernst hatte ihn noch nie gesehen.

Er schaute wieder nach vorn, die Frau vor ihm in der Schlange bekam gerade ihren Kaffee gereicht und drehte sich um. Sie zuckte zusammen, als sie ihn sah. »Moin«, sagte sie schnell, während Ernst noch überlegte, woher er sie kannte. Es fiel ihm rechtzeitig ein. »Moin, Frau Carstens«, sagte er und wunderte sich, dass sie so schnell weiterging. Als hätte sie etwas zu verbergen. An der Supermarktkasse, an der sie sonst saß, war sie nie so schnell.

»Was soll es sein?«

»Ähm, ach so, ich bin dran, einen Hugo bitte«, Ernst drehte sich noch nach Frau Carstens um, die zu einem Tisch nach unten ging und sich dort allein hinsetzte. Sie wirkte nervös, fand Ernst, aber vielleicht bildete er sich das auch nur ein.

Sein Hugo war fertig, er bezahlte, nahm das Glas und ging zurück zum Tisch. Auf dem Weg blickte er noch einmal nach unten. Ein Mann stand jetzt an ihrem Tisch, mit dem Rücken zu Ernst und hatte ihre Hände ergriffen. Ernst konnte ihn nicht erkennen, er sah nur das Gesicht der netten Kassiererin vom Supermarkt. Sie war rot geworden und lächelte ihre Verabredung strahlend an.

Ernst wandte seinen Blick seufzend ab. Wenn er nur wüsste, wie der Mann mit dem weißen SUV aussah. Und wenn er nur wüsste, ob er gerade hier unter den Gästen war. Wenigstens war Hilke nicht aufgetaucht, er hoffte, dass zumindest sie in Sicherheit war. Und jetzt musste er es nur schaffen, dieses fröhliche Hugo-Trinken ohne Aufsehen und besondere Vorkommnisse zu überstehen. So, als würde es diese verrückte App gar nicht geben.

21.

Nur fünf Minuten, nachdem Hella atemlos ihre Haustür geschlossen und schnell ihre Schuhe abgestreift hatte, klingelte es. Als sie die Tür aufgerissen hatte, wich sie erstaunt einen Schritt zurück. »Ach, hallo Frau Gräber. Sie haben Glück, ich bin gerade erst reingekommen.«

»Ich weiß«, Regina Gräber trat ein, ohne dass Hella sie dazu aufgefordert hatte. »Ich habe es schon mal versucht, als Sie noch nicht da waren.«

»Gehen Sie ruhig durch«, Hella wies in Richtung Wohnzimmer und ging vor. »Wenn Sie schon mal drin sind.«

»Ach nein, danke, ich wollte Sie nur um einen kleinen Gefallen bitten.«

Hella blieb stehen und drehte sich zu ihr um. »Ja?«

Sie hatte sich ganz schön aufgedonnert, fand Hella, die weiße Hose saß sehr eng, die leicht durchsichtige gelbe Bluse stand einen Knopf zu weit offen, sie trug viel goldenen Schmuck und hatte ihre Augen dramatisch dunkel geschminkt. Hella betrachtete beeindruckt die gelben High Heels, die mindestens zwölf Zentimeter Absatz hatten, und sah ihre Nachbarin wieder an. »Und welchen Gefallen?«

»Ich habe ein großes Problem«, Regina Gräber presste die rot geschminkten Lippen zusammen. »Stellen Sie sich vor, man hat mir vorhin beim Einkaufen mein Portemonnaie gestohlen, mein ganzes Bargeld und alle meine Karten sind weg. Die musste ich ja sofort sperren, aber ich kann nun kein Geld abheben. Könnten Sie mir vielleicht 500 Euro leihen?«

»500 Euro?«, verwundert sah Hella sie an. »Also, das tut mir leid, aber so viel Geld habe ich nicht im Haus.« Sie griff nach ihrer Tasche und sah in die Geldbörse. »Warten Sie, ich habe fünfzig, siebzig, neunzig, hundertvierzig, hundertneunzig, zweihundert, zweihundertfünfzig, zweihundertsiebzig und ein paar Münzen, also ich kann Ihnen zweihundertfünfzig leihen. Hilft Ihnen das weiter?«

Regina Gräber streckte schon die Hand aus. »Auf jeden Fall, zumindest bis morgen die Bank wieder öffnet. Ich bin heute nämlich noch verabredet und werde gleich abgeholt, da kann ich ja nicht ohne Geld los. Ach, das war alles so eine Aufregung, meine Güte, das brauche ich auch nicht jeden Tag.«

»Das glaube ich«, Hella überreichte ihr die Scheine, die sie sofort zusammenfaltete und in die Hosentasche schob. »Dann hoffe ich, dass man den Dieb findet.«

»Den …?«, Regina Gräber sah erstaunt hoch. »Ach so, den Dieb, ja, das hoffe ich auch. Vielen Dank, Frau Fröhlich, und Sie bekommen es natürlich so schnell es geht wieder.«

Sie lächelte zerstreut und legte die Hand auf den Türgriff. »Einen schönen Abend.«

»Danke, Ihnen auch.«

Die Tür schlug zu, während Hella ihr restliches Geld wieder zurück in die Tasche schob. Sie blieb im Flur stehen und sah ihr nachdenklich hinterher. Natürlich war Nachbarschaftshilfe sehr wichtig, das hatte Hella immer schon so gehalten. Aber ein bisschen seltsam war es doch, dass Regina Gräber, die sich sonst nie um Nachbarn kümmerte, mit einem solchen Anliegen ausgerechnet zu Hella kam. Und dann gleich 500 Euro, was glaubte sie denn, was Hella machte? Heimlich Geld drucken?

Sie schüttelte kurz den Kopf und fragte sich, wie schnell sie das Geld wohl zurückbekommen würde. Aber darüber würde sie sich später Gedanken machen. Jetzt musste sie sich um ein anderes Thema kümmern. Und jemanden anrufen, der sie gerade wirklich hatte hängen lassen.

Im Wohnzimmer setzte sie sich auf ihren Lesesessel und zog einen Zettel aus der Tasche, auf dem eine Nummer notiert war. Er hatte sie ihr zugeschoben, als sie an seinem Tisch vorbeigegangen war, wenigstens hatte er die Gesten, die sie in seine Richtung gemacht hatte, verstanden. Begriffsstutzig war er dann doch nicht.

Sie hatte etwas Mühe, die Sauklaue zu entziffern, und war erleichtert, als er nach vier Freizeichen ranging. »Ja?«

»Jannis, bist du es?«

»Ja, kleinen Moment, ich gehe eben raus.« Seine Stimme klang gepresst, sie hörte Schritte, dann eine Tür klappen, im Hintergrund lief Schlagermusik. Es klang, als wäre er in einer Kneipe.

»So, ich bin wieder dran«, jetzt sprach er lauter. »Gerade konnte ich nicht reden.«

»Das konnte ich vorhin auch nicht«, Hella legte ein Bein auf ihren Tisch und bewunderte ihre hellgrüne Strumpfhose. »Weil ich sauer war. Was bitte ist denn da so schiefgelaufen? Das war eine feste Verabredung, die wir getroffen hatten. Und ich habe meinen Part erfüllt. Was war los?«

Wieder klappte eine Tür, die Musik verstummte, und Jannis sagte: »Er wollte kommen, ehrlich, er hat es versprochen. Aber dann kam Hermann.«

»Wer ist Hermann? Aber das ist mir eigentlich egal.

Ich habe es jedenfalls geschafft, Elvira zu überreden, mitzukommen. Und sie war da. Hatte sich sogar richtig hübsch gemacht, es ist wirklich zu ärgerlich. Ich hatte mich schon so auf die Gesichter gefreut. Und dann sehe ich dich die ganze Zeit allein am Tisch sitzen.«

»Ja, ich weiß, ich hab mich auch geärgert. Mein Onkel wollte ja kommen und gerade losfahren, als sein alter Kumpel Hermann bei ihm auftauchte. Der ist verwitwet und unglücklich und kann nicht kochen, deshalb hatte Peer ihn eingeladen. Er konnte ja nicht ahnen, dass Hermann einfach so vorbeikommt und nicht Bescheid sagt. Und Peer hat es nicht übers Herz gebracht, ihn wegzuschicken. In die *Buhne 16* wollte Hermann aber nicht mit, deshalb sind sie hiergeblieben und sitzen immer noch in der Küche. Und sind mittlerweile beide ziemlich beschickert.«

»Und was machen wir jetzt? Mit der Zusammenführung?« Hellas Fuß war eingeschlafen, sie zog ihr Bein vom Tisch und stand vorsichtig auf. Langsam humpelte sie zum Fenster, um es zu öffnen.

»Kannst du Frau Sander nicht einfach sagen, dass du weißt, wer der Mann mit dem Fahrradunfall ist? Dass du ihn gefunden hast?«

»Wie hätte ich ihn denn finden sollen? Und außerdem wäre das nicht so romantisch. Na ja, war es so ja auch nicht. Wenigstens haben wir ordentlich Hugo getrunken.«

Als sie die Gardine zur Seite schob, stieß sie einen verblüfften Laut aus und starrte nach unten. Vor ihrem Haus stand der weiße SUV mit der auffälligen Schramme. »Bleib mal kurz dran, ich muss was gucken.«

Sie ließ das Handy sinken, öffnete das Fenster ganz und beugte sich raus, genau in dem Moment, als sie die Haustür klappen und Regina Gräbers Lachen hörte. Sofort trat sie wieder zurück. Das war ja ein Ding.

»Hella?«

Den Blick unverwandt nach draußen gerichtet, antwortete sie mit gesenkter Stimme: »Donnerstag gehe ich mit Elvira ins Kino. *Eine Liebe am Meer.*«

»Das ist ein Kitschfilm«, Jannis klang entsetzt. »Da geht er nie mit. Und ich kriege Pickel bei solchen Filmen.«

Regina Gräber lachte schon wieder und hatte sich bei ihrem Begleiter eingehakt. Er öffnete ihr jetzt galant die Beifahrertür und ließ sie einsteigen. Unwillkürlich hatte Hella den Atem angehalten und plötzlich sah sie den Mann von vorn. Sie erkannte ihn sofort: Mister Wichtig aus Dubai. Der sich auf dem Frühlingsbasar so schlecht benommen hatte. Und der mit der netten Bäckereiverkäuferin aus Keitum aufgekreuzt war, was Hella so gewundert hatte.

»Hella? Bist du noch dran? Können wir uns nicht woanders …«

»Donnerstag. 19.30 Uhr vorm Kino, Jannis, ich muss jetzt aufhören. Streng dich an.«

Sie drückte auf die rote Taste und spähte an der Gardine vorbei. Mister Wichtig fuhr tatsächlich den weißen SUV mit der Hamburger Nummer und der hässlichen Schramme. Also war er auch der Unfallverursacher vom Bahnhof. Und es war auch das Auto, in dem Ernst Hilke gesehen hatte. Hella bekam Gänsehaut. Und hatte plötzlich eine Idee. Sie hob das Handy hoch und machte ein paar Fotos. Vom Mann, vom Wagen, von der Schramme und vom Kennzeichen. Ernst würde staunen.

Als der Wagen losfuhr, sah sie ihm noch einen Moment hinterher, dann kontrollierte sie zufrieden die Fotos. Sie waren sehr gut geworden, es war schon toll, was man mit einem kleinen Handy alles veranstalten konnte. Sie nahm ein Glas und die Flasche Haselnussschnaps aus dem Wohnzimmerschrank, schenkte ein, trank einen kleinen Schluck und setzte sich gespannt an den Tisch. Hastig rief sie *Liebe oder Eierlikör* auf. Ihr Zeigefinger wischte über das Display, Seite um Seite, Foto um Foto, plötzlich hielt sie inne, vergrößerte das Bild und starrte den Mann darauf an. So einfach, dachte sie, so einfach konnte es sein.

Zum Vergleich rief sie noch mal das Foto auf, das sie gerade gemacht hatte. Es gab keinen Zweifel, er war es.

Mister Wichtig aus Dubai war auch Kandidat bei *Liebe oder Eierlikör.*

Aufgeregt überflog Hella sein Profil.

gastronom100, gepflegte Erscheinung, leidenschaftlicher Tänzer, Reiseliebhaber und Sportler mit Sehnsucht nach einer Seelenverwandten. #zweisamammeer#reisegefährten#niemehrohneliebe

gastronom100. Hella griff zum Glas und trank den Haselnussschnaps auf ex. Das war der Betreff auf Martinas gelbem Zettel gewesen, mit dem Ernst und sie nichts hatten anfangen können. Und das war auch der Name gewesen, den Renate Bahnsen ihnen genannt hatte. Der Name des Mannes, dem die Brieftasche ins Wasser gefallen war und der sich 500 Euro von seinem Date für sein Hotelzimmer hatte leihen wollen. Und mit genau diesem Typen fuhr jetzt gerade ihre Nachbarin über die Insel. Mit Hellas Geld in der Tasche.

Sie wurde von einer Hitzewelle überrollt. Sie war ihm auf der Spur. Ganz dicht dran.

Sie nahm ihr Handy in die andere Hand und überlegte einen Moment, dann wischte sie übers Display, um eine Anfrage für ein Date zu senden. Jetzt musste er nur noch zusagen.

Hella lächelte, als sie sich das Gesicht von Ernst vorstellte, wenn sie ihm ihre Entdeckung mitteilte. Wobei sie das eigentlich auch sofort machen könnte. Entschlossen gab sie seine Nummer ein und drückte auf Videoanruf. Sie wollte seine Verblüffung sehen. Nach zwei Freizeichen tauchte ein Teil seines Gesichts auf ihrem Bildschirm auf.

»Was ist? Ich kann jetzt nicht.«

»Ernst? Du musst das Handy anders halten, ich sehe nur dein Ohr und ein Auge.«

»Nicht jetzt. *erdbeertörtchen.*«

Er verschwand vom Display, bedauernd legte Hella das Handy weg. Sie hatte ganz vergessen, dass er heute wieder auf Mission war. Nach dem Hinweis von Martina. Also musste sie jetzt warten. Auf den Rückruf von Ernst und auf die Bestätigung eines Dates mit *gastronom100.* Hella hoffte inständig, dass beides bald passierte. Bevor sie vor lauter Aufregung platzte.

22.

Hastig ließ Ernst das Handy sinken, während er sich verstohlen umsah. Er hatte vergessen, den Ton abzuschalten, was er nun umgehend tat. Nicht auszudenken, was passieren könnte, wenn Gudrun statt Hella ihn anriefe. Und vielleicht auch noch per Video, während er hier in einer doch eher verfänglichen Situation saß, die er ihr doch niemals erklären könnte. Er atmete tief durch und kippte den Stuhl ein bisschen zurück, um Mats sehen zu können. Der Junge saß im Strandkorb am anderen Ende der Terrasse und war schon wieder in sein Handy vertieft. So war das aber auch nicht gedacht. Sofort tippte Ernst auf die Nummer seines Enkels, der umgehend ranging. »Ja, Opa?«

»Du sollst aufpassen, dass niemand kommt, der mich kennt. Und nicht die ganze Zeit aufs Handy starren.«

»Bleib entspannt, es ist doch nicht das erste Mal. Ich habe dich im Blick.«

Mats legte auf und hob aufmunternd das Kinn, als er zu Ernst sah, der den Stuhl wieder auf den Boden zurückkippen ließ. Mats hatte ja recht, es war bereits das fünfte Date, das er hier in Angriff nahm. Nicht sehr erfolgreich, musste man einräumen, weil nicht alle Treffen so verlaufen waren, wie er sich das vorgestellt hatte. Nach Renate Bahnsen, die zumindest ein paar hilfreiche Informationen gegeben hatte, war Marianne aus Risum-Lindholm ja nach fünf Minuten empört gegangen, mit ihr war er so gar nicht ins Gespräch gekommen. Das dritte Treffen war gar nicht erst zustande gekommen. Das hatte auch an diesen bearbeiteten Fotos gelegen, auf denen man ja niemanden richtig erkennen konnte. Wie hätte Ernst denn ahnen können, dass sich hinter *meerjungfrau!* tatsächlich Gudruns Turnfreundin Elfi Möller verbarg? Er hatte sie zum Glück vor dem verabredeten Lokal aus dem Auto steigen sehen und war sofort durch den hinteren Ausgang verschwunden. Mats musste anschließend seinen schon getrunkenen Kaffee bezahlen, denn Ernst wollte ja nicht wegen Zechprellerei in die Bredouille kommen. Und genau für solche Situationen hatte er schließlich seinen Enkel immer dabei.

Das vierte Date hatte im Munkmarscher Hafen stattfinden sollen. Ernst war langsam die schmale Straße auf der Suche nach einem Parkplatz entlanggefahren, als ihm plötzlich der große weiße Wagen entgegengekommen war. Mit Hilke am Steuer. Die mit ihrem Beifahrer gelacht und keinen Blick für den Gegenverkehr gehabt hatte. Natürlich hatte er sofort gewendet und war ihnen gefolgt, allerdings hatten sie ihn auf dem langen Stück Richtung Keitum abgehängt. Hilke war wie eine Irre gefahren, Ernst war so entsetzt gewesen, dass er erst mal einen kleinen Spaziergang durch Keitum hatte machen müssen. Und dabei war ihm vollkommen entfallen, dass im Hafenlokal in Munkmarsch noch eine Dame auf ihn wartete. Mats war aber rechtzeitig da gewesen und hatte sie gesehen. »Sei froh, dass du nicht gekommen bist«, hatte er gesagt. »Das war die dicke Frau vom Ordnungsamt, die dich aufgeschrieben hat, weil du vor der Bank falsch geparkt hast. Und die noch mit dir diskutiert hat.«

Sie hatte ihn sogar schon zweimal aufgeschrieben, jedes Mal wegen Kleinigkeiten. Und sie hatten nicht diskutiert, sie hatte ihn angeblafft, diese unmögliche Person. Und die hätte er fast aus Versehen getroffen. Sie nannte sich *superwoman!* Und sie hatte *ihm* ein Treffen vorgeschlagen. Aufgrund seiner sympathischen Fotos und seiner ausgefallenen Hobbys. Das wäre ja was geworden. Aber nicht mit ihm, er war dieser Person im letzten Moment entkommen. Es bestand zwar die Gefahr, dass sie ein ähnliches Schicksal wie Wilma S. ereilte, aber das hatte sie irgendwie verdient, fand Ernst. Auch wenn dieser Gedanke nicht fein war.

Wäre Martina nicht mittlerweile involviert, hätte Ernst seine Mission womöglich schon aufgegeben. Das ganze Prozedere wurde ja immer anstrengender. Er musste Gudrun in Sicherheit wiegen, Mats dauernd hinter sich herschleppen, nebenbei versuchen, etwas über Hilke herauszukriegen, die Spur der gelben Zettel verfolgen und sich jedes Mal in ängstlicher Erwartung in ein neues Date stürzen. Er wusste schließlich nie, ob er die Dame kannte oder ob es sich um eine Verrückte handelte oder irgendjemand Bekanntes ihn ausgerechnet während dieses Dates sehen würde. Das hatte er auch Martina gesagt, aber die war der Meinung, dass es seine Pflicht sei, den Vermutungen nachzugehen. Er habe schließlich alles erst ins Rollen gebracht.

Und so saß er jetzt im Lokal *Zur Mühle*, direkt am Munkmarscher Watt. Das Wetter war schön, die Sicht klar, er konnte sogar die ankommende Fähre am Lister Hafen erkennen. Was ihn wieder wehmütig an das Frühstück an Bord mit Hilke denken ließ. Er hatte sie seit Tagen überhaupt nicht gesehen, auch weil Hella ihm einen Besuch in der Gemeinde untersagt hatte, mit dem Argument, es sei zu auffällig. Sie waren jetzt in dieser geheimen Mission, die Betonung auf *geheim*, unterwegs, da durften sie nicht auffliegen, bevor sie wichtige Dinge aufgedeckt hatten. *erdbeertörtchen* war ein Hinweis von Martina gewesen, den Ernst zwar nicht verstanden, aber sofort an Mats weitergegeben hatte, damit er ein Date mit dieser Dame ausmachte. Die Handhabung dieser App hatte Ernst immer noch nicht verstanden, aber wozu hatte man einen Enkel? Er würde sich im Anschluss auch bei Mats erkenntlich zeigen, das hatte er ihm schon gesagt, das Ganze aber als Erfolgsprovision bezeichnet, der Junge sollte sich anstrengen.

Zum wiederholten Mal scannte er seine Umgebung, das Terrassenlokal war gut besucht, glücklicherweise sah er kein bekanntes Gesicht, die Gäste, die hier in der Sonne saßen, waren Fremde. Auf einem der Tische entdeckte er zwei Gläser Eierlikör und schaute genauer hin. Zweifelsohne waren die beiden aus demselben Grund hier. Der Mann war etwa in seinem Alter, er hatte dünnes Haar, war sehr schlank, trug einen Anzug mit Weste und hatte einen etwas blasierten Gesichtsausdruck. Anscheinend hielt er gerade einen Monolog, die Frau ihm gegenüber wirkte resigniert, sehr spannend schien sein Vortrag nicht zu sein. Ihre Hand bewegte sich schon langsam zum Eierlikörglas, es sah so aus, als würde sie ihn gleich trinken. Und die Entscheidung getroffen haben. Mitfühlend betrachtete Ernst sie. Es war schon traurig, wenn man wirklich jemanden suchte und dann lauter langweilige Dates bekam. Er war wirklich froh, dass er …

»*jamesbond006?*« Die schüchterne Stimme neben ihm riss ihn plötzlich aus seinen Gedanken. Sofort sah er hoch und stand auf.

»*erdbeertörtchen?*«

Sie nickte, sofort ging Ernst um den Tisch und zog ihr galant den Stuhl zurück. Er wartete, bis sie sich gesetzt hatte, dann nahm er wieder Platz. *erdbeertörtchen* hatte eine schöne Bluse an, fand er, eine blaue mit kleinen weißen Wolken. Aber die Dame war anscheinend so schüchtern, dass sie ihn gar nicht ansehen konnte, geschweige denn etwas sagen. Also nahm Ernst den Gesprächsanfang in die Hand. »Ja, dann erzählen Sie mal«, forderte er sie freundlich auf. »Wie kann ich Ihnen helfen?«

An ihrem Gesichtsausdruck merkte er, dass er falsch angefangen hatte. Wenigstens schaute sie jetzt hoch, wenn auch mit gerunzelter Stirn und einem Achselzucken. »Ich … ich weiß nicht. Was meinen Sie mit ›helfen‹?«

»Ach, das sagt man doch so.« Ernst zwang sich zu lächeln. »Also, ich kann Sie auch fragen, wie es Ihnen so geht, an diesem schönen frühlingshaften Tag. Oder was Sie sonst so machen? Haben Sie einen Beruf?«

»Ähm, ja …«, sie zog die Silben lang, während sie ihn irritiert ansah. »Es ist aber doch … entschuldigen Sie, aber Sie machen doch bei *Liebe oder Eierlikör* mit? Oder?«

»Ja, ja«, beteuerte Ernst sofort. »Ich probiere das gerade mal aus, ich stehe aber noch ganz am Anfang. Haben Sie denn schon Erfahrungen sammeln können?«

»Ja«, sie nickte und bekam dabei einen traurigen Blick. »Und Sie?«

»Die eine oder andere«, Ernst musste zugeben, dass er gerade ins Schwimmen kam. Wie um alles in der Welt sollte er denn jetzt herausfinden, warum *erdbeertörtchen* auf Martinas gelbem Zettel stand? »Es ist ja schon eine sehr moderne Technik und ich muss sagen, dass mir das System noch nicht wirklich in Fleisch und Blut übergegangen ist.«

»Tja«, sie wandte ihren Blick ab und sah sich um. »Das kommt vielleicht noch. Hier scheinen sich noch andere Teilnehmer zu treffen.« Sie deutete diskret auf den Tisch, an dem die Frau mit dem resignierten Blick jetzt ihren Eierlikör trank. »Wohl nicht erfolgreich, na ja, das ist auch kein Wunder.«

»Warum?«, Ernst sah kurz hin und wieder zurück. »Kennen Sie die beiden?«

»Nur ihn«, sie nickte, »*kavalier11.* Er heißt eigentlich Theo Möller und ist Anwalt. Er trifft sich mit ganz vielen Frauen, weil er eigentlich eine Haushälterin sucht, aber weder dem Arbeitsamt traut noch Geld für eine Stellenanzeige ausgeben will. Auf die Zettel, die er an die Pinnwände der Supermärkte gehängt hat, hat sich niemand gemeldet. Deshalb versucht er es jetzt so.«

»Ach«, erstaunt sah Ernst sie an. »Und woher wissen Sie das?«

»Ich habe mich auch mit ihm getroffen«, sie hob die Schultern. »Eine halbe Stunde hat er mir seine erfolgreiche Karriere und sein schönes Haus beschrieben und dann hat er mich gefragt, ob ich mir vorstellen könnte, alles für ihn in Ordnung zu halten. Für 3,50 Euro die Stunde. Inklusive freier Getränke. Ich habe abgelehnt.«

»Das ist ja wirklich unmöglich!« Kopfschüttelnd verschränkte Ernst seine Arme vor der Brust. »Da nutzt dieser Mann eine App, die doch eigentlich für Glück und Zukunft steht, so aus. Das gehört sich wirklich nicht. Wenn man ganz andere Absichten hat, muss man das sagen.«

»Genau«, pflichtete sie ihm sofort bei und blickte ihn plötzlich so ernsthaft an, dass er gleich ein schlechtes Gewissen bekam. »Das sehe ich auch so. Ich habe den Eierlikör getrunken und bin sofort gegangen.«

»Richtig so«, Ernst sah sich nach einer Bedienung um und winkte, als er sie entdeckte. »Apropos getrunken, dann bestell ich uns doch erst mal was Schönes, oder? Die haben hier sehr guten Kuchen, alles selbst gebacken. Darf ich Sie zu einem Stück einladen?«

Sie sah ihn einen Moment an, dann nickte sie langsam und sagte: »Ich nehme ein Stück Käsekuchen, eine Tasse Kaffee und einen Eierlikör.«

Ernst bestellte zweimal dasselbe, bevor er sich zögernd wieder *erdbeertörtchen* zuwandte. »Wissen Sie jetzt schon, dass Sie gleich Eierlikör trinken werden?«

Sie nickte stumm und sah aufs Meer. Ernst schwieg auch und überlegte, warum sie jetzt schon so sicher war, immerhin hatten sie sich kaum unterhalten. Vielleicht durfte man das nicht fragen, aber irgendwie wollte er es gern wissen. Er wartete noch einen Moment, bevor er sagte: »Also, nur mal so aus Interesse: Warum trinken Sie jetzt schon Eierlikör?«

»Weil das hier keine Liebe wird.« Sie rutschte mit ihrem Stuhl ein Stück zurück, um mehr in der Sonne zu sitzen. »Das wusste ich schon, als ich kam. Aber ich habe gedacht, wenn ich schon mal hier bin, dann kann ich auch den schönen Käsekuchen essen. Ich kenne das Lokal, ich gehe hier ab und zu Kaffee trinken.«

»Aha«, Ernst rieb sich unsicher übers Kinn. »Und

würden Sie mir vielleicht sagen, woran das gelegen hat? Also, sehe ich komisch aus oder habe ich etwas Falsches gesagt oder …? Wissen Sie, das frage ich nur, um es zu verstehen. Ist es vielleicht dieser Pullover?«

Sie schüttelte den Kopf. »Sie sind verheiratet.«

Die junge Frau, die den Kaffee und den Kuchen brachte, rettete Ernst, der jetzt mit offenem Mund dasaß und dankbar für den Aufschub war. Er sammelte sich und wartete, bis sie gegangen war und *erdbeertörtchen* die Kuchengabel in den Käsekuchen gerammt hatte.

»Ja, das ist … woher wissen Sie das?«

»Ihr Ehering«, kauend deutete sie mit der Gabel auf seine Hand. »Anfängerfehler. Außerdem war ich auf dem Frühlingsbasar in List und habe Sie da mit Ihrer Frau gesehen. Das war doch Ihre Frau, oder? Die schlanke Dame mit den kurzen grauen Haaren, die am Kaffeetresen stand.«

»Ach Gott«, perplex starrte Ernst auf seinen Ring. Das hatte ihm niemand gesagt. Weder Mats noch Hella noch Martina. Und er hatte gar nicht darüber nachgedacht. Was für ein idiotischer Fehler. »Ja«, begann er langsam. »Das war Gudrun. Tja.« Er hob den Kopf und sah sie zerknirscht an. »Ich kriege den Ring ja gar nicht ab.«

»Und warum machen Sie das hier?«, sie schob sich die nächste Gabel voll Kuchen in den Mund und fragte undeutlich weiter. »Wollen Sie Ihre Frau betrügen? Oder mich?«

Ernst bekam plötzlich einen Hustenanfall. Ungerührt und kauend beobachtete *erdbeertörtchen,* wie er um Atem rang. Nach endlosen Sekunden bekam Ernst wieder Luft und wischte sich die Tränen aus den Augen. Er musste erst einen Schluck Kaffee trinken, um wieder sprechen zu können. »Nein, nein, das ist alles ganz anders, als es aussieht. Ich will weder meine Frau noch Sie … wie hätte ich Sie denn überhaupt betrügen können?«

»Oh, das hat schon jemand geschafft«, jetzt schob sie den leeren Kuchenteller zurück und stützte ihr Kinn auf die Faust, während sie ihn unverwandt ansah. »Ich habe irgendwie immer Pech, selbst bei einer so blöden Dating-App. Ich gerate einfach immer an die Falschen.«

»Oh, nein«, entschlossen schüttelte Ernst den Kopf. »Vielleicht sind Sie sogar an den Richtigen geraten. Was soll's, jetzt ist meine Tarnung sowieso aufgeflogen, ich erzähle Ihnen mal, um was es geht. Und warum ich mich bei *Liebe oder Eierlikör* angemeldet habe. Vielmehr, habe anmelden lassen, das hat mein Enkel gemacht, das ist der junge Mann dahinten im Strandkorb.« Er hatte sich kurz umgedreht und in Mats' Richtung gewunken, woraufhin der sofort aufsprang und mit fragendem Blick mit den

Schultern zuckte. »Schon gut«, brüllte Ernst über die Terrasse, alle Gäste sahen hoch, Mats setzte sich wieder hin. »Mein Enkel«, Ernst hatte sich der Dame wieder zugewandt und sagte jetzt mit Stolz in der Stimme. »Toller Junge.«

»Schön«, *erdbeertörtchen* nickte. »Und um was geht es jetzt?«

»Ich heiße übrigens Ernst«, förmlich streckte er ihr die Hand hin. »Ernst Mannsen. Aus List.«

»Silvia«, sie ergriff seine Hand und schüttelte sie. »Silvia Körner. Aus Archsum. Ich arbeite in der Bäckerei in Keitum.«

»Angenehm.«

»Ich bin Verkäuferin, Sie haben mich vorhin nach meinem Beruf gefragt.«

»Schöner Beruf.«

»Ja«, jetzt schob sie die Augenbrauen zusammen. »Aber ich weiß immer noch nicht, um was es hier jetzt geht.«

»Stimmt. Wo soll ich beginnen?«

»Am Anfang?«

»Ja«, Ernst faltete seine Hände auf dem Tisch. »Am besten von vorn. Also, alles fing damit an, dass Hilke Petersen plötzlich Lippenstift trug …«

23.

Bevor Martina ihre Haustür erreichen konnte, hatte Hella schon die Balkontür aufgehebelt und ihr auf zwei Fingern nachgepfiffen. Sofort blieb Martina stehen und sah zu ihr hoch.

»Du musst hochkommen«, rief Hella ihr übers Balkongeländer gebeugt zu. »Es ist wichtig.«

Martina sah auf die Uhr und hob fragend die Schultern. »Ich wollte eigentlich …«

»Das kannst du alles später machen«, Hella sah sich kurz um und senkte ihre Stimme. Es musste ja nicht das ganze Haus mithören. »Wir müssen reden.«

Ohne die Antwort abzuwarten, knallte Hella die Balkontür wieder zu und ging schon mal zur Wohnungstür. Als sie öffnete, kam Martina gerade langsam die Treppe hoch. Sie blieb kurz stehen und wischte sich einen Schweißtropfen von der Schläfe, während Hella ihr schon entgegensah. »Haselnussschnaps?«

»Es ist gerade mal 16 Uhr«, Martina schob sich an Hella vorbei und wartete, bis die Wohnungstür geschlossen war. »Das ist ja wohl ein bisschen zu früh für Alkohol. Was ist denn jetzt so wichtig?«

»Geh durch«, Hella drückte die Tür zu und schob Martina ein Stück vorwärts. »Ich muss dir was erzählen, du wirst durchdrehen.«

»Ich bin in meinem ganzen Leben noch nie durchgedreht«, vor dem plüschigen Sofa angekommen, schob Martina die bunten Kissen zur Seite, bevor sie sich mit einem kleinen Seufzer setzte. »Ich denke auch nicht, dass ich heute damit anfange.«

»Das war metaphorisch gemeint«, Hella winkte ab und nahm ihr gegenüber auf einem grünen Samtsessel Platz. Sie starrte Martina einen Moment an, dann holte sie tief Luft und sagte: »Wir müssen dringend über unsere Mission reden. Ernst und ich machen da die ganze Arbeit und du schweigst im Hintergrund, das geht nicht mehr. Wir müssen unsere Talente jetzt zusammenführen.«

Unbewegt blickte Martina sie an, bevor sie ganz leicht eine Augenbraue hob. »Welche Talente?«

»Ach, Martina«, Hella ließ sich zurückfallen und blickte an die Decke. »Ernst hat diesen Instinkt, ich habe meine Schauspielkunst und du den Blick auf Zahlen, bei denen etwas nicht stimmt. Zusammen sind wir zu der Auffassung gelangt, dass die Möglichkeit besteht, bei *Liebe oder Eierlikör* könnten sich nicht nur Liebende finden. Und deshalb hat sich Ernst in eine sehr schwierige Situation begeben. Mit Verlaub, auch durch den Druck, den du mit deinen gelben Zetteln aufgebaut hast. Es ist ja ehrenhaft, dass du nicht gegen dein Bankgeheimnis verstoßen willst und dich deshalb auf diese kryptischen Hinweise beschränkst. Aber dadurch ist der arme Ernst völlig überfordert. Dabei will er doch nur wissen, mit wem Hilke sich trifft und ob sie Gefahr läuft, das Schicksal von Wilma S. zu ihrem zu machen. Oder hieß sie Vera? Na, egal, jedenfalls versucht er verzweifelt, die Hinweise auf den Zetteln zu deuten, trifft sich heute mit *erdbeertörtchen*, weil du das aufgeschrieben hattest, und stirbt tausend Tode. Ohne zu wissen, warum *erdbeertörtchen* überhaupt auf dem Zettel stand.«

Martina schwieg und legte sich ein Kissen auf die Oberschenkel.

»Es wäre alles einfacher, wenn du mal mit uns reden würdest, Martina. Eine solche Mission gelingt doch nur, wenn man ab und zu seine Ergebnisse vergleicht. Herrgott, du hast doch auch genügend Krimis geguckt. Und du kannst uneffektives Arbeiten nicht leiden.«

»Stimmt«, Martina legte ihre Hände aufs Kissen und

begann, die Fransen miteinander zu verflechten. »Wo siehst du denn fehlende Effektivität?«

»Überall«, Hella hob energisch das Kinn. »Ernst macht ein Date nach dem anderen, ohne wirklich zu wissen, wonach er suchen muss. Ich hatte auch schon drei, die eher unbefriedigend … ach, besser, wir lassen das und decken den Mantel der Liebe drüber.« Sie stand abrupt auf und ging zum Tisch, um einen Stift zu holen, bevor sie sich wieder setzte. »Du, meine Liebe, bist leider der Grund für die fehlende Effektivität. Deine Hinweise sind nicht klar genug. Wir brauchen Namen und Beweise. Du hast doch alles. Deine Vermutungen sind immer richtig. Also, bei wem witterst du etwas? Was ist dir aufgefallen? Jetzt mal Klartext.«

»Bankgeheimnis«, Martina fuhr fort, die Fransen zu flechten. »Ich setze doch nicht meinen Job aufs Spiel.«

»Schon klar«, Hella sah sie mit zusammengekniffenen Augen und leicht geöffnetem Mund an. Sie überlegte angestrengt, dann lächelte sie plötzlich und rutschte in ihrem Sessel nach vorn. »Ich habe eine Idee. Du brauchst gar nichts zu sagen. Ich habe vor vielen Jahren mal eine Halbtote gespielt, in einer unbedeutenden Fernsehproduktion. Ich war trotzdem sehr gut.«

Martina hob den Kopf. »Eine Halbtote? Wie geht das denn?«

»Ich lag in einem Krankenhausbett und konnte nicht sprechen«, Hella ließ sich demonstrativ mit ausgebreiteten Armen zurückfallen, versteifte ihren Körper und starrte mit offenen Augen an die Decke.

Nach einer Weile räusperte Martina sich. »Ich habe es verstanden, du kannst wieder hochkommen.«

»Ich konnte nur blinzeln«, Hella lockerte ihre Arme und rutschte wieder in die Sitzhaltung. »Aber ich war eine wichtige Zeugin, deshalb hat mich ein Kommissar verhört. Einmal blinzeln hieß Ja, zweimal Nein, oder war das umgekehrt? Egal, wir legen fest, einmal Ja, zweimal Nein.«

»Ja, und?«

»Du bist halb tot«, Hella lächelte. »Jetzt sofort. Ich stelle dir Fragen. Du blinzelst. Halbtote verstoßen nicht gegen das Bankgeheimnis. Und sagen musst du ja auch nichts. Du musst dich auch nicht steif machen. Es sei denn, es hilft dir.«

So wie Martina sie jetzt ansah, konnte nur Martina gucken. Hella ignorierte den Blick.

»Dann fange ich mal an«, sie zog einen Zettel aus ihrem Ausschnitt und zückte den Stift. »Wir haben deinen Notizen entnommen, dass dir bei drei Kunden was aufgefallen sein muss. Seltsame Kontobewegungen zum Beispiel. Stimmt das?«

Martina reagierte nicht. Hella beugte sich vor. »Martina! Du bist halb tot. Drei Kunden?«

Martina zwinkerte zweimal, Hella legte den Kopf schräg. »Nein? Zwei?«

Doppeltes Zwinkern.

»Mehr?«

Einfaches Zwinkern.

»Vier?«

Einfaches Zwinkern. Hella atmete durch und strich die Drei auf ihrem Notizzettel durch, um sie durch eine Vier zu ersetzen.

»*erdbeertörtchen* gehört dazu? Also, sie hat komische Summen abgehoben?«

Doppeltes Zwinkern.

Hella sah sie an, bis ihr etwas einfiel. »Sie hat eine seltsame Überweisung getätigt?«

Einfaches Zwinkern.

»Hm.« Hella rieb sich die Stirn. »Seltsame Überweisungen. Ach so, klar, diese Überweisungen sind immer auf dasselbe Konto gegangen?«

Einfaches Zwinkern.

Aufgeregt rutschte Hella hin und her. »Das Konto gehört jemandem, der bei der App mitmacht?«

Einfaches Zwinkern.

»Und nicht nur *erdbeertörtchen* hat auf dieses Konto

etwas überwiesen, sondern auch noch drei andere Frauen?«

Einfaches Zwinkern.

»Und nun lass mich raten«, Hellas Zeigefinger fuhr in Martinas Richtung. »Dabei ist der Betreff *gastronom100* aufgetaucht.«

Einfaches Zwinkern.

»Ich wusste es«, Hella schlug mit der flachen Hand auf ihren Oberschenkel. »Deswegen stand das auch auf deinem Zettel. Und jetzt wirst du gleich verrückt, ich habe ihn tatsächlich gefunden. Das war eine meisterhafte Detektivleistung. Warte, ich zeige es dir.«

Sie sprang auf, um ihr Handy zu holen, während Martina wieder anfing, die Kissenfransen zu flechten.

»Ich hätte jetzt doch gern einen Haselnussschnaps.«

»Klar«, Hella drehte sich zu ihr um, bevor sie die Gläser und die Flasche aus dem Schrank holte und alles auf den Tisch stellte. »Schenk schon mal ein, ich hole mein Handy, um dir was zu zeigen. Wer waren denn die anderen drei Frauen?«

»Sag ich nicht«, in aller Ruhe entkorkte Martina die Flasche und schenkte ein. »Bankgeheimnis.«

»Ist klar«, Hella zuckte mit den Achseln und wollte sich, den Blick auf ihr Handy gerichtet, neben Martina aufs Sofa sinken lassen, aber die Lücke zwischen Martina und der Armlehne war etwas zu eng. Martina stöhnte und rutschte ein Stück zur Seite, sofort quetschte Hella sich neben sie und wischte hektisch auf dem Display herum. »Warte, ich hab's gleich, zack, zack, zack, da, da ist er doch.«

Triumphierend hielt sie Martina das Telefon hin, die es ihr abnahm und den Eintrag betrachtete.

»gastronom100, gepflegte Erscheinung, leidenschaftlicher Tänzer, Reiseliebhaber und Sportler mit Sehnsucht nach einer Seelenverwandten. #zweisamammeer#reisegefährten #niemehrohneliebe«

»Ja«, sagte sie ruhig und gab Hella das Handy zurück. »Das wird er wohl sein.«

»Das ist er«, bekräftigte Hella. »Natürlich ist er das. Ich habe ihn nämlich schon auf dem Frühlingsbasar gesehen. Ein unangenehm arroganter Typ, wenngleich auch sehr attraktiv. Er war mit der netten Bäckereiverkäuferin aus Keitum da, die er nicht nett behandelt hat. Da habe ich mir schon gedacht, dass die sich auch auf diesem Weg kennengelernt haben. Er ist bestimmt zehn Jahre jünger als sie, das Ganze sah nicht nach Liebe aus. Und jetzt kommt das Beste. Das ist nämlich auch der Mann mit dem weißen SUV. Der den Unfall am Bahnhof verursacht hat. Und nun rate mal, wo ich ihn vorhin gesehen habe?«

Martina antwortete nicht, sondern nahm Hella stattdessen das Handy wieder aus der Hand. Sie betrachtete das Foto jetzt konzentriert, dann sagte sie: »Der stand vor ein paar Tagen halb nackt bei Regina Gräber im Schlafzimmer.« Sie reichte das Handy zurück und griff nach ihrem Schnapsglas. »Zum Wohl.«

Verblüfft starrte Hella sie an. »Wie? Woher …? Schon vor ein paar Tagen? Und … wieso halb nackt?«

»Weil er nicht viel anhatte. Ich kam nicht umhin, es zu bemerken. Sie zieht die Vorhänge nie richtig zu. Furchtbar.«

Hella dachte angestrengt nach. »Ich habe ihn vorhin vorm Haus gesehen. Aber dann war er nicht nur einmal bei Regina Gräber. Und die Sache ist fortgeschrittener, als ich dachte. Und, oh Gott, sie hat sich von mir Geld geliehen. Sie wollte fünfhundert Euro, ich habe aber nur zweihundertfünfzig gehabt. Martina, ich hänge mit drin. Was ist mit ihrem Konto?«

Martina trank den Rest aus und stellte das Glas wieder hin. »Er schmeckt ja immer wieder gut.«

Nach Luft ringend ließ Hella sich im Sessel zurückfallen. »*gastronom100* und Regina Gräber, ich fasse es nicht. Martina, was ist mit ihrem Konto? Hat sie auch gezahlt? Sieh mich an.«

Martina hob den Kopf und zwinkerte einmal, bevor sie zur Flasche griff, um nachzuschenken.

»Ich habe es mir gedacht«, Hella stöhnte theatralisch, »ich sehe mein Geld nie wieder.« Sie legte die Hand über die Augen, dann fiel ihr etwas ein und sie schoss hoch. »Aber, aber … er ist der Mann mit dem weißen SUV. Und Hilke ist mit ihm in diesem Auto gesehen worden. Was leider Gottes der Beweis dafür ist, dass Hilke tatsächlich bei *Liebe oder Eierlikör* mitmacht. Und genauso wie Regina Gräber mit ihm angebändelt hat. Oh Gott, das bricht Ernst das Herz. Was ist mit Hilke, Martina? Hat sie auch schon Geld überwiesen?«

»Ich sag nichts mehr«, Martina kippte den Schnaps in einem Zug aus und quälte sich aus ihrem engen Sitz hoch. »Ich muss los. Du bist doch auf der richtigen Fährte. Du kannst doch …«

Der durchdringende Ton von Hellas Handy lenkte beider Blicke auf den Tisch. Sofort griff Hella danach und wischte übers Display. Während sie den angekommenen Text las, begann sie zu lächeln. »Na bitte«, sagte sie laut und hielt Martina das Telefon hin. »Ich habe ein Date. Mit *gastronom100.* Am Donnerstag um 18 Uhr in der *Sturmhaube.* Bei schönem Wetter auf der Terrasse. Martina, du kommst mit.«

»Wozu?«

»Ich brauche eine Zeugin.«

24.

Hilke Petersen legte die Getränkekarte zur Seite und setzte die Sonnenbrille auf, bevor sie gut gelaunt ihren Blick auf die vorbeilaufenden Passanten richtete. Das frühlingshafte, sonnige Wetter ließ die Menschen, die schon sommerlich gekleidet durch die Strandstraße bummelten, sofort sympathischer wirken, das traf zumindest auf die meisten zu. Es war wirklich ein schöner Tag, der Himmel war klar und blau, nur einzelne Möwen flogen kreischend durch die Idylle.

Als die Bedienung an den Tisch kam, bestellte Hilke einen Eiskaffee und warf einen kurzen Blick auf die Uhr. Sie hatte noch etwas Zeit, bevor sie sich treffen würden, sie konnte diesen Moment im Café in aller Ruhe genießen.

In der Hauptsaison fuhr Hilke selten nach Westerland, schon gar nicht, um Eiskaffee zu trinken. Dann war es ihr hier zu voll, sie mochte diese Massen an Touristen nicht, die sich durch die Stadt schoben, alles in Beschlag nahmen, oft ein bisschen zu laut, ein bisschen zu fordernd und ein bisschen zu hektisch. Aber jetzt, Anfang Mai, war noch alles ruhig und überschaubar. Und deshalb war sie etwas früher losgefahren und schon ein bisschen durch die Einkaufsstraßen geschlendert.

Der Eiskaffee kam, Hilke dankte lächelnd und zog das Glas näher zu sich. Gerade als sie den Strohhalm in die Sahne tauchen wollte, fiel ein Schatten auf den Tisch und eine laute Stimme sagte: »Ich liebe diese Vorsaison, da trifft man sogar mal Einheimische in den Lokalen, hallo Hilke.«

»Britt«, Hilke hatte sofort den Strohhalm losgelassen und sah jetzt hoch. »Hallo. Wir haben uns ja ewig nicht gesehen. Wie geht's?«

Eigentlich mochte sie die quirlige Britt Elvers, die halbtags bei Martina in der Bank arbeitete. Nur war sie manchmal für ihren Geschmack etwas zu sehr am Leben ihrer Mitmenschen interessiert. Um nicht zu sagen, sie war einfach neugierig.

»Oh, gut«, Britt Evers legte die Hand auf die Lehne des freien Stuhls. »Störe ich dich? Oder darf ich mich dazusetzen? Ich hatte die ganze Zeit schon so eine Lust auf Eiskaffee, aber oben auf der Promenade waren alle Tische besetzt.«

»Hier ist der Eiskaffee sowieso der beste«, Hilke nahm zwei kleine Papiertüten vom Sitz und machte eine einladende Geste. »Setz dich, du störst nicht.«

»Ach, wie schön«, sofort zog Britt den Stuhl vor und nahm Platz. Neugierig blickte sie auf die beiden Tüten, die jetzt auf dem Boden standen. »Ich wollte eigentlich auch shoppen, aber ich habe überhaupt nichts gefunden. Dabei ist es in den Geschäften noch so schön leer.«

Hilke nickte, während Britt der Bedienung zuwinkte und auf Hilkes Eiskaffee zeigte. »Wunderbar, sie hat es verstanden«, sagte sie zufrieden und sah wieder Hilke an. »Erzähl mal, wie geht es dir so? Du hast eine andere Frisur, sie steht dir sehr gut. Macht dich zehn Jahre jünger.«

»Oh, danke«, etwas verlegen strich Hilke sich eine Strähne aus der Stirn. »Ich wollte mal was Neues ausprobieren.«

Britt nickte verständnisvoll. »Das ist gelungen. Und ...«, sie deutete auf eine der Einkaufstüten, die das Emblem einer Parfümerie trug, »der Frühling macht auch Lust auf neue Lippenstifte und Parfüms, oder? Das kenne ich gut.«

»Offenbar, ja«, jetzt endlich tauchte Hilke den Strohhalm in die Sahne und probierte. »Wobei das ein Geburtstagsgeschenk für meine Kollegin ist.«

»Ach ja, Silke hat ja Geburtstag«, Britt nickte. »Aber

sie feiert nicht, ich habe sie schon gefragt. Schade, es ist im Moment kaum was los im Dorf. Deswegen trifft man überhaupt niemanden mehr und hört kaum was Neues.«

Ihr Eiskaffee wurde gebracht und Britt rührte mit dem Strohhalm die Sahne unter. »Wobei der Frühlingsbasar sehr schön war, aber den hast du ja verpasst. Warst du da im Urlaub?«

»Nein«, Hilke schüttelte den Kopf. »Ich hatte nur etwas anderes vor. Aber Hella Fröhlich hat ja einen sehr guten Ersatz für mich gefunden.«

»Ja, ja«, antwortete Britt. »Eine Elvira Dingenskirchen, ich kannte sie vorher nicht, aber wir haben uns noch unterhalten, sie war nett.« Sie nahm den Strohhalm wieder zwischen ihre Lippen und saugte, bis es blubberte. »Der ist ja wirklich sehr gut. Es war übrigens ziemlich voll auf dem Frühlingsbasar, wobei eine Menge Leute von außerhalb dabei waren, die meisten kamen gar nicht aus dem Dorf. Ich habe nicht viele Bekannte getroffen. Vielleicht stimmen die Gerüchte, dass es einige Frauen unter uns gibt, die gerade Frühlingsgefühle haben und deshalb auf der Suche nach der großen Liebe sind. Und das mithilfe von moderner Technik. Das zieht natürlich auch anderes Publikum an.«

»Moderne Technik?« Hilke sah sie an. »Was denn für eine … oh, ist das mein Handy?« Tatsächlich kam ein

Geräusch aus Hilkes Tasche, es wurde lauter, als sie das Handy hervorzog. Mit einem entschuldigenden Blick nahm sie das Gespräch an. »Hallo? Ich bin …«

Sie runzelte die Stirn, während sie zuhörte, dann nickte sie langsam. »Okay. Ja, da kann man nichts machen … nein, das ist nicht schlimm … wirklich nicht. Mach dir keine Gedanken, dann gehe ich vielleicht allein … ja, natürlich … gut, dann meldest du dich, wenn du fertig bist. Okay, bis später, tschüss, tschüss.«

Britt musterte sie neugierig, während Hilke das Telefon wieder in ihrer Tasche verstaute. »Das war meine Kinoverabredung«, sagte sie unvermittelt. »Er musste leider absagen, ihm ist etwas dazwischengekommen. Na ja. Wo waren wir stehen geblieben?«

»Ach, das ist ja …«, mit aufgerissenen Augen sah Britt sie an. »Das ist ja ärgerlich. War das dein Freund?«

»Ja, es ist aber auch keine Katastrophe. Hast du vielleicht Lust? Der Film heißt *Liebe am Meer*, er soll sehr schön sein. Und die Karten habe ich ja schon gekauft.«

»Och, warum nicht?« Britt nickte nach einem Moment. »Ich war ewig nicht im Kino. Ich müsste nur schnell zu Hause anrufen, dass ich später komme, aber das ist kein Problem. Sehr gern.«

Während sie ihren Mann anrief, signalisierte Hilke der Bedienung, dass sie zahlen wollte. Es war schade, sie hatte sich auf einen Kinoabend zu zweit gefreut, aber es ließ sich nun mal nicht ändern. Und wenn Britt Elvers Lust hatte, musste die Kinokarte ja auch nicht verfallen.

Als sie kurz darauf die wenigen Meter bis zum Kino schlenderten, sahen sie schon eine Traube von Kinobesuchern vor der Tür auf den Einlass warten.

»Es sieht aus, als würden sich nur Frauen für *Liebe am Meer* interessieren«, bemerkte Britt und sah sich um. »Hier sind ja kaum Männer. Ist das denn so eine richtig schöne Schmonzette? Mit Liebe und Happy End und so?«

»Ich hoffe«, antwortete Hilke. »Ich mag die Hauptdarstellerin, deshalb wollte ich den Film gern sehen. Und gegen Liebe und Happy End habe ich auch nichts.«

»Nein«, Britt grinste. »Ich habe schon gehört, dass du in dieser Hinsicht auch gerade Glück hattest. Hast du ihn auch über so eine Dating-App kennengelernt? Zufällig die, über die gerade alle reden? Hast du deshalb eine neue Frisur und diese schöne Jacke … Hoppla, Entschuldigung«, Britt hatte beim Umdrehen eine Frau angerempelt, die einen Schritt zurücktrat. »Ich habe Sie gar nicht gesehen, es tut mir leid, ach, Sie sind das, hallo.«

Die Frau sah erst Britt, dann Hilke fragend an, sie

hatte offenbar keine Ahnung, wer da plötzlich vor ihr stand. »Ich … ähm, es ist ja nichts passiert.«

Britt streckte sofort ihre Hand aus. »Wir haben uns beim Frühlingsbasar getroffen, ich bin die, die sich die Erdbeertorte auf die Bluse gekleckert hat, Sie waren so nett, mir beim Reinigen behilflich zu sein. Britt Elvers. Und das hier ist übrigens Hilke Petersen, die Sie vertreten haben, Hilke, das ist Elvira ähm …«

»Ah, jetzt erkenne ich Sie«, die Frau lächelte erst Britt, dann Hilke an. »Elvira Sander, ja, das freut mich, Frau Petersen, ich hoffe, ich konnte Sie gebührend ersetzen.«

»Bestimmt«, Hilke schüttelte ihr die Hand. »Und Sie sehen auch gleich *Liebe am Meer?*«

»Ja«, sie nickte. »Eigentlich wollte ich ihn zusammen mit einer Bekannten anschauen, ach, Sie kennen sie ja bestimmt, Hella Fröhlich, aber sie hat vor zehn Minuten angerufen und abgesagt, ihr ist was dazwischengekommen. Aber jetzt bin ich schon mal hier und gehe eben allein rein. Unterhalten kann man sich während des Films ja sowieso nicht.«

Das stimmt, dachte Hilke, aber man konnte die Hand von jemandem halten. Nur vielleicht nicht gerade die von Hella oder Britt. Sie musste lächeln.

Während Britt und die nette Frau Sander sich noch über den Frühlingsbasar unterhielten, sah Hilke an ihnen vorbei. Dort entdeckte sie tatsächlich zwei Männer, beide groß und schlank, der eine schon älter, der andere noch sehr jung. Sie kamen langsam in ihre Richtung, nur wenige Meter vor dem Kino fiel der Blick des Älteren auf das Filmplakat, auf das er mit entsetztem Gesicht deutete. »Das ist jetzt nicht dein Ernst, Jannis. Was habe ich dir getan? Warum soll ich mir so eine Schnulze ansehen?«

Britt und Frau Sander bekamen den Disput gar nicht mit, nur Hilke beobachtete amüsiert das zerknirschte Gesicht des anderen, der beschwichtigend sagte: »Der Film ist ganz berühmt für seine Naturaufnahmen. Der wird dir gefallen, es gibt tolle …«

»Naturaufnahmen, ich zeig dir gleich Naturaufnahmen. *Liebe am Meer*, also, ich weiß nicht, was bei dir schiefläuft, ich geh wieder nach Hause. Um neun kommt die Champions League, das ist mir aber hundertmal lieber als so ein Mädchenfilm«, er wandte sich entschlossen ab und wollte gehen.

»Peer, jetzt warte«, der Jüngere sah ihn flehend an. »Wir können doch mal was zusammen machen, du wirst sehen, der ist ganz schön. Wann warst du denn das letzte Mal im Kino? Gab es da überhaupt schon Farbfilme?«

»Witzig, sehr witzig. Du kannst dir das allein ansehen, ich bin weg.« Er setzte sich tatsächlich in Bewegung, der Jüngere wollte ihm folgen, drehte sich dabei ungeschickt um und rempelte mit Schwung Elvira Sander an. Erschrocken fuhr sie herum und funkelte den jungen Mann an, der die Hände hob, aber loslief, um seinen Begleiter einzuholen. »Es tut mir leid«, rief er ihr hektisch zu. »Entschuldigen Sie bitte, aber ich … Peer, Herrgott, jetzt warte doch mal. Sei doch nicht immer so stur …«

Kopfschüttelnd sah Elvira Sander ihm nach, bis sich plötzlich ihr Gesichtsausdruck änderte. Sie schaute an dem jungen Mann vorbei, als hätte sie einen Geist gesehen. Hilke folgte ihrem Blick und beobachtete den älteren Herrn, der gerade die Hand des Jungen abschüttelte und dabei zufällig in Elviras Richtung sah. Jetzt blieb er stehen, lächelte plötzlich und hob langsam die Hand. Elvira lächelte zurück, dann beugte sie sich zu Britt und sagte: »Entschuldigen Sie, ich habe da gerade einen Bekannten getroffen, den ich ganz schnell begrüßen muss.«

Inzwischen sahen beide Männer sie an, der ältere überrascht und freundlich, der jüngere mit einem Hauch von Triumph. Als Elvira auf die beiden zukam, streckte sie die Hand aus, die der ältere sofort ergriff. »Sie sind das«, sagte Elvira freudig. »Das ist ja eine Überraschung. Wollten Sie gerade wieder gehen?«

»Mein alberner Neffe hier hat anscheinend eine Vorliebe für Filme, mit denen ich nichts anfangen kann«, sagte er und hielt ihre Hand immer noch fest. »Ich dachte, es gäbe einen Abenteuerfilm.«

»Oh, nein«, Elvira lächelte. »Ein Abenteuerfilm ist das nicht. Aber er ist ganz schön. Vielleicht sehen Sie ihn sich trotzdem an? Und vielleicht können wir anschließend zusammen etwas trinken gehen?«

»Das ist doch eine sehr gute Idee«, rief der Neffe dazwischen. »Peer, mach das doch.«

Langsam schüttelte Peer den Kopf. »Ich habe eine bessere Idee«, sagte er. »Wir gehen *jetzt* zusammen etwas trinken und mein Neffe sieht sich den Film allein an.« Er deutete auf Jannis, dann sah er Elvira an. »Mein Name ist übrigens Peer Sörensen. Wollen wir gehen?«

»Elvira Sander«, sie lächelte. »Sehr gern.«

Hilke und Britt sahen Elvira Sander an der Seite des älteren Mannes weggehen, der jüngere blieb unentschlossen stehen und schaute ihnen hinterher. Als sie sich weit genug entfernt hatten, griff er zu seinem Handy und tippte eine SMS. Zufrieden lächelnd steckte er danach das Telefon wieder weg und schlenderte vom Kino weg in Richtung Strand.

25.

Es war ungewöhnlich windstill, selbst auf dieser Terrasse, die direkt am Kliff lag, in unmittelbarer Nähe zum Meer. Die Ruhe vor dem Sturm, dachte Hella und sah etwas beklommen zu einem Tisch in der Nähe, an dem Martina schon saß und konzentriert in einem Börsenmagazin las. Sie hatte eine kleine Flasche vor sich stehen, sie war tatsächlich die einzige Erwachsene, die Hella kannte, die sich immer Fanta bestellte, wenn sie mal ausging. Und das auch noch als etwas Besonderes empfand.

Seufzend wandte Hella ihren Blick wieder ab und kontrollierte die Uhrzeit. 17.50 Uhr. Noch zehn Minuten, bis es zum Showdown kam.

Sie hoffte nur, dass Martina die Zeitschrift weglegte, wenn Hellas Date auftauchte. Sonst könnte man sie als Zeugin vergessen. Sie sah noch mal hin, Martina schien völlig vertieft in ihre Lektüre und ihr mondänes Getränk, an dem sie gerade nippte. Hella hustete übertrieben laut, Martina hob den Kopf. Wenigstens das, dachte sie und lächelte zu ihr hinüber, ohne dass es erwidert wurde. Martina lächelte selten.

Es wäre Hella fast lieber gewesen, wenn Ernst als Zeuge am Nebentisch sitzen würde. Schließlich war er von Anfang an derjenige gewesen, der hier eine Gefahr gewittert hatte. Das lag eben an seinem feinen Instinkt. Allerdings war er nicht so cool wie Martina und so bestand die Gefahr, dass er zu früh in die Situation eingreifen würde, noch bevor sie alle Beweise für die kriminellen Absichten auf dem Tisch hätten. Und deshalb hatten sie entschieden, Ernst erst nach dem Treffen davon in Kenntnis zu setzen. Auch, um seine Nerven zu schonen, die im Moment ziemlich blank lagen.

17.55 Uhr. Hella drehte sich unauffällig um, so langsam könnte er kommen. Obwohl sie schon ihr Leben lang Schauspielerin war, hatte sie immer noch Lampenfieber. Es gehörte dazu, dachte sie, nur so würde sie gleich die Rolle ihres Lebens spielen. Martina würde staunen.

Sie nahm die Getränkekarte in die Hand, als sie die Bedienung an ihren Tisch kommen sah. »Guten Abend, ich hätte gern ein Glas Sekt«, sagte sie. »Vielen Dank.«

»Sehr gern«, die junge Frau verschwand und kam nach sehr kurzer Zeit mit einem Glas zurück, das sie vor Hella abstellte. »Zum Wohl.«

»Danke«, Hella spitzte die Lippen beim Probieren, um den Lippenstift zu schonen, schließlich musste der erste Eindruck überzeugen und durfte nicht von einem ruinierten Make-up zerstört werden. Sie hatte in die Vollen gegriffen. Das knallrote Kleid bestand aus drei Lagen Stoff, der Rock schwang schmeichelhaft um ihre immer noch schmalen Fesseln, der Ausschnitt war tief genug, um aufregend zu sein, aber diskret genug, um Eleganz zu signalisieren. Sie hatte natürlich den exakt passenden Lippenstift aufgetragen, einen perfekten Haarreif gefunden, dazu viel silbernen Schmuck angelegt, sie war bereit. Und egal wie es …

»*butterblume02?*«

Da stand er und sah mit einem charmanten Lächeln auf sie herab. Sie hatte ihn nicht kommen sehen, er hatte sich wie ein Geist angeschlichen.

»*gastronom100*«, sie reichte ihm die Hand, er beugte sich zu einem formvollendeten Handkuss hinab. »Sehr erfreut.«

Den Blick auf sie gerichtet, nahm er Platz. »Ein sehr schönes Kleid«, bemerkte er und lächelte noch etwas breiter. »Ich bin beeindruckt. Darf ich Sie zu einem Glas Champagner, ach, ich sehe, Sie haben sich schon dafür entschieden.«

»Oh, ich trinke bestimmt noch ein zweites«, Hella

schob sich lasziv eine Locke aus der Stirn, ohne den Blick von ihm zu lassen. Sie hob ihr Kinn und lächelte zurück. Er sah zweifelsohne gut aus, das musste man ihm lassen. Und er bestellte Champagner statt Sekt. Außerdem trug er eine teure Jacke zur Jeans, eine schöne Uhr und sehr angenehmes Parfüm. Er war bestimmt zehn Jahre jünger als sie. Jetzt hob er die Hand und sah sich suchend nach einer Bedienung um. »Dann wollen wir mal den Champagner zum Anstoßen ordern«, sagte er laut, aber es war weit und breit keine Bedienung zu sehen. »Ich glaube, ich gehe mal rein und bestelle. Das geht schneller. Sie entschuldigen mich einen Moment?«

Er berührte sie flüchtig an der Schulter, bevor er mit langen Schritten ins Lokal ging. Als er hinter der Tür verschwunden war, sah Hella zu Martina hinüber, die ihr verstohlen zunickte und ihr Handy hochhielt. Anscheinend hatte sie schon Fotos gemacht, sie wirkte jetzt hoch konzentriert.

Hella hob ihr Glas und trank den Sekt mit zwei Schlucken aus. Gegen das Lampenfieber.

Sie hatte das Glas kaum abgestellt, als *gastronom100* schon wiederkam. Er ließ sich auf den Stuhl fallen und lächelte sie an. »Ist in Arbeit. So, ich darf mich aber erst mal in aller Form vorstellen. Ich heiße Christoph, bin in der Gastronomie tätig, seit vier Jahren geschieden, leider

Workaholic, aber mit den besten Absichten, das zu ändern, mit Leidenschaft für gute Küche und beste Weine und außerdem begeisterter Tänzer. Und natürlich beantworte ich jede Ihrer Fragen gern.«

»Aha«, Hella beugte sich ein kleines Stück vor, damit ihr Dekolleté besser zur Wirkung kam. »Das klingt ja spannend. Was genau machen Sie denn in der Gastronomie?«

»Was glauben Sie?«, sein tiefer Blick wirkte geübt. »Und verraten Sie mir auch Ihren Namen? *butterblume02?*«

»Aber ja«, Hella lachte gurrend, so wie sie es damals für die Rolle der femme fatale in diesem schlechten Krimi geübt hatte. »Ich heiße Hella. Und ich würde mal tippen, dass Sie hinter einer sehr edlen Bar stehen und umwerfende Cocktails mixen.«

Er lachte auf, genauso wie im selben Krimi Hardy gelacht hatte, der jugendliche Liebhaber, der in Wirklichkeit der Mörder war. »Barkeeper? So sehen Sie mich also. Hella, das ist ja …«

»Zwei Champagner?«, die Bedienung nahm zwei Gläser vom Tablett und stellte sie auf den Tisch. »Zum Wohl.«

»Danke«, er blickte ihr kurz nach, dann reichte er Hella ein Glas und sah ihr tief in die Augen. »Ich trinke auf einen schönen Abend, Hella. Und ich danke dieser wunderbaren App, die uns zueinandergeführt hat.«

Sie prosteten sich zu und tranken, Hella stellte ihr halb leeres Glas zurück und schlug die Beine übereinander. »Also? Barkeeper?«

»Nein«, er hatte nur genippt, behielt sein Glas aber in der Hand. »So habe ich zwar mal angefangen, aber ich habe sofort gemerkt, dass mich das unterfordert. Ich habe immer größer gedacht. Mittlerweile kaufe ich im Auftrag von Investoren kleine Hotels und baue sie zu Luxusherbergen um. Das habe ich schon überall auf der Welt gemacht und jetzt gerade ist diese Insel an der Reihe. Das ist natürlich eine Traumaufgabe. Und Sie? Was macht eine Frau Ihres Formats auf einer Insel?«

Hella trank den Champagner aus und erinnerte sich plötzlich an den Blick der Marlene, in dem Liebesfilm in der Bretagne, in dem sie damals mitgespielt hatte. Etwas von unten, ein kleines Zwinkern, ein lasziver Augenaufschlag und dann … aus dem Augenwinkel sah sie Martina, die dicht an ihrem Tisch vorbeiging und hinter dem Rücken von Christoph-*gastronom100* eine unmissverständliche Geste machte. Sie verschwand in Richtung Lokal, während Hella wieder normal guckte und nach ihrer Tasche griff. »Behalten Sie die Frage im Kopf, ich gehe mir nur mal schnell die Nase pudern.«

»Kommen Sie schnell zurück, Hella«, raunte er ihr zu und sah dabei etwas schleimig aus. Nicht sehr, nur ein bisschen. Vom Champagner beschwingt, legte Hella ihm kurz die Hand auf die Schulter, bevor sie an ihm vorbeischwebte.

Martina stand so dicht hinter dem Eingang der Damentoilette, dass Hella ihr fast die Tür ins Kreuz geschmettert hätte. Im letzten Moment wich Martina aus, sodass nur ihr Arm getroffen wurde.

»Meine Güte, Martina, wieso klebst du so dicht hinter der Tür?«, Hella sah sie empört an. »Was ist denn los, ich kam gerade in Fahrt.«

»Das habe ich gesehen«, mit schmerzverzerrtem Gesicht rieb Martina ihren Ellenbogen. »Ich hielt es nur für besser, an dieser Stelle einzugreifen. Du sollst nicht mit ihm flirten, du sollst ihm eine Falle stellen. Und Informationen sammeln.«

»Das mache ich doch«, Hella stellte sich vor den Spiegel und zog sich energisch die Lippen nach. Sie steckte die Kappe wieder auf und sah Martina an. »Ich habe da meine eigene Methode, ich kann ja schlecht mit der Tür ins Haus fallen und ihn nach den anderen Frauen fragen, die er schon getroffen und angepumpt hat.«

»Du solltest nicht so schnell und so viel Champagner trinken«, entgegnete Martina streng. »Man braucht in solchen Situationen einen klaren Kopf. Du musst ihn nach seinem Wohnort fragen. Und wie oft und wie lange er auf der Insel ist. Auch wann er die letzten Male da war, das kann ich mit meinen Daten abgleichen, von denen du nichts wissen musst. Sag ihm, dass du ihn schon mal gesehen hast, allerdings in Begleitung. Und dass du keine Frau für eine Nacht bist.«

»Was?«

»Wie? Was?«, Martina hob die Schultern. »Das war ein Dialog in *Liebe am Meer.* Habe ich im Kino gesehen. Ich bin keine Frau für eine Nacht, hat sie gesagt. Und er hat geantwortet: Dann machen wir eben mehr daraus. So kannst du doch auf ein nächstes Treffen hinarbeiten. Denk dran, du musst ihn in jedem Fall noch mal treffen, wir müssen uns zwischendurch besprechen.«

»Keine Frau für eine Nacht …«, Hella schüttelte sich und warf einen abschließenden Blick in den Spiegel. »Überlass mir die Dialoge, Martina, ich bin die Schauspielerin. Und ganz dicht dran. Ich gehe zuerst. Zähl langsam bis zwanzig, er muss uns nicht zusammen sehen.«

Er stand sofort auf, als sie zurück an den Tisch kam und schob ihr den Stuhl zurecht. Sie lächelte und registrierte ein neues Glas Champagner, das er in der Zwischenzeit bestellt hatte. »Danke«, hauchte sie, während sie sich setzte und gleich wieder zum Glas griff.

»Also, wie war die letzte Frage?«

»Was macht eine Frau Ihres Formats auf einer Insel?« Er beugte sich zu ihr und stieß mit ihr an. »Falls die Frage nicht zu indiskret ist.«

Hinter ihm lief Martina entlang, auf dem Weg zurück zu ihrer Fanta, und warf dabei einen strafenden Blick auf das Champagnerglas in Hellas Hand. Hella trank demonstrativ einen Schluck und stellte es wieder hin. »Nein«, lächelte sie. »Ich kenne keine indiskreten Fragen. Tja, wo soll ich da anfangen? Vielleicht die Kurzfassung: Ich bin mit meinem damaligen Mann nach Sylt gekommen, wo wir ein sehr schönes Hotel in Kampen geführt haben. Mit einer legendären Bar. Aber das habe ich nur nebenberuflich gemacht, im Hauptberuf war ich Schauspielerin.«

»Schauspielerin?«, er klang beeindruckt. »Warum überrascht mich das nicht? Sie haben diese besondere Ausstrahlung, ich habe mir schon so was gedacht. Und Sie kommen mir auch irgendwie bekannt vor. Vermutlich habe ich schon Filme mit Ihnen gesehen. Verzeihen Sie mir, ich hätte Sie vermutlich gleich erkennen müssen.«

Hella hob ganz kurz die Augenbrauen. Jetzt fing er

wirklich an zu schleimen. Und machte leider den Fehler, sie dabei zu unterschätzen.

Sie schenkte ihm ein strahlendes Lächeln: »Wirklich? Ja, das kann natürlich sein. Wissen Sie denn, wie einer der Filme hieß, in denen Sie mich gesehen haben?«

Theatralisch legte er beide Hände auf die Brust. »Ich habe leider ein lausiges Gedächtnis, was Filmtitel angeht, ich kann immer nur sagen, ob sie mir gefallen haben oder nicht. Und die Filme mit Ihnen werden mir bestimmt gefallen haben.« Sein Blick fiel auf ihr mittlerweile fast leeres Champagnerglas. »Darf ich Ihnen noch ein Glas bestellen?«

Hella hörte Martina an ihrem Tisch husten, sie schüttelte leicht den Kopf und antwortete: »Oh, nein, danke. Sonst habe ich gleich einen Schwips.«

Er lachte etwas künstlich, bevor er sich vorbeugte und ihre Hand wie aus Versehen streifte. »Was mich interessieren würde, warum sucht eine Frau wie Sie einen Partner über eine App? Sie können sich doch vermutlich vor Verehrern kaum retten.«

Hella griff zum Glas und trank den Rest aus, um nichts Falsches zu sagen. Er trug zu dick auf, einfach zu dick, es wurde Zeit, es abzukürzen. »Ach, wissen Sie«, sagte sie leichthin und stellte das Glas ab. »Ich habe kein Interesse an irgendwelchen Insulanern, die übrig geblieben sind. Ich will jemanden mit Format. Sie, zum Beispiel, Sie sind doch kein Einheimischer, oder? Sie leben doch bestimmt auf dem Festland und sind nur ab und zu beruflich hier. Das merkt man sofort, Sie haben schon eine gewisse Weltläufigkeit. Und genau so etwas suche ich. Wobei ich natürlich eine unabhängige Frau bin, auch finanziell, ich brauche keinen neuen Ehemann, ich hätte nur gern ab und an etwas Vergnügen.« Genauso dick, dachte sie, aber offenbar merkte er es nicht, er lächelte weiter. »Wo leben Sie?«, fuhr sie fort. »Hamburg? Kiel? Berlin?«

»Überall und nirgends«, antwortete er. »Im Moment wohne ich in einem Hotel, das ich übernehmen werde. Das *Deichhotel.* Und zwischendurch pendle ich zwischen Sylt und der Zentrale in Hamburg, wo ich natürlich auch eine Penthouse-Wohnung besitze. Ich lebe aber auch auf Mallorca und in Berlin, wie gesagt, überall und nirgends.«

»Sehen Sie«, Hella nickte wohlwollend. »Das dachte ich mir. Aber eins noch …«, sie fuhr ihren Finger aus und tippte kurz mit dem knallrot lackierten Nagel auf seinen Arm. »Ich habe ja ein gutes Gedächtnis, kann es sein, dass ich Sie vor Kurzem mit einer Dame in einem weißen SUV gesehen habe? Ich kenne nämlich die Dame, sie arbeitet für die Gemeinde und der Begleiter sah haargenau aus wie Sie. Es sei denn, Sie hätten einen Doppelgänger.«

»Eine Dame von der Gemeinde?«, er schüttelte sofort den Kopf. »Nein, da müssen Sie mich verwechseln, ich kenne niemanden, der hier bei der Gemeinde arbeitet. Dann habe ich vermutlich doch einen Doppelgänger.«

Hella sah ihn scharf an, er hielt ihrem Blick ohne ein Wimpernzucken stand. Er war offenbar ein geübter Lügner und dabei sehr überzeugend. Sie hatte auch nichts anderes erwartet. »Na gut«, sagte sie schließlich und ließ ein Lächeln aufblitzen. »Dann habe ich mich wohl geirrt. Das ist schön. Ich halte nicht viel von Konkurrenz in der Liebe.«

»In der Liebe?« Jetzt war sein Lächeln wirklich schleimig. »Das klingt ja aufregend. Darf ich Sie dann vielleicht in den nächsten Tagen zum Essen einladen? In die *Sansibar? Samoa? Restaurant Strandliebe?* Suchen Sie sich das Schönste aus, Sie sind mein Gast.«

»Ich überlasse Ihnen die Wahl, Christoph«, sie hauchte den Namen so erotisch, wie sie konnte, er sollte schon mal nervös werden. »Und an welchem Tag? Vielleicht gleich morgen?«

»Gern«, er griff nach ihrer Hand und hauchte einen Luftkuss auf den Handrücken. »Wenn Sie mir Ihre Nummer geben, rufe ich Sie an.«

»*Ich* rufe *Sie* an«, Hella hatte schon ihr Handy aus der Tasche gezogen und ließ den Finger über der Tastatur schweben. »Diktieren Sie mir Ihre Nummer.«

Kurz irritiert sah er sie an, dann nannte er die Handynummer, die sie eingab, ohne sie zu wiederholen. »Danke«, sie schob das Telefon zurück in die Tasche und lächelte ihn an. »Ich rufe Sie morgen Vormittag an, dann können Sie mir ja sagen, wohin wir gehen. Ich freue mich. Und so leid es mir tut, ich habe noch einen nicht aufschiebbaren Geschäftstermin, deshalb muss ich jetzt gehen.«

»Kann ich Sie irgendwohin fahren«, Christoph gab der Bedienung ein Zeichen, dass er zahlen wollte. Gespannt beobachtete Hella, wie seine Hand tastend über die Innentaschen seinen Jacketts fuhr. Als die junge Frau mit der Rechnung am Tisch stand, zückte er gerade seine Brieftasche. Er warf einen kurzen Blick auf den Beleg, dann blätterte er einige Scheine auf den Tisch und sagte: »Stimmt so.«

Mit einem Anflug von Enttäuschung sah Hella die Scheine im Portemonnaie der Bedienung verschwinden. Er hatte bezahlt und sie nicht um Geld gebeten. Damit hätte sie jetzt nicht gerechnet.

»Und?«, er steckte die Brieftasche wieder weg und wie derholte seine Frage: »Kann ich Sie noch zu Ihrem Termin fahren?«

»Ach, warum nicht?« Hella nestelte an einem Ohrring und hob die Stimme, damit Martina sie auch hören konnte. »Ich habe den Termin im *Gogärtchen.* In der Whiskeymeile. Gleich hier um die Ecke, wenn Sie mich da absetzen könnten, wäre das sehr nett.«

Sie sah sofort das Interesse in seinen Augen, vermutlich fragte er sich, welche Art von Geschäften sie wohl in einer Bar, in der die Schönen und Reichen der Insel verkehrten, machte.

Deshalb neigte sie sich zu ihm und raunte: »Die besten Geschäfte werden auf der Insel in irgendwelchen Bars gemacht. Und da ich nicht mehr über einen Gatten verfüge, der sich um diese Dinge kümmert, muss ich das leider selbst übernehmen. Obwohl ich viel lieber jetzt noch mit Ihnen hier sitzen bleiben, übers Leben und die Liebe plaudern und Champagner trinken würde. Gehen wir?«

Er stand sofort auf und ließ ihr den Vortritt. »Meine liebe Hella, das holen wir morgen alles nach.«

Aus dem Augenwinkel sah Hella Martina den Kopf schütteln.

Sie musste tatsächlich ins *Gogärtchen* gehen, weil Christoph, alias *gastronom100*, so lange in seinem weißen SUV vor dem Eingang wartete, bis sie das Lokal betreten hatte.

»Ach, Sie fahren ja tatsächlich einen weißen SUV«,

hatte sie unbekümmert gesagt, als er ihr auf dem Parkplatz die Tür aufgehalten hatte. »Und Sie sind sich sicher, dass Sie mir nie mit Frau Petersen entgegengekommen sind?«

»Ich schwöre«, hatte er lachend gesagt und zwei Finger gehoben. »Ich kenne wirklich keine Frau Petersen.«

Sie hatte nicht nachgehakt, aber jetzt stand sie im *Gogärtchen* und musste das Erlebte erst mal verarbeiten. Kurz entschlossen setzte sie sich an den Tresen. »Ich hätte gern einen Eierlikör«, sagte sie zum Barkeeper, der keine Miene verzog und ihr das Glas hinstellte.

Hella trank ihn in einem Zug aus und stellte das leere Glas etwas zu laut auf den Tresen. »Und dann möchte ich gleich zahlen.«

Während sie aufs Wechselgeld wartete, überlegte sie, ob es ein Fehler gewesen war, *gastronom100* nicht gefragt zu haben, was das denn für ein hübsches Tuch auf der Rückbank sei. Es wäre interessant gewesen, seine Antwort zu hören, zumal sie die richtige kannte. Sie war gespannt, was Ernst dazu sagen würde.

Martina wartete mit laufendem Motor vor der Tür auf sie. »Na, endlich.«

»Ich musste etwas bestellen, sonst wäre das unhöflich gewesen. Und er ist einfach nicht weggefahren, solange ich draußen stand.«

Sie stieg ein und schnallte sich an: »Wie verzweifelt muss man sein, um auf einen solchen Schleimer reinzufallen?«

»Sehr verzweifelt«, Martina legte den ersten Gang ein und löste die Handbremse. »Ich habe ihn aus verschiedenen Winkeln fotografiert, wir haben also Beweise, falls es nötig wird.«

Hella warf Martina einen Seitenblick zu. »Sind wir uns sicher, dass er ein Betrüger ist?«

»Ja«, Martina nickte. »Ich gehe davon aus.«

»Dann hat Hilke tatsächlich ein Problem. Auf der Rückbank lag nämlich ihr Tuch.«

Der laute Ton einer eingehenden SMS ließ Hella sofort zu ihrem Handy greifen. Sie entsperrte es und las den Text. *»Es hat geklappt. Gruß Jannis«*

»Noch ein Problem?«

»Nein«, Hella lächelte kurz. »Dieses ist gelöst.«

26.

Der Anzug war ihm viel zu eng, die Weste hinderte ihn am Atmen, die Jacke kniff erbarmungslos an den Schultern. Seine Schuhe waren so schwer, dass er sich nur mühsam den sandigen Weg entlangschleppen konnte, immer weiter auf die Gruppe zu, die oben auf der Düne stand und ihn erwartete. Ihm war heiß, ihm war so furchtbar heiß, alle sahen ihm entgegen, plötzlich fingen sie an, zu winken und mit Reis zu werfen, es waren nur Frauen, er erkannte Hella und Minna, da stand auch Renate aus der Damenoberbekleidung, die ihn böse anstarrte. Ernst griff sich an den Kragen, wenn er doch nur besser Luft bekäme, und stapfte weiter durch den Sand, vorbei an einer Frau, die lauter Erdbeertörtchen auf einem Tablett balancierte und ein Lied sang. Endlich kam er oben an, er sah sich um, wusste nicht, was er hier sollte, und dann sah er sie: Es war die dicke Frau vom Ordnungsamt. In einem Brautkleid. Sie lachte. Und Ernst schrie so laut er konnte.

»Ernst«, er spürte einen harten Griff an seiner Schulter, er wurde geschüttelt, dann brüllte wieder jemand: »Ernst, hallo?«

»Nein«, rief er angsterfüllt. »Nein, nein, bitte nicht, nein.«

»Ernst, Herrgott, wach auf.«

Als er die Augen aufschlug, sah er Gudrun, die sich über ihn beugte und ihn schon wieder schüttelte. »Meine Güte, was ist denn mit dir los? Wach auf, du hast schlechte Träume.«

Er versuchte, sich aufzusetzen, es ging nicht, er hatte sich so in die Decke eingerollt, dass er völlig bewegungsunfähig war. Kurz entschlossen riss Gudrun an der Wolldecke und befreite ihn aus seinem Kokon. »Du solltest nicht so viel Kaffee trinken, bevor du Mittagsschlaf machst. Du bist ja so unruhig.«

Langsam und unendlich erleichtert setzte Ernst sich auf und lächelte seine Frau an. »Danke, ich danke dir. Ich stehe auf, noch mal danke.«

Langsam richtete Gudrun sich auf und sah ihn kopfschüttelnd an. »Hella hat angerufen, du sollst sie gleich zurückrufen. Es ist wichtig. Ich habe dir das Telefon auf den Tisch gelegt. Kannst du schon reden?«

»Ja«, sofort schlug Ernst die Decke zurück und stand auf. »Natürlich. Warum sollte ich nicht reden können?

Es ist alles in Ordnung, es war nur ein schlechter Traum.«

»Was ist nur los mit dir?«, Gudrun war an der Tür stehen geblieben und musterte ihn. »Du bist seit Tagen so nervös und angespannt. Gibt es etwas, das ich wissen muss?«

»Nein, nein«, Ernst nahm das Telefon vom Tisch und sah sie treuherzig an. »Es gibt nichts, das du wissen musst. Es ist alles fein.«

»Aha«, nach einem langen Blick auf ihn atmete Gudrun tief durch. »Dein Wort in Gottes Ohr. Und du wolltest gleich zum Getränkemarkt fahren, ich habe das Leergut schon ins Auto gestellt.«

»Aber ja, mein Herz«, er lächelte sie an. »Ich telefoniere nur schnell und dann mache ich mich auf den Weg. Natürlich wird alles erledigt.«

»Gut«, sie wandte sich ab. Beim Verlassen des Wohnzimmers ließ sie die Tür offen, Ernst ging auf Zehenspitzen hin und schloss sie mit angehaltenem Atem so leise es ging. Erst dann drückte er auf Hellas Nummer.

»Na, endlich«, hörte er sie schon nach dem ersten Freizeichen. »Ich habe es gestern Abend schon ewig versucht, da war dauernd besetzt und vorhin ging keiner ran. Kannst du reden?«

»Nicht so laut«, flüsterte er. »Ich weiß nicht, ob Gudrun hinter der Tür steht. Gestern Abend hat sie stundenlang mit Wiebke telefoniert und vorhin waren wir im Garten. Aber ich kann jetzt schlecht über *erdbeertörtchen* reden, obwohl es sehr aufschlussreich war …«

»Das kannst du später erzählen«, unterbrach Hella ihn aufgeregt. »Wir haben gestern den Durchbruch geschafft, du wirst es nicht glauben, aber ich habe den Hauptverdächtigen getroffen und leider muss ich deine Befürchtungen, was Hilke betrifft, bestätigen.«

»Was?«, aufgeregt verstärkte Ernst den Griff um das Telefon. »Was heißt wir? Und welche Befürchtungen? Und welcher Hauptverdächtige? Und was für ein Durchbruch?«

»*gastronom100.* Der weiße SUV. Ich hatte ein Date mit ihm. Und Martina war als Zeugin dabei.«

»Nein«, fassungslos ließ Ernst sich auf einen Stuhl sinken. »Und Hilke? Was ist mit Hilke? Was hat sich bestätigt?«

»Ach, Ernst«, in Hellas Stimme schwang Mitgefühl. »Du hattest recht, Hilke steckt vermutlich mittendrin. Der Mann hat mich nach unserem Date noch ein Stück mitgenommen. In seinem weißen SUV mit dem Hamburger Kennzeichen und der dicken Schramme. Und dabei habe ich auf der Rückbank etwas entdeckt, halt dich fest, es war ein pinkes Tuch mit gelben Herzen, es gehört Hilke, ich habe es sofort erkannt. Sie ist in diesem Auto gewesen. Sie ist auf ihn reingefallen.«

»Ich«, Ernst rang nach Luft, »ich habe es befürchtet. Was machen …«

»Ernst?«, plötzlich riss Gudrun die Wohnzimmertür auf. »Wieso ist die Tür zugeknallt? War hier ein Fenster offen? Ach, du telefonierst noch, du solltest langsam los, es wird sonst zu spät.«

»Ja, Gudrun«, sagte Ernst sehr laut. »Ich bin gleich fertig. Also, Hella, dann komme ich auf dem Rückweg vom Getränkemarkt bei dir vorbei und wir gehen die Zahlungen für den Kinder-Club gemeinsam durch. Das kann kein Fehler sein, sonst müssen wir Martina dazubitten. Also bis nachher.«

Er legte das Telefon wieder auf den Tisch und sah Gudrun achselzuckend an. »Hella hat da ein Problem mit den Quittungen, ich fahr später mal bei ihr vorbei.«

»Das macht doch alles Martina«, sagte Gudrun zweifelnd. »Die ganze Buchhaltung für den Kinder-Club. Zusammen mit Hilke Petersen. Was hat Hella denn damit zu tun?«

»Frag mich nicht«, Ernst zog seine Strickjacke über und griff nach der Brieftasche. »Ich kümmere mich jetzt um die Getränke und danach um den Kinder-Club. Wo ist eigentlich Mats?«

»Oben«, Gudrun deutete an die Decke. »Er hatte gestern Abend wohl ein paar Bier zu viel. Er liegt mit Kopfhörern im Bett und will nicht gestört werden. Lass ihn mal in Ruhe, du hast ihn ja die ganzen letzten Tage mit Beschlag belegt. So viel Opa-Zeit ist vielleicht für einen jungen Mann auch nicht gesund.«

»Dann fahre ich jetzt. Bis später.«

Bevor Gudrun noch irgendwas sagen konnte, war Ernst schon an der Haustür. Jetzt musste er erst mal verdauen, was er gerade am Telefon gehört hatte.

Genau vor dem Eingang des Getränkemarkts wurde gerade ein Parkplatz frei, Ernst lenkte den Wagen in die Lücke und stieg aus. Er musste sich beeilen, um so schnell wie möglich zu Hella zu kommen. Wenn sie tatsächlich Beweise für die vermuteten kriminellen Machenschaften hatte, mussten sie einen bombensicheren Plan machen, um dem Ganzen ein Ende zu bereiten. Wenn möglich zunächst ohne Polizei, auch um Hilkes Ruf nicht zu beschädigen. Nicht, dass alle erfuhren, dass sie, so wie Wilma S., das peinliche Opfer eines Liebesschwindlers geworden war. Er hoffte nur, dass es für Hilke nicht schon ein finanzielles Desaster geworden war. Vielleicht könnten sie doch noch rechtzeitig eingreifen, eventuell war es noch nicht zu spät.

So schnell es ging, stapelte Ernst das Leergut auf einen Einkaufswagen und steuerte damit auf den Getränkemarkt zu. In Windeseile schob er die Kisten in das Leergutgerät, zog den Bon ab und eilte mit dem Wagen in den Markt. Vier Kisten Wasser, zwei Kisten Bier, murmelte er leise und steuerte direkt auf die Wasserabteilung zu, die Augen auf die Kisten an der Wand gerichtet, nicht auf den Gang, was er erst merkte, als ihm jemand mit Schmackes in seinen Wagen fuhr. Durch den Aufprall wurde dieser ihm aus den Händen gerissen und krachte gegen eine Bierkistenpyramide, die zwar etwas ins Wanken geriet, aber stabil blieb. Aufatmend zog Ernst den Wagen weg, bevor er sich zum Unfallverursacher drehte. »Können Sie nicht ein bisschen …«

Der Rest des Satzes blieb ihm im Hals stecken, als er sah, wer ihn da gerammt hatte. Die dicke Frau vom Ordnungsamt. *superwoman!* Es war doch nicht möglich. Er deutete ein schwaches Lächeln an. »Ist ja nichts passiert«, nuschelte er leise und zog seinen Wagen mit sich. »Schönen …«

»Moment«, die Stimme war harsch und schneidend, Ernst blieb sofort stehen und drehte sich zu ihr um. Sie ließ ihren vollen Wagen an der Seite stehen und kam langsam auf ihn zu, die Augen zu schmalen Schlitzen zusammengekniffen, die Lippen zu einem dünnen Strich gepresst. Als sie dicht vor ihm stand, bohrte sie ihm den Finger in die Brust. »Ha«, schnaufte sie laut. »Ich habe Sie erkannt. Und dieses Mal können Sie nicht abhauen.«

»Aber wieso? Ich haue doch nicht …«

»jamesbond006«, ihr Finger bohrte sich jetzt tiefer in seine Brust. »Aber im Gegensatz zum richtigen Bond haben Sie nicht die feine englische Art. Sich verabreden und dann nicht erscheinen, das sind mir die Richtigen. Schämen Sie sich nicht?«

»Das muss ein Missverständnis sein«, Ernst trat einen Schritt zurück. »Ich weiß leider nicht, wovon Sie sprechen. Mein Name ist Mannsen, Ernst Mannsen.«

»Ja, ja, aber Sie nennen sich Bond, *jamesbond006.* Ich habe doch Ihr Bild gesehen, ich bin doch nicht blöde. Aber das sind die Richtigen, Dates ausmachen und nicht kommen. Warum tun Sie das? Wollten Sie mich verarschen?«

»Nein, ich…«, Ernst sah sich nervös um, hoffentlich bekam niemand dieses Gespräch mit, was sollten die Leute nur von ihm denken? Und er hatte für diese Art Unterhaltung jetzt auch überhaupt keine Zeit, er musste zu Hella, vielleicht war Gefahr im Verzug, sie mussten dringend reden. »Hören Sie«, versuchte er es jetzt in Ruhe. »Sie haben da etwas falsch verstanden, ich kann es Ihnen nur im Moment nicht erklären, aber ich verspreche, dass ich das noch machen werde. Nur ausgerechnet jetzt bin ich sehr in Eile und habe gleich noch einen Termin, in dem es fast schon um Leben und Tod geht. Also, lassen Sie uns die Klärung dieses Missverständnisses verschieben, wie gesagt, ich kann das alles erklären. Nur nicht jetzt.«

»Da bin ich ja gespannt«, sie verschränkte die Arme unter ihrem Busen und sah ihn streng an. »Sogar sehr gespannt. Ich nehme diese App nämlich sehr ernst und ich habe keine Lust, verstehen Sie, überhaupt keine Lust, mich von irgendwelchen gelangweilten Rentnern veräppeln zu lassen. Wenn Sie meinen, solche Plattformen zum Spaß benutzen zu können, dann haben Sie sich geirrt. Andere Menschen meinen es nämlich durchaus ernst mit der Suche.«

»Unbenommen«, versicherte Ernst ihr und hob beschwichtigend die Hände. »Das glaube ich sofort und finde das auch sehr gut. Und wie gesagt, ich bin natürlich bereit, Ihnen alles zu erklären, aber vielleicht mal an einem anderen Ort und zu einer anderen Zeit. Und jetzt muss ich Sie bitten, Verständnis für mich zu haben, ich muss mich wirklich beeilen, weil ich noch etwas Wichtiges zu erledigen habe.«

superwoman! hob zwei Finger an ihre Augen und deutete anschließend damit auf ihn. »Wir sind noch nicht fertig, Ernst Mannsen«, sagte sie mit einer gefährlichen Ruhe. »Ich finde Sie. Und dann will ich eine Erklärung.«

»Natürlich, gern.« Ernst schluckte, während sie, mit Blick auf ihn, ein paar Schritte rückwärts ging, sich dann umdrehte und ihren Wagen schließlich in Richtung Kasse schob. Erleichtert atmete er aus. Er würde drei Kreuze machen, wenn Mats ihn endlich aus dieser schrecklichen App abmeldete. Er hatte einfach nicht die Nerven für solche Dinge. Und vielleicht würde es schon bald vorbei sein, das kam jetzt ganz darauf an, was Hella herausgefunden hatte. Bald, hoffte er, ganz bald, würden sie die Bombe platzen lassen.

27.

»Die Strähnchen sind immer noch sehr schön«, bewunderte Sabine ihre eigene Arbeit, während sie Hilke den Frisierumhang über die Schultern legte. »Die brauchen wir noch nicht aufzufrischen. Also heute nur waschen, schneiden und föhnen?«

»Ja, bitte«, Hilke nickte. »Ich habe auch nicht so viel Zeit, ich muss in einer Stunde wieder im Büro sein, das schaffst du doch, oder?«

»Locker«, Sabine lächelte. »Dann komm mal mit zum Waschen.«

Hilke schloss wohlig seufzend die Augen, während Sabine mit sanftem Druck das Shampoo einmassierte. Sie ließ sich gern die Haare waschen, sie fand es so entspannend. Noch schöner wäre es allerdings gewesen, wenn Sabine schweigend waschen würde. Das tat sie nur leider nie. Sie musste reden, Stille ertrug sie nicht. »Und? Wie geht es dir so?«

»Gut, danke.« Auch kurze Antworten hielten Sabine nicht vom Plaudern ab.

»Das ist schön. Das hast du auch verdient. Bei mir läuft es noch nicht so gut, falls du mich das noch fragen wolltest.«

Wollte Hilke nicht, es war Sabine aber egal, sie fuhr unbekümmert fort. »Ich habe bislang nur zwei Dates gehabt, die konnte man aber beide vergessen. Wenn ich mir hier immer von den Kundinnen anhöre, wer schon alles wen getroffen hat, wundert es mich auch nicht, dass für mich bald keiner mehr übrig bleibt. Selbst Ute Carstens hat Glück gehabt, zumindest kam sie neulich hier ganz aufgeregt rein und hat erzählt, dass sie einen ganz sympathischen Mann kennengelernt hat. Einen Witwer aus Morsum, sehr nett, sie waren schon zweimal miteinander aus und wollten jetzt am Wochenende mit den Fahrrädern nach Dänemark. Das freut mich echt für Ute, beim ersten Mal hat die ja so ein Pech gehabt. Wie war das eigentlich bei dir? Dein Freund ist doch auch in der App aufgetaucht, oder?«

Hilke hatte während der Kopfmassage kaum zugehört, sondern überlegt, wo sie bloß das zweite Paket mit den Gezeitenkalendern hingestellt hatte. Die Kalender waren vor Wochen ins Gemeindebüro geliefert worden, da war sie sich ganz sicher, sie hatte den Karton selbst in der

Hand gehabt. Weil das Fach voll war, hatte sie ihn zur Seite gestellt, sie wusste nur nicht mehr an welche Stelle und suchte nun schon seit zwei Tagen.

»Sie sind noch nicht aufgetaucht«, sagte sie automatisch, bis ihr auffiel, dass Sabine vermutlich etwas ganz anderes gefragt hatte. »Ähm, Entschuldigung, was genau wolltest du wissen?«

Sabine drehte den Wasserhahn auf und fing an, das Shampoo abzubrausen. »Na, dein mir noch unbekannter Freund«, sagte sie etwas lauter, um das Wasser zu übertönen. »Hast du den nicht auch in der App gefunden? Das habe ich zumindest irgendwo gehört. Aber apropos App, sag mal, hat Ernst Mannsen dich auch vor dem geheimnisvollen Kriminellen gewarnt, der es nur auf Geld abgesehen hat? Ich habe eine Kundin, die arbeitet hier im *Hotel am Strand* und kommt jeden Tag mit dem Zug aus Risum-Lindholm, die hat mir erzählt, dass sie sich mit ihm getroffen hat. Also mit Ernst. Aber er wollte sie gar nicht kennenlernen, sondern hat ihr einen ellenlangen Vortrag über Kriminalität im Internet gehalten. Die Arme war ganz verstört. Ich habe schon überlegt, ob ich Gudrun bei ihrem nächsten Termin mal was sage, das geht doch überhaupt nicht. Außerdem ist er verheiratet, was pfuscht er denn in dem Portal herum?«

Sie drehte den Wasserhahn ab und griff nach einem

Handtuch, das sie mit wenigen Handgriffen um Hilkes Kopf zum Turban band. »So, fertig, du kannst schon rübergehen.«

Verwirrt blieb Hilke sitzen, eine Hand auf dem Turban, den fragenden Blick auf Sabine gerichtet. Sie hatte kein Wort von all dem verstanden, was sie gerade gehört hatte.

»Wo macht Ernst mit?«

»Bei *Liebe oder Eierlikör* natürlich«, Sabine zeigte auf den Friseurstuhl. »Wir können.«

Hilke stand langsam auf und folgte Sabine, die ihr den Turban abnahm, sobald sie sich gesetzt hatte und die Haare leicht rubbelte. »Das muss ich dir doch wohl nicht erklären, oder?«, Sabine lachte laut auf. »Das muss dir auch nicht peinlich sein, solche Dating-Apps sind mittlerweile eine gängige Art, einen Partner zu finden und, wie gesagt, ich mache da ja auch mit, außerdem noch mindestens sechs weitere Kundinnen von mir und das sind nur die, von denen ich es sicher weiß. Du bist weiß Gott nicht die Einzige.«

»Aha«, Hilke versuchte, die Informationen, die aus Sabine heraussprudelten, zu sortieren. Britt hatte neulich doch auch irgendetwas angedeutet. Was mit einer Dating-App zu tun hatte. Sie hatte nur nicht nachgefragt. Das tat sie jetzt: »Mindestens sechs andere Frauen?«

»Wahrscheinlich noch mehr. Das hast du aber nicht von mir«, Sabine sah sie kurz an, während sie ein paar Strähnen mit Haarklammern wegsteckte. »Die meisten sind vor den Dates immer ganz aufgeregt und lassen sich extra noch die Haare machen«, sie lachte leise und ließ die ersten abgeschnittenen Haare auf den Boden rieseln. »Deshalb weiß ich ja, wer da alles so dabei ist. Aber mit Ausnahme von Ute und dir hat noch niemand einen potenziellen Partner gefunden. Zumindest habe ich noch nichts gehört. War das bei euch eigentlich Liebe auf den ersten Blick oder hast du mehrere Treffen gebraucht, um sicher zu sein?«

»Auf den ersten Blick«, antwortete Hilke langsam und sah Sabine im Spiegel an. »Und was ist jetzt mit Ernst Mannsen? Der macht auch mit? Bei dieser Dating-App?«

»Ja«, Sabine hob die Schultern. »Habe ich gehört. Aber wenn man Minna Paulsen glauben darf, dann ist er ja erst durch dich darauf gekommen. Weil er sich Sorgen gemacht hat, dass das Ganze unseriös ist und du darauf reingefallen bist. Weil du doch plötzlich eine neue Frisur und neue Klamotten hattest. Also jedenfalls glaubt Ernst, dass du deinen Freund so kennengelernt hast. Das hat Minna hier erzählt. Und er hat wohl ein paar Artikel gelesen, dass sich in einigen dieser Portale auch Männer mit betrügerischen Absichten tummeln. Und davor will er wohl alle warnen und hat sich deshalb angemeldet. Das vermute ich zumindest. Am besten fragst du ihn selbst. Du kennst ihn doch gut. Und am allerbesten machst du das schnell, bevor er noch mehr Frauen verschreckt.«

»Ja«, Hilke nickte fassungslos. »Das sollte ich besser mal tun.«

Eine knappe Stunde später saß Hilke wieder an ihrem Schreibtisch in der Gemeinde. Sie rollte unkonzentriert mit ihrem Stuhl vor und zurück und versuchte, sich auf das, was Sabine so unsortiert vor sich hingeredet hatte, einen Reim zu machen. Ernst hatte sich in einer Dating-App angemeldet und belästigte Frauen, die das auch getan hatten? Das konnte sie sich überhaupt nicht vorstellen. Und das Ganze auch noch ihretwegen? Das konnte doch nicht wahr sein.

Kurz entschlossen griff sie zum Telefon und rief in der Bank an.

»Friesische Bank, mein Name ist Wolf.«

»Hallo, Martina, hier ist Hilke.«

»Hallo.«

»Du sag mal, ich war gerade beim Friseur und habe von Sabine etwas gehört, das ich kaum glauben kann. Es geht um eine App namens *Liebe oder Eierlikör* und um

Ernst Mannsen, der da irgendwie mitmacht. Sagt dir das was?«

»Ich muss arbeiten.«

»Ja, Martina, ich weiß, ich rufe auch vom Büro aus an. Nur ganz kurz: Weißt du, ob das alles stimmt? Ob Ernst da tatsächlich mitmacht? Hat er mal was gesagt? Normalerweise fragt er dich doch immer, wenn er mit seinem Handy nicht zurechtkommt. Hast du ihm dabei geholfen? Ihm gezeigt, was eine Dating-App ist? Das kann er doch nicht allein.«

»Ich kann dir leider am Telefon keine Auskünfte geben«, Martina blieb unverbindlich. »Es sind auch Kunden in der Bank.«

»Du musst ja nur Ja oder Nein sagen. Sabine hat auch gesagt, dass ich was damit zu tun haben soll. Dass Ernst meinetwegen mitmacht. Stimmt das?«

»Eine lange Geschichte«, sagte Martina. »Die du vermutlich gar nicht wissen willst. Oder hast du auch ein Problem?«

»Ich? Nein, was für ein Problem sollte ich haben? Oder weißt du irgendetwas, was ich noch nicht weiß?«

»Auch das kann ich dir am Telefon nicht sagen. Aber es kann schon sein.«

»Was meinst du jetzt damit?«

»Dass es sein kann. Das Problem. Theoretisch. Ich muss jetzt weitermachen. Wiederhören.«

Sie legte auf und Hilke sah verwirrt aus dem Fenster. Es

konnte sein? Was sollte sie denn für ein Problem haben? Mit einem Blick auf die Uhr dachte sie einen Moment nach. Dann rollte sie ihren Stuhl zurück und sprang auf. »Silke?«

»Ja?« Ihre Kollegin hob den Kopf, als Hilke plötzlich mit der Tasche in der Hand vor ihr stand. »Silke, ich muss ganz dringend etwas erledigen. Kannst du hier allein die Stellung halten? Ich weiß nur nicht genau, wie lange es dauert.«

»Ja, klar«, Silke lächelte zustimmend. »Natürlich kannst du gehen, du hast doch sowieso noch so viele Überstunden, ich mach das schon.«

»Danke dir«, Hilke nickte und ging. Es duldete einfach keinen Aufschub.

Sie klingelte ein zweites Mal, dann trat sie ein Stück zurück. Dass niemand zu Hause war, hatte sie nicht erwartet, das war jetzt wirklich ärgerlich. Sie wollte gerade wieder gehen, als sie ein Schild an der Seite bemerkte: *Bin im Garten.*

Sofort ging sie am Haus entlang und drückte die Gartenpforte auf. Gudrun Mannsen kniete im Rosenbeet und hob sofort den Kopf, als sie das Scharnier quietschen hörte.

»Ach, Hilke«, sie kam mit einem leisen Ächzen hoch

und zog ihre Handschuhe aus. »Das ist ja nett, dass du uns besuchst.« Sie schritt vorsichtig durch das Beet und stieg über die kleine Buchsbaumhecke. »Dann komme ich auch mal zu einer kleinen Pause. Kann ich dir was anbieten? Kaffee? Tee? Wasser?«

»Ich wollte gar keine Umstände machen, ich wollte eigentlich nur etwas mit Ernst besprechen«, Hilke lächelte sie an und sah sich um. »So ein schöner Garten. Ist Ernst denn da?«

»Nein«, Gudrun berührte sie leicht am Ellenbogen, um sie zur Terrasse zu dirigieren. »Eigentlich wollte er nur schnell Getränke holen und anschließend noch zu Hella, um irgendetwas mit Quittungen für den Kinder-Club zu klären. Aber er ist schon wieder seit Stunden unterwegs, ich habe keine Ahnung, warum das alles so lange dauert. Und normalerweise werden die Finanzen doch von dir und Martina erledigt, oder?«

»Schon«, Hilke nickte und folgte ihr zu den Gartenstühlen, die unter einem Sonnenschirm standen. »Aber ich hatte in den letzten Wochen wenig Zeit, mich darum zu kümmern, das hat alles Martina gemacht.«

»Na ja«, Gudrun deutete auf einen Stuhl. »Er muss ja irgendwann wiederkommen. Aber vielleicht kann ich dir auch helfen?«

Zögernd setzte Hilke sich. »Ich glaube nicht. Die Frage kann mir vermutlich nur Ernst beantworten. Und ich wollte dich gar nicht aufhalten.«

»Du hältst mich nicht auf«, entgegnete Gudrun. »Ganz im Gegenteil, ich habe sowieso keine Lust mehr, allein im Rosenbeet zu graben, also, worum geht es denn?«

»Ich …«, es war einfach zu verrückt, um es Gudrun zu erzählen, die vermutlich keine Ahnung hatte. Vielleicht hatte Hilke auch alles völlig falsch verstanden oder Sabine hatte sich geirrt. »Du, es ist wirklich nicht so wichtig«, sagte sie deshalb und wollte schon wieder aufstehen. »Ich rufe ihn einfach nachher an.«

»Hat es etwas damit zu tun, dass Ernst sich Sorgen um dein Liebesleben macht und aus welchen Gründen auch immer befürchtet, dass du an den Falschen geraten bist?«

Perplex sah Hilke sie an. »Hat er dir alles erzählt?«

»Ja«, Gudrun deutete ein Lächeln an. »Es ist so typisch für ihn. Er sieht ja überall das Schlechte in der Welt, es ist vielleicht berufsbedingt und weil er früher so gern zur Polizei wollte. Er war irritiert, dass du dich jetzt immer so hübsch zurechtmachst, und glaubt, dass du jemanden kennengelernt hast. Und wahrscheinlich vermutet er, dass mit dem Mann etwas nicht stimmt, weil du ihn noch niemandem vorgestellt hast. Ich habe neulich aus Versehen einen Teil seines Telefongesprächs mit Hella mitbekommen, ich glaube, die beiden haben sich da in etwas hineingesteigert.«

»Aber warum?« Hilke schüttelte irritiert den Kopf. »Er hätte mich doch einfach fragen können.«

»Du kennst ihn doch. Das ist ihm dann auch wieder peinlich. Er hat bestimmt versucht, es auch so rauszubekommen.«

Plötzlich fiel Hilke sein Auftritt in der Gemeinde neulich ein. Was hatte er da gebrüllt? Romance Scamming? Sie hätte doch mal nachfragen sollen, was oder wen er damit gemeint hatte.

»Tja, ich …«, fing sie an, als plötzlich die Gartenpforte aufgestoßen wurde und eine ältere, ziemlich dicke Frau in den Garten marschierte, die schließlich erbost vor ihnen stehen blieb.

»Ach, guten Tag«, sagte Gudrun gelassen und wandte den Kopf in ihre Richtung. »Wollten Sie zu uns oder haben Sie sich im Garten geirrt?«

»Frau Ullrich«, Hilke sah sie erstaunt an. »Ist was passiert?« Sie wandte sich an Gudrun. »Das ist Frau Ullrich vom zuständigen Ordnungsamt und das ist Frau Mannsen.«

»Sie sind Frau Mannsen?« Ohne einen Blick an Hilke zu verschwenden, starrte Frau Ullrich Gudrun böse an. »Das auch noch. Wo ist er?«

»Wer?« Unverändert freundlich, aber mit einer kleinen Irritation im Blick stand Gudrun langsam auf. »Was möchten Sie denn?«

»*jamesbond006*«, platzte Frau Ullrich laut heraus. »Er hat mich vorhin so schnöde abserviert, aber das kann ich mir nicht gefallen lassen. Er soll es mir erklären. Und zwar sofort.«

Sie stemmte beide Hände in die Hüften und blickte sich um. »Also, wo ist er?«

»James Bond?« Gudruns Mundwinkel zuckte, Hilfe suchend sah sie Hilke an, die auch nur die Schultern hob und sanft fragte: »Ist alles in Ordnung mit Ihnen, Frau Ullrich?«

»Nein«, jetzt wurde sie auch noch laut, »nichts ist in Ordnung, ich will sofort Ernst Mannsen sprechen. Sofort, ich lasse mich nicht noch mal vertrösten.«

»Ich dachte, Sie wollten zu James Bond?« Gudrun versuchte es mit einem Witz, es half aber nichts. Frau Ullrich drehte sich einmal um ihre Achse und rief: »Sie brauchen sich gar nicht zu verstecken, ich weiß, dass Sie hier sind, und ich will eine Erklärung.« Sie fuhr herum, als plötzlich die Gartenpforte laut quietschte. Auch Gudrun und Hilke drehten die Köpfe. Aber es war nicht James Bond, der plötzlich in den Garten kam, es war nur Mats. Die Kopfhörer um den Hals baumelnd, die Hände in den Taschen der Jogginghose vergraben, blieb er auf der Stelle stehen und starrte entsetzt Frau Ullrich, dann Hilke und zum Schluss Gudrun an. Er hob die Hand und kratzte sich verlegen am Kopf, bevor er leise sagte: »Oma, es ist nicht so, wie es aussieht. Ich kann dir alles erklären. Er meint es nur gut.«

Gudrun sah von ihrem Enkel zu Hilke und der immer noch erbosten Frau Ullrich, dann atmete sie tief durch und sagte: »Frau Ullrich, setzen Sie sich bitte. Mats, du auch. Ich hole was zu trinken und dann wollen wir alles hören, was nicht so ist, wie es aussieht. Und zwar ausführlich.«

28.

»Peer?«

Jannis warf seinen Rucksack auf den kleinen Stuhl im Flur und drückte die Tür zur Küche auf. Sie war leer, es war alles aufgeräumt, kein gedeckter Tisch, keine Töpfe auf dem Herd, kein Peer, dafür ein Strauß Frühlingsblumen, noch in Papier eingeschlagen, in einer Vase auf der Fensterbank. Er ließ den Türgriff los und rief in den Flur. »Peer? Wo bist du denn?«

»Brüll doch hier nicht so rum«, Peer kam in diesem Augenblick aus dem Bad, dunkelblaue Hose, blau-weiß gestreiftes Hemd, eine Duftwolke hüllte ihn ein, während er im Gehen seine Manschettenknöpfe schloss. »Zu essen gibt es heute nichts, ich gehe aus. Du kannst dir die Nudeln von gestern Mittag warm machen.«

Langsam ging er in die Küche, dicht gefolgt von Jannis, der ihn überrascht ansah. Das letzte Mal, dass er seinen Onkel im Hemd gesehen hatte, war der Tag seiner Abiturfeier gewesen. Vor fünf Jahren.

»Oha, da muss ja ganz schön was passiert sein«, sagte Jannis jetzt laut und ließ sich auf einen Stuhl sinken. »Erzähl. Wer war die Dame?«

Peer warf ihm einen langen Blick zu. »Wie war der Film? Schön? Hast du geweint?«

»Allein hatte ich keine Lust. Ich habe noch ein Bier auf der Promenade getrunken und bin dann nach Hause gegangen.« Gespannt sah Jannis ihn an. »Wer war das denn jetzt?«

Peer lächelte wie aus Versehen und wurde sofort wieder ernst. »Die Dame heißt Elvira Sander. Sie war diejenige, die mich neulich am Bahnhof angefahren und mich noch ins Krankenhaus gebracht hat. Und nun haben wir uns zufällig wiedergetroffen.«

»Zufällig«, Jannis biss sich auf die Lippen, es war zu ärgerlich, dass er Hella versprochen hatte, nicht über dieses Kuppelmanöver zu reden. Wenigstens für den Moment. »Das ist ja wirklich ein lustiger Zufall. Und dann seid ihr was trinken gewesen? Wie lange ging das denn? Ich habe dich überhaupt nicht nach Hause kommen hören.«

»Es war halb zwei«, jetzt lächelte Peer. »Ein sehr schöner Abend, er verging wie im Flug. Als ich zurückkam, habe ich dein Schnarchen bis auf den Flur gehört.«

»Ich deins heute Morgen«, entgegnete Jannis. »Du hast um acht immer noch gepennt, da musste ich schon zum Dienst. Und wieso hast du dich jetzt so aufgebrezelt?«

»Wir haben uns heute noch mal verabredet, die Frau Sander und ich, und wir gehen zum Essen ins *Restaurant Strandliebe.* Ich hole sie gleich ab.«

Er hob den Kopf, als es klingelte, und sah auf die Uhr. »Wer ist denn das jetzt? Lass mich mal durch.«

Schnell ging er zur Tür und riss sie auf. »Hermann?« Erstaunt trat Peer zurück und musterte ihn. Hermann trug eine dunkelblaue Hose und ein blau-weiß gestreiftes Hemd. »Was hast du denn vor?«

Hermann lächelte ihn breit an und hob eine kleine Tüte hoch. »Ich wollte mich bei Jannis bedanken.« Er sah über Peers Schulter und entdeckte Jannis im Flur. »Da bist du ja. Du wirst nicht glauben, was passiert ist.«

Er ging auf Jannis zu und schlug ihn leicht auf die Schulter, bevor er ihm die Tüte feierlich überreichte. »Du hast doch gesagt, dass du manchmal gern Rum trinkst. Das hier ist ein sehr besonderer, als Dankeschön.«

»Du hast …«, Jannis warf einen kurzen Blick auf Peer, der dem Gespräch mit einem fragenden Gesichtsausdruck folgte, »… dich ja schick angezogen«, vervollständigte er den Satz und sah zwischen beiden hin und her. »Habt ihr das Hemd zusammen gekauft?«

Beide sahen an sich herunter. »Blau-weiß gestreift ist zeitlos«, sagte Peer und sah auf die Uhr. »Hermann, ich habe leider nicht viel Zeit, ich bin verabredet. In einer halben Stunde muss ich los.«

»Du auch?«, Hermann hob das Kinn. »Das ist ja … also, ich bin auch zum Essen verabredet. Ein bisschen schicker. Deswegen auch im Hemd. Oder hätte ich noch eine Krawatte umbinden müssen?«

»Wo gehst du denn hin?« Jannis klaubte einen Fussel von Hermanns Hemd. »Für Gosch reicht es.«

»Gosch«, Hermann schnaubte. »Wir gehen ins *Restaurant Strandliebe.*«

»Ach«, Jannis grinste. »Gleiches Hemd, gleicher Laden. Dann könnt ihr ja zusammen gehen.«

Peer blickte erst Jannis, dann Hermann erstaunt an. »Du gehst ins *Restaurant Strandliebe?* Und wofür musst du dich bei Jannis bedanken?«

»Wofür?« Hermann schluckte trocken. »Kannst du dir das nicht denken? Kann ich erst mal ein Glas Wasser haben? Ich bin ganz ausgedörrt. Vielleicht die Aufregung.«

Jannis holte Gläser aus dem Schrank, während Hermann und Peer sich an den Tisch setzten. Hermann sah Peer an, dann stupste er ihn am Arm an und grinste.

»Und bei dir hat das auch funktioniert? Von wegen *Strandliebe?*« Er deutete auf Jannis. »Das ist doch gut, dass du einen so cleveren Neffen hast, der das alles kann. Das hätte ich nie gedacht, nie, zum Glück hatten wir genug Bier intus, sonst hätte ich Jannis gar nicht machen lassen und mich weiterhin gesträubt. Nur weil man denkt, dass man zu alt und zu dumm für eine solche Technik ist. Dabei ist das alles ganz einfach.« Er nahm Jannis das Glas ab und trank hastig.

Peer hatte ihm die ganze Zeit angestrengt zugehört, jetzt nutzte er die Pause und sagte langsam: »Ich verstehe kein Wort. Für welche Technik bist du zu dumm? Und was hat bei mir auch funktioniert?«

»Diese App«, erklärte Hermann und wischte sich mit dem Taschentuch den Mund ab. »Diese Dating-App für einsame Menschen. Das hat sich doch wirklich ein kluger Mensch ausgedacht.«

Peers Augenbrauen waren oben. »Welche App?« Er sprach das Wort aus, als sei das etwas Klebriges.

»Ach, Peer«, Hermann ließ sich im Stuhl zurückfallen und stopfte das Taschentuch in die Hosentasche. »*Liebe oder Eierlikör.* Das hat uns Jannis doch erklärt. Und bei mir hat es funktioniert.«

Langsam ging Peers Blick zu Jannis, der ihn unbekümmert ansah. »Sagen wir mal so, du hattest keinen

Bock mehr, mir zuzuhören, und bist irgendwann ins Bett gegangen. Und Hermann ist sitzen geblieben und hat mich machen lassen.«

»Aber du hast mir doch gesagt, dass Peer das auch hat«, erstaunt wandte Hermann sich an Jannis. »Auf seinem neuen Handy?«

»Was genau habe ich auf meinem neuen Handy?« Peers Stimme war jetzt frostig.

Jannis seufzte resigniert, bevor er seinen Onkel ansah. »Ich habe ein paarmal versucht, es dir zu erklären, aber das hat dich ja gar nicht interessiert. Auf deinem Handy ist eine App installiert, in der du auch angemeldet bist. Um eine Partnerin zu finden, Mama fand die Idee super. Das habe ich euch erzählt, an dem Abend, an dem wir beide uns eigentlich in der *Buhne 16* treffen wollten und du mich versetzt und stattdessen mit Hermann im Garten Bier getrunken hast. Als ich zurückkam, habe ich davon erzählt, dass sich in der *Buhne 16* offensichtlich auch Menschen treffen, die sich über diese Dating-App kontaktiert haben. Das fandest du aber uninteressant und bist ins Bett gegangen. Aber Hermann hat nachgefragt und wollte alles wissen.«

»*Wir* haben nicht darüber gesprochen«, korrigierte Peer. »*Du* hast da irgendwelche wilden Geschichten erzählt, die mich überhaupt nicht interessiert haben. Und deshalb bin ich ins Bett gegangen.«

»Wärst du mal geblieben«, Hermann sah ihn an. »Dann hättest du nicht wieder die wichtigen Dinge verpasst.«

»Dating-Apps?« Peer schüttelte den Kopf. »Ich wollte noch nicht mal dieses blöde Handy.« Er machte eine kleine Pause, sah plötzlich alarmiert Jannis an und fragte: »Was heißt, ich bin da angemeldet? Das kann jetzt jeder sehen, oder was?«

Jannis zog den Kopf ein. »Nicht jeder. Nur die Frauen, die da angemeldet sind.«

»Bist du verrückt?«, Peer fuhr herum, griff das Handy aus dem Regal hinter sich und schob es zu Jannis. »Mach das weg. Und zwar sofort.«

Achselzuckend rief Jannis die App auf und hielt sie Peer bedauernd hin. »Neunzehn Anfragen und du hast nicht eine davon beantwortet.«

Neugierig sah Hermann aufs Display. »Respekt, so viele hatte ich nicht. Nur vier. Aber dafür war das zweite Treffen schon ein Erfolg. Sie heißt übrigens Ute. Wir sind heute schon zum dritten Mal verabredet.« Er lächelte zufrieden und sah Jannis beim Löschen der App zu, bevor er sein eigenes Handy aus der Tasche zog und danebenlegte. »Meine kannst du jetzt auch löschen. Ich glaube, ich muss niemand anderen mehr treffen. Die ist schon die Richtige.«

Peer schüttelte immer noch den Kopf. »Ich fasse es nicht. Mir fehlen die Worte. Wie kommt ihr denn auf so einen Blödsinn?«

»Es ist kein Blödsinn«, widersprach Hermann. »Das ist eine sehr gute Möglichkeit, jemanden kennenzulernen. Und ich bin wirklich froh, dass Jannis mir davon erzählt hat. Ich hätte nicht gedacht, dass ich noch mal eine Frau treffen würde, die mir gefällt. In meinem Alter. Und hier auf der Insel.«

»Du weißt doch gar nicht, was für Menschen da mitmachen. Das könnten auch Verrückte sein, an die du da gerätst«, Peer sah ihn immer noch fassungslos an. »Man kann doch auch auf normale Art jemanden kennenlernen. Statt im Internet.«

»Wo denn?«, fragte Hermann sofort zurück. »Beim Einkaufen? Oder beim Tanken? Ich bin seit drei Jahren Witwer, ich habe in der Zeit niemanden kennengelernt. In unserem Alter ist das schwer. Wir gehen doch allein nirgendwo mehr hin. Ich weiß gar nicht, warum du dich darüber aufregst, ich fand, das war eine tolle Idee. Oh, ich muss los«, er trank sein Wasser aus und sprang auf. »Ich hole Ute aus List ab. Geht ihr wirklich auch ins *Restaurant Strandliebe?*«

Peer nickte. »Der Tisch ist um halb acht bestellt.«

»Das ist ja ein Zufall, dann sehen wir uns ja noch«,

Hermann schlug ihm lächelnd auf die Schulter. »Ich bin der mit der hübschen Frau. Schönen Abend und noch mal danke, Jannis.«

Sie sahen ihm schweigend nach, bis die Haustür hinter ihm zuschlug. Nach einer ganzen Weile drehte Peer sich um und sagte: »Denk nicht, dass ich mit diesen Dingen einverstanden bin, aber ich muss zugeben, im Fall von Hermann war das eine gute Idee. Der Mann blüht ja regelrecht auf.«

»Siehst du«, Jannis grinste, »es muss sich ja nicht jeder über den Haufen fahren lassen, um jemanden kennenzulernen.«

Peer erhob sich langsam. »Wir sind trotzdem noch nicht durch mit dem Thema. Dass ihr mich da so einfach angemeldet habt, das ist wirklich dreist. Und völlig umsonst gewesen. Aber jetzt muss ich los.« Er ging zum Fenster, griff nach dem Strauß in der Vase und ließ das Wasser über der Spüle abtropfen. »Und ich will nichts mehr hören.«

So umsonst war die Anmeldung auch nicht gewesen, dachte Jannis und grinste vor sich hin. Peer würde schon noch erfahren, dass es keine Zufälle gab. Sein Handy blinkte plötzlich, eine SMS ging gerade ein.

»*Hey, Jannis, Lust auf ein Bier? XXX Emma.*«

Jannis tippte schnell eine Antwort. »*Unbedingt. In der Bar vom Restaurant Strandliebe? Ich kann sofort losfahren.*«

Emmas Rückmeldung kam prompt. »*Perfekt. Bin so gut wie auf dem Fahrrad.*«

»*Freue mich.*«

Zufrieden steckte Jannis sein Handy weg. So konnte er sich doch gleich selbst überzeugen, ob sein genialer Plan aufgegangen war.

29.

»Mir ist ganz schlecht«, stöhnte Ernst und vergrub sein Gesicht in den Händen. »Wie gehen wir jetzt nur vor?«

»Hör mal eben auf zu stöhnen und hilf mir bei der Entscheidung«, Hella stand plötzlich vor ihm und drehte sich. »Meinst du ein giftiges Grün wäre besser als ein aggressives Rot? Ich meine, ich setze ja ein Statement.«

Ernst nahm die Hände weg und sah hoch. Hella wiegte sich in einem weiten grünen Kleid vor ihm, es war über dem Busen sehr eng, dafür schwang es weit um ihre Knie.

»Kannst du darin atmen?« Ernst betrachtete sie skeptisch. »Es ist sehr grün.«

»Giftgrün«, Hella posierte zufrieden vor einem Spiegel, der in der Ecke stand. »Ich denke, es ist ein Zeichen. Das behalte ich an. Jetzt nur noch meine Tasche, ich hatte doch eine in derselben Farbe, und meine Jadekette …«, sie hockte vor einer Truhe und wühlte konzentriert darin, bis sie schließlich eine giftgrüne Handtasche, ein Tuch und eine Schmuckdose hervorholte. »Alles da«, murmelte sie zufrieden. »Sag mir mal die Uhrzeit.«

»Halb sechs«, Ernst stützte sein Kinn auf die Faust. »Also, wie gehen wir vor? Soll ich auf ein Zeichen warten oder greife ich ein, wenn ich mitbekomme, dass er kein Geld dabeihat? Ich hoffe nur, dass er nicht so leise redet und ich alles verstehen kann. Sonst müssen wir doch ein Zeichen verabreden. Es ist auch zu blöd, dass Martina nicht kann, wie soll ich nur alles im Blick behalten? Und wie soll ich die Entscheidung treffen, ob und wann ich eingreifen muss?«

»Dein Handy klingelt.«

»Vielleicht wäre es besser, die Polizei zu informieren, du hast doch das Tuch gesehen und hast schließlich Beweise … Allerdings würde Hilke dadurch in den Fokus geraten und …«

»Dein Handy klingelt.«

»Ist das meins?«, hektisch suchte Ernst in seiner Jacke nach seinem Telefon. Er sah aufs Display und warf Hella einen alarmierten Blick zu. »Ach, hallo Gudrun, ja, hier ist Ernst.«

Gudrun sprach so laut ins Telefon, dass auch Hella sie verstehen konnte.

»Na, mein Lieber, ich wollte nur mal hören, ob bei dir

alles in Ordnung ist, du kommst ja gar nicht wieder.« Sie klang sehr aufgeräumt. Ernst runzelte die Stirn und antwortete vorsichtig: »Natürlich ist alles in Ordnung, es war nur sehr voll im Getränkemarkt und dann bin ich zu Hella gefahren und wir haben hier sehr lange versucht, das Problem zu lösen. Aber jetzt haben wir einen Weg gefunden.«

»Das ist ja schön. Wann kommst du denn nach Hause?«

»Ja, wann? Also ich wollte dich gerade auch anrufen, wir brauchen nämlich noch einen Moment. Das ist alles ziemlich kompliziert. Ihr müsst nicht mit dem Essen auf mich warten, ich kann mir später einfach ein Brot machen.«

»Gut«, Gudruns heitere Stimme irritierte ihn. »Dann bis später und Grüße an Hella. Ach, Mats wollte dich noch mal sprechen, ich gebe ihn dir.«

Es dauerte nur eine Sekunde, dann war Mats' Stimme zu hören: »Hallo Opa. Bist du auf Mission?«

Ernst presste das Telefon ans Ohr und zischte leise: »Bist du verrückt? Deine Oma hat Mäuseohren und ist bestimmt noch in der Nähe.«

»Ist sie nicht, sie ist gerade reingegangen. Ist was los?«

»Hella hat gleich ein Date. Lange Geschichte, kann ich dir jetzt nicht erzählen, aber so wie es aussieht, waren alle meine Vermutungen richtig. Und es gibt Beweise, dass Hilke tatsächlich in eine dubiose Geschichte verstrickt ist. Wir wissen jetzt, wer ihr Freund ist, und er ist tatsächlich der Verdächtige. Das *Restaurant Strandliebe* ist der Treffpunkt, wir stellen ihm eine Falle und ich gehe als Zeuge mit. Heute zieht sich die Schlinge zu. Also, lenk Oma ab, nicht, dass sie mich mitten in einer kritischen Situation wieder anruft. Wir fahren jetzt los.«

»Du Opa, hier ist … aua!«

»Was? Mats?«

»Ähm, hier ist alles in Ordnung, dann sehen wir uns später.«

Mats klang irgendwie komisch, deshalb fragte Ernst nach. »Was wolltest du denn eigentlich?«

»Ich wollte nur wissen, was du gerade machst. Dann weiß ich Bescheid. Die Schlinge zieht sich zu. Bis später.«

Er beendete das Gespräch und Ernst schob das Handy zurück in die Jackentasche. »Ich glaube, Mats ist noch verkatert.«

»Wie auch immer, wir müssen jetzt los«, Hella hatte ihre Handtasche unter dem Arm, das Tuch um die Schultern drapiert und hob entschlossen das Kinn. »Lass uns diesen Verbrecher zur Strecke bringen und seine Opfer rächen.«

»Hella hat ein Date«, teilte Mats den um ihn herum sitzenden Damen mit schmerzverzerrtem Gesicht mit, während er seinen Arm rieb. »Im *Restaurant Strandliebe.* Da fahren sie gleich hin. Du musst mich doch nicht gleich kneifen, das tat weh.«

»Das sollte es auch«, ungerührt betrachtete Gudrun ihren Enkel. »Du wolltest ihn warnen. Aber so leicht kommt er mir nicht davon. Was ist das für ein Date?«

Mit einem Blick auf Hilke sagte er zögernd: »Hella trifft da jemanden, von dem Opa glaubt, dass er ein Betrüger ist. Auf dem Dating-Portal. Und jetzt gibt es wohl Beweise, die auch was mit dir zu tun haben, Hilke. Anscheinend ist dein Freund in eine dubiose Geschichte verstrickt. Und deshalb trifft Hella den gleich. Um ihm eine Falle zu stellen. Opa ist nur Zeuge.«

»Mein …«, verblüfft sah Hilke Mats an. »Das ist doch Unsinn. Ernst und Hella blamieren sich ja bis auf die Knochen. Was hat er denn für Beweise?«

»Das hat er nicht gesagt.« Mats hob die Schultern. »Aber er klang sehr sicher.«

»Dubiose Geschichten?«, mischte sich jetzt Frau Ullrich ein. »Ein Betrüger? Jetzt will ich aber wissen, was da los ist. Wenn es um kriminelle Machenschaften geht, hört der Spaß auf. Ich fahre sofort hin und sehe mir die Sache an.«

»Das ist eine gute Idee«, Gudrun musterte sie nachdenklich. »Wir fahren alle hin. Allein schon, um zu verhindern, dass es aus dem Ruder läuft. Hilke? Was denkst du?«

»Ich kann fahren. Ich bin mit dem Auto hier.«

»Gut«, sie sah zu Mats. »Dann ziehen wir beide uns jetzt um und fahren mit Hilke. Frau Ullrich, fahren Sie schon vor?«

»Darauf können Sie sich verlassen«, resolut nickte sie. »Ich bin sehr gespannt.« Sie drehte sich auf dem Absatz um und marschierte zur Gartenpforte. »Wir sehen uns vor Ort. Bis gleich.«

Mats wartete, bis sie außer Hörweite war, dann murmelte er: »*superwoman!* Nicht zu fassen.«

»Was?«, Gudrun stieß ihn an. »Du nuschelst. Was hast du gesagt?«

»*superwoman!*«, wiederholte Mats. »Unter dem Namen hat sie sich angemeldet. Ich hoffe, sie wirft Opa nicht mit Gebrüll zu Boden, wenn sie ihn entdeckt.«

Hilke verbiss sich ein Lachen. »Frau Ullrich nimmt ihren Beruf sehr ernst«, sagte sie. »Sie gilt als ziemlich ruppig, wenn ihr jemand blöd kommt.«

»Oh Gott, es wird gleich endpeinlich«, stöhnte Mats. »Ich bleibe besser hier.« Er hatte immer noch Gudruns Handy in der Hand und reichte es ihr jetzt. »Da muss ich ja nicht …«

»Oh, doch«, unterbrach ihn Gudrun. »Du kommst mit. Du hängst mit drin. Und wenn du glaubst, du könntest Opa warnen, dann hast du dich geschnitten. Umziehen, mein Freund, und zwar zack, zack.«

Keine halbe Stunde später standen sie vor dem weißen SUV. Gudrun umrundete den Wagen und nickte. »Hamburger Kennzeichen? Kommt dein Freund aus Hamburg?«

»Nein«, Hilke schloss das Auto auf. »Der Wagen gehört seinem Bruder. Der wohnt in Hamburg, ist aber für ein Jahr im Ausland und hat ihn hiergelassen. Mats, gehst du nach hinten?«

»Geht er«, Gudrun stieg vorn ein, während Mats auf seiner Seite die große Schramme entdeckte. Er beugte sich hinunter und strich mit den Fingern über das aufgerissene Blech. »Wie ist das denn passiert?«

Hilke hob die Schultern. »Keine Ahnung«, antwortete sie. »Da muss jemand auf dem Hof gegengefahren sein. Es ist sehr ärgerlich.«

»Auf dem Hof«, Mats öffnete die Tür und warf Hilke einen mitleidigen Blick zu. »Echt ärgerlich.«

Sie stiegen ein, Hilke sah ihn im Rückspiegel an, bevor sie nach hinten griff und nach ihrem Tuch angelte, das auf der Rückbank lag.

»Und am ärgerlichsten ist«, sagte sie, »dass wir nicht wissen, wer es war.«

Mats starrte sie nur schweigend an. Hilke startete den Motor und fuhr rückwärts vom Grundstück. »Ich komme gar nicht über diese Geschichte hinweg«, sagte sie dabei. »Es ist alles total verrückt.«

»Das stimmt«, pflichtete Gudrun ihr bei. »Und leider Gottes ist das wieder mal typisch für Ernst und Hella. Die steigern sich immer in solche Dinge rein. Meine Güte, da trifft sich mein Mann mit wildfremden Frauen und hält ihnen Vorträge, was hat der sich nur dabei gedacht?«

Hilke fuhr langsam an die Kreuzung und bog nach rechts ab. »Er hätte mich doch auch einfach ansprechen können. Statt so einen Aufwand zu betreiben, um mich vor irgendetwas zu warnen.« Sie lachte ungläubig. »Die armen Frauen. Die müssen doch ganz geschockt gewesen sein. Die Frau aus dem *Strandhotel* ist wohl regelrecht vor Ernst geflohen. Hat Sabine erzählt. Die war fast schon traumatisiert. Dabei suchte sie nur einen netten Mann.« Sie passierte jetzt das Ortsausgangsschild und gab Gas. »Wie wollen wir das denn gleich machen?«, fragte sie zögernd. »Soll ich einfach mit Ernst reden? Oder mit Hella? Oder sehen wir uns erst alles aus der Entfernung an?«

»Vielleicht solltest du dir das überlegen, wenn du den Mann gesehen hast, mit dem Hella sich trifft«, sagte Mats plötzlich von hinten. »Nicht, dass da noch eine böse Überraschung kommt.«

»Was für eine böse Überraschung?« Gudrun wandte sich zu Mats um. »Glaubst du ernsthaft, dass Hella sich gleich mit Hilkes Freund trifft?«

»Wer weiß?«, Mats sah seine Oma zweifelnd an. »Opa hat eine Menge Hinweise gesammelt. Hilke, wo ist dein Freund denn jetzt?«

»Mats, bitte«, fuhr Gudrun ihn an. »Jetzt fang nicht auch noch mit dem Blödsinn an.«

»Nein, ernsthaft«, wehrte er ab, »ich will ja nicht unken, aber hast du ihn mal angerufen?«

»Er ist gerade nicht zu erreichen«, Hilke sah wieder in den Rückspiegel. »Aber mach dir keine Gedanken. Wir müssen uns erst mal überlegen, wie wir das gleich anstellen. Gudrun?«

»Das entscheiden wir vor Ort«, antwortete Gudrun entschlossen. »Ich werde spätestens dann eingreifen, wenn mein Mann sich zum Affen macht. Vorher sehe ich mir alles aus sicherer Entfernung an.«

30.

»Sie sind ein sehr guter Autofahrer«, Elvira warf einen kurzen Blick auf Peer, bevor sie wieder auf die Straße sah. Sie hatte Herzklopfen, seit Peer sie mit einem Strauß bunter Frühlingsblumen in der Hand abgeholt hatte, es war sehr romantisch gewesen. Und er sah wirklich gut aus in seinem gestreiften Hemd, sie war so verlegen gewesen, dass sie gar nicht richtig reden konnte. Und jetzt fiel ihr nur so ein blöder Satz ein. Guter Autofahrer, großer Gott, sie war doch keine siebzehn mehr. Sie fühlte sich aber so.

»Vielen Dank«, war seine Antwort. »Sie sehen übrigens sehr hübsch aus. Dieses Blau steht Ihnen wirklich gut.«

Elvira spürte, dass sie rot wurde, sie hatte sich diese Bluse heute Nachmittag erst gekauft. In ihrer Aufregung war sie sich sicher gewesen, nichts Schönes im Schrank zu haben, zumindest nichts, was schön genug für ihr erstes Rendezvous seit Jahren gewesen wäre.

»Danke«, sagte sie leise und musste sich räuspern, weil ihre Stimme so dünn war. Sie wollte nicht schweigend neben ihm sitzen, das machte auch keinen guten Eindruck, also sagte sie: »Ich hoffe, Ihr Neffe war nicht enttäuscht, dass der geplante Kinoabend anders verlaufen ist als geplant.«

»Jannis?«, er nickte mit einem schiefen Lächeln. »Das ist auch so ein Kamel. Er hatte Glück, dass ich heute gute Laune und die Verabredung mit Ihnen hatte, ansonsten hätten wir gerade noch eine mittelschwere Auseinandersetzung gehabt.«

»Oh«, Elvira warf ihm einen kurzen Blick zu. »Ich hoffe, es war nichts Schlimmes.«

»Na ja«, Peer hielt an einer roten Ampel. »Er hat mich bei so einer Kontakt-App angemeldet, ohne dass ich das wusste.«

»Heißt die *Liebe oder Eierlikör?*«

Fast schon entsetzt sah Peer sie an. Sie lächelte. »Die Ampel ist schon grün.«

»Ähm, ja«, er ließ die Kupplung etwas zu schnell kommen, der Wagen machte einen kleinen Satz. »Machen Sie da etwa auch mit?«

»Um Himmels willen, nein«, Elvira lachte laut auf. »Das ist nichts für mich. Aber eine Bekannte hat mir das vorgeschlagen. Hella. Doch auf diese Art und Weise würde ich nie jemanden kennenlernen wollen.«

Ein erleichtertes Lächeln huschte über sein Gesicht. »Ich

auch nicht«, pflichtete er ihr bei. »Allerdings hat Jannis diese App auch bei einem alten Freund und Nachbarn von mir installiert. Hermann. Hermann Schulze. Seine Frau ist vor drei Jahren gestorben, seitdem ist er einsam und eine traurige Gestalt. Aber ausgerechnet er hat anscheinend über diese App eine Dame kennengelernt. Vorhin war er kurz da, er ist kaum wiederzuerkennen. Die Dame wirkt Wunder. Und sie sind heute Abend auch im selben Restaurant essen.«

»Es ist nicht immer alles schlecht, was neu ist«, sagte Elvira ernst. »In dem Fall hat es ja geklappt.«

»Guten Abend, mein Name ist Schulze, ich habe einen Tisch für zwei Personen bestellt.«

»Herzlich willkommen«, der junge Kellner setzte einen Haken im Reservierungsbuch und streckte einen Arm aus. »Kann ich Ihnen die Garderobe abnehmen?«

»Gern«, Hermann half seiner Begleitung aus dem leichten Mantel und reichte ihn dem jungen Mann. »Vielen Dank.«

Die Frau lächelte ihn an und fuhr sich kurz mit den Fingern über die Frisur, Hermann ließ ihr den Vortritt, als die Bedienung sie zum Tisch im Restaurant begleitete. »Darf es schon ein Aperitif sein?«, fragte der Kellner, während er ihr den Stuhl zurückzog. »Ein Crémant, ein Sherry, ein Champagner?«

»Wir nehmen Champagner«, antwortete Hermann wie aus der Pistole geschossen und sah sie rasch an. »Oder?«

»Sehr gern.«

Sie saßen sich eine Zeit lang schweigend und etwas verlegen gegenüber, bis der Kellner den Champagner brachte. Dann griffen beide nach den Gläsern und redeten gleichzeitig los.

»Sollen wir uns …«

»Wollen wir nicht …«

Hermann lachte und deutete auf sie. »Sie zuerst. Ich danach.«

Ute Carstens nickte: »Ich wollte vorschlagen, dass wir uns duzen. Ich heiße Ute.«

Sie hob ihr Glas und sah in sein strahlendes Gesicht.

»Hermann«, antwortete er. »Mit dem größten Vergnügen.«

Sie tranken und stellten die Gläser wieder ab. Hermann beugte sich ein Stück vor und sagte leise: »Was bin ich froh, dass ich keinen Eierlikör mehr trinken muss. Ich mochte den ja noch nie.«

»Ich auch nicht«, Ute kicherte. »Aber bei meinen ersten beiden Dates musste ich ihn trinken, die beiden Herren waren ganz schrecklich. Nicht so schrecklich wie der dritte, aber zumindest Eierlikör-schrecklich.«

»Bei mir waren es auch zwei«, gab Hermann zu. »Danach wollte ich schon Jannis sagen, dass das doch nichts für mich ist. Aber die dritte Dame hatte mich versetzt und dann kamst zum Glück ja du. Und bei dir wusste ich auf Anhieb, dass das kein Eierlikör wird.« Er sah sie bewundernd an, dann fiel ihm etwas ein und er fragte: »Hast du von dem schrecklichen Mann noch mal was gehört?«

»Nein«, sie schüttelte vehement den Kopf. »Nachdem ich ihm das Geld geliehen hatte, nie wieder. Das ist wohl weg, na ja, das verbuche ich mal unter Dummheit. Ich bin einfach auf eine blöde Masche reingefallen. Aber Schluss damit, lass uns nur noch von schönen Dingen reden. Ich habe mein Fahrrad schon mal geputzt, ich freue mich so auf unsere Tour am Wochenende. Welche Fähre wollen wir denn nehmen?«

Am Restaurant angekommen, hielt Peer Elvira die Tür auf. »Bitte schön.«

»Vielen Dank«, Elvira wollte gerade durchgehen, als sie aus den Augenwinkeln etwas Grünes sah, das sich eilig auf sie zubewegte. Sofort drehte sie sich um und erkannte Hella, die in einem atemberaubenden Kleid und mit erstauntem Blick vor ihnen stehen blieb. »Elvira«, rief sie sofort begeistert. »Das ist ja nett. Und das ist also *nep* … ähm … einen schönen guten Abend.«

»Hella«, Elvira lächelte zurück. »Das ist Peer Sörensen, mein Bekannter, und das ist Hella Fröhlich.«

Sie schüttelten sich die Hand. Hella musterte ihn von Kopf bis Fuß und nickte anerkennend. »Besser als auf dem Foto«, murmelte sie, um dann laut hinzuzufügen: »Sehr angenehm.«

»Wie bitte?«

»Es tut mir leid, aber ich muss leider rein«, sagte Hella. »Ich bin auch verabredet. Vielleicht sehen wir uns ja noch, ich wünsche erst mal einen charmanten Abend.«

Sie rauschte an ihnen vorbei und ließ sie in einer Parfümwolke zurück, die Peer zum Husten brachte. »Was war das mit dem Foto?«

»Keine Ahnung«, Elvira hob die Schultern. »Das habe ich auch nicht verstanden. Gehen wir rein?«

»Nach Ihnen.«

Sofort kam jemand, der sie zu einem Tisch am Fenster führte. Während sie sich setzten, sah Elvira plötzlich, dass ein älterer Herr im blau-weiß gestreiften Hemd ihnen zuwinkte. Sie sah zu Peer. »Kann es sein, dass der Herr Sie grüßt?«

Peer folgte ihrem Blick und erwiderte den Gruß, indem er kurz die Hand hob. »Das ist Hermann«, sagte er. »Frisch verliebt durchs Internet. Es geschehen doch noch Wunder.«

Elvira sah hin und lächelte. »Eine schöne Geschichte«, sagte sie leise. »Und die Frau sieht auch sehr nett aus.«

Die Bedienung reichte ihnen die Speisekarte, während Peer schon Wasser und zwei Gläser Sherry bestellte.

»Ich war hier noch nie, obwohl ich so oft schon dran vorbeigefahren bin«, gestand Elvira. »Sind Sie häufiger hier?«

»Nein. Ich gehe ehrlich gesagt kaum aus. Eigentlich nur einmal im Monat ins *Deichhotel* zum Kartenspielen.«

»Ins *Deichhotel?*« Elvira lächelte. »Das ist lustig, da haben wir immer unsere Geburtstage gefeiert. Als mein Mann noch lebte. Die hatten so eine wunderbare Küche.«

»Wann war das?«

»Das letzte Mal vor elf Jahren«, antwortete Elvira mit einer Spur von Melancholie. »Als Hans-Georg fünfundsechzig wurde. Im Jahr darauf ist er gestorben.«

»Das tut mir leid«, sagte Peer und wartete einen Moment, weil der Sherry gerade gebracht wurde. »Vor elf Jahren war ich übrigens da Küchenchef.«

»Nein«, mit großen Augen sah Elvira ihn an. »Im *Deichhotel?* Dann haben Sie uns all die Jahre bekocht?«

»Ja«, er nickte lächelnd. »Die Welt ist klein. Manchmal helfe ich da immer noch aus. Mein ehemaliger Lehrling hat das Haus übernommen. Und lässt mich ab und zu in die Küche. Apropos, was möchten Sie denn essen? Haben Sie schon etwas gefunden?«

Ernst holte tief Luft und versuchte, seine Nervosität in den Griff zu bekommen. Hella hatte ihm gesagt, dass er noch zehn Minuten im Auto sitzen bleiben sollte, bevor er ihr folgte, die Zeit war ihm ewig lang vorgekommen. Aber jetzt war sie abgelaufen, jetzt ging es los.

Entschlossen drückte er die Tür auf und betrat das Restaurant. Am Eingang sah er sich verstohlen um und entdeckte sofort Hella, immer noch allein an einem Tisch. Ihre Verabredung war noch nicht da, hoffentlich war das kein schlechtes Zeichen. Nicht, dass er Wind von der Mission bekommen hatte und gar nicht auftauchte.

Eine junge Frau kam auf ihn zu und lächelte ihn an. »Kann ich Ihnen helfen?«

»Ja«, er nickte. »Ich würde hier gern essen, haben Sie vielleicht noch einen Tisch für mich?«

»Sind Sie allein?«, sie griff schon nach einer Speisekarte, während Ernst nickte. »Ja, nur ich.«

»Dann kommen Sie mal mit.«

»Kann ich vielleicht diesen Tisch haben? Den am Fenster?« Ernst deutete auf Hellas Nebentisch, die junge Frau blieb stehen. »Natürlich. Bitte schön.«

Er setzte sich und schlug die Speisekarte auf. Er tat so, als würde er sie konzentriert lesen und hörte Hella, die sich am Nebentisch räusperte. Sofort sah er hinüber, sie blickte demonstrativ an ihm vorbei. Ihm wäre es lieber gewesen, Mats oder Martina an seiner Seite zu wissen. Dann hätte er nicht die ganze Verantwortung. Oder zumindest noch jemand, der schon schlechte Erfahrungen mit *gastronom100* gemacht hatte und ihn zweifellos erkennen würde. Renate Oberbekleidung Bahnsen zum Beispiel. Oder aber Hilke, dachte er und seufzte laut. Er hätte sich so gewünscht, dass er im Irrtum gewesen wäre. Aber sie war wohl doch auf diesen ominösen Mann hereingefallen. Seine Nachforschungen würden ihr das Herz brechen.

Ein paar Tische weiter sah Ute Carstens plötzlich an Hermann vorbei und stutzte. »Komisch«, sagte sie leise und beugte sich zu Hermann. »Da sitzen zwei Lister, die ich kenne. Aber an getrennten Tischen, jeder für sich.«

Sofort drehte Hermann sich um. »Wer? Ach, die Dame im grünen Kleid? Sie sieht ja … sehr besonders aus.«

»Ja«, Ute nickte. »Das ist Hella Fröhlich. Und am Tisch daneben sitzt Ernst Mannsen. Die sind befreundet, aber sie tun so, als würden sie sich gar nicht kennen. Das ist ja merkwürdig.«

Hermann wandte sich ihr wieder zu. »Möchtest du hingehen und sie begrüßen?«

»Auf keinen Fall«, Ute biss sich auf die Lippe. »Vielleicht machen die ja auch mit bei *Liebe oder Eierlikör* und haben hier beide zufällig ein Treffen. Wobei Ernst Mannsen verheiratet ist, das kann doch wohl nicht sein.«

»Vielleicht ist er hier mit seiner Frau verabredet. Das wissen wir ja nicht«, bemerkte Hermann und lächelte. »Wo waren wir stehen geblieben? Ach so. Du arbeitest also noch im Supermarkt? Das ist auch ein anstrengender Beruf.«

»Ja«, widerstrebend löste Ute ihren Blick von Hella, die gerade ein Stück Brot zerkrümelte. »Aber ich bin schon lange da und habe nette Kollegen. Und am 1. August gehe ich ja in Rente.«

»Dann hast du Zeit für schöne Dinge. Und wenn du Lust hast, könnten wir die dann ja auch zusammen machen.«

Ute sah ihn lange an. »Ja«, sagte sie und nickte. »Ich bin wirklich froh, dass der Sohn von deinem Freund dich angemeldet hatte. Es ist sehr schön, dass wir uns getroffen haben.«

Hermann legte seine Hand auf ihre und drückte sie sanft. »Das finde ich auch.«

Elvira schob ihre leere Suppentasse zurück und tupfte sich mit der Serviette den Mund ab. »Die war sehr gut«, sagte sie zu Peer, der zustimmend nickte. »Fast so gut wie im *Deichhotel.*«

»Aber nur fast«, sagte er sofort. »Es fehlte ein bisschen Muskatnuss. Aber geschenkt.«

Unvermittelt griff er zu seinem Weinglas und hob es in Elviras Richtung. »Wenn Sie nichts dagegen haben, könnten wir auch zum Du übergehen. Nachdem wir uns schon so vieles aus unseren Leben erzählt haben.«

»Sehr gern«, Elvira stieß mit ihm an und lächelte. »Ich hoffe, ich habe nicht zu viel geredet. Ich bin es gar nicht mehr gewöhnt, mit jemandem auszugehen und mich zu unterhalten. Meine Tochter meint immer, ich müsse mehr unter Leute, ich würde verlernen, wie man sich benimmt, wenn andere dabei sind.«

»Das sagt Jannis mir auch«, Peer stellte sein Glas wieder hin. »Das sind die jungen Leute, die müssen sich immer einmischen. Aber ich finde, du benimmst dich tadellos. Und erzählst viele interessante Sachen. Und den Plan, von der Insel wegzugehen, den hältst du immer noch aufrecht?«

Elvira sah ihn zögernd an. »Ich habe in den letzten beiden Jahren oft darüber nachgedacht, weil ich mich ein bisschen übrig geblieben gefühlt habe. Es sind so viele der alten Nachbarn und Freunde weggezogen. Und es ist schwer, in unserem Alter wieder neue Bekannte zu finden. Aber jetzt war ich beim Frühlingsbasar und habe dort nette Leute kennengelernt. Sie haben mich auch gefragt, ob ich Lust hätte, auch bei anderen Anlässen zu helfen. Das könnte vielleicht ganz schön werden.«

Peer nickte. Er sah sie an, bis er schließlich sagte: »Wenn du Lust hast, dann könnten wir auch öfter zusammen ausgehen. Ich bin die meiste Zeit allein zu Hause. Jannis sagt, ich werde komisch.«

»Das machen wir.« Elviras Blick fiel plötzlich auf Hella, die immer noch allein am Tisch saß. »Ach je, ich glaube, die nette Hella wird versetzt«, sie runzelte die Stirn. »Vielleicht ist das doch nicht so toll mit dieser Dating-App. Wenn man so hoffnungsvoll auf jemanden wartet, der nicht kommt, ist das doch auch traurig.«

»Oder wenn jemand kommt, der blöd ist«, ergänzte Peer. »Für mich wäre das nichts. Das wäre mir viel zu anstrengend.«

31.

»Da sitzt er«, Gudrun presste ihre Nase an die Scheibe, um ins Innere des Restaurants spähen zu können. »Einsam am Tisch und daneben sitzt Hella. Auch noch allein.«

»Oma, bitte«, Mats fasste sie am Ellenbogen und zog sie zurück. »Jetzt starr doch nicht so ins Fenster, die können dich doch sehen.«

»Ach, guck mal, da ist ja Ute Carstens, die hat sich aber schick gemacht. Und dahinten, die kenne ich doch auch. Das ist Elvira Sander. Die müssen sich doch auch über Ernst und Hella wundern. Was machen wir jetzt? Habt ihr schon Frau Ullrich gesehen?«

Mats lehnte sich stöhnend an die Hauswand. »Gott, die kommt ja auch noch. Ich gehe da nicht rein, ich warte draußen. Das tue ich mir nicht an, Oma, echt nicht.«

Gudrun ignorierte sein Stöhnen und sah Hilke an. »Wie vorhin besprochen?«

Hilke nickte, während Mats sie alarmiert anschaute. »Was habt ihr denn besprochen?«

»Das musst du nicht wissen«, Gudrun trat vom Fenster zurück und deutete auf die Tür. »Mats, wir beide huschen jetzt in die Bar, da kann er uns von seinem Platz aus nicht sehen. Hilke, ich hoffe, er kriegt bei deinem Anblick keine Herzattacke.«

»Oma, bitte!«

Gudrun stellte sich taub und ging mit schnellen Schritten auf den Eingang zu, Mats hatte Mühe, ihr zu folgen. Als sie durch die Tür traten, zeigte Gudrun auf den Eingang der Bar, der dem Restaurant gegenüberlag. Die Bar war klein, gemütlich und bis auf ein junges Paar am Tresen noch leer. Gudrun sah sich um, bis sie nickte und Mats antippte. »Wir setzen uns auch an den Tresen.«

Erstaunlich schnell schwang sie sich auf den Barhocker, beeindruckt setzte Mats sich auf den nebenstehenden. »Warum…«, begann er, begriff aber sofort den Grund für die Platzwahl. Hinter dem Tresen hing ein Spiegel und von ihrem Platz aus hatte Gudrun den Eingang des Restaurants und einen Teil der Tische im Blick. Unter anderem die, an denen Hella und Ernst saßen.

»Und wenn er uns entdeckt?«

»Er hat seine Brille vergessen«, antwortete Gudrun zufrieden. »Und wir sind zu weit weg. Guten Abend, ich hätte gern ein Alsterwasser.« Letzteres galt dem Barkeeper, der eine Schale mit Nüssen vor sie stellte und Mats fragend ansah. »Ich auch«, sagte er schnell und langte in die Schale. Nüsse waren gut für die Nerven.

Die junge Frau neben ihm lachte jetzt laut, Mats sah zu ihr hin.

»Und jetzt hat er tatsächlich darüber eine Frau gefunden?«, fragte sie ihren Begleiter und lachte wieder. »Und wo sitzt er?«

»Ganz hinten in der Ecke, kannst du von hier aber nicht sehen. Und mein Onkel sitzt fünf Tische weiter und hat keine Ahnung, dass sein Liebesglück auch was mit der App zu tun hat. Und es scheint zu laufen, die beiden schweigsamen Männer reden tatsächlich mit ihren Damen. Es hat geklappt, ich finde das super.«

»*Liebe oder Eierlikör?*«, sie kicherte immer noch. »Was für ein geiler Name. Und damit hast du gleich zwei alte Männer glücklich gemacht. Jannis, das ist eine irre Geschichte.«

Mats sah verstohlen seine Oma an, die es zum Glück nicht gehört hatte, sie war auf den Anblick ihres einsamen Mannes im Spiegel konzentriert. »Der Arme«, sagte sie leise und deutete auf Ernst. »Jetzt kriegt er gleich Puls.«

Ernst beobachtete Hella, die mittlerweile mehrere kleine Brotscheiben in kleine Krümel zerlegt hatte. Er ahnte, dass sie langsam schlechte Laune bekam, sie hasste es, zu warten. Er trank einen Schluck von seinem Bier und tat so, als würde er immer noch die Speisekarte studieren. Ihm war siedend heiß eingefallen, dass er nur noch zwölf Euro im Portemonnaie hatte. Vor lauter Aufregung hatte er vergessen, bei der Bank anzuhalten, jetzt musste er nachrechnen, was er sich noch bestellen konnte. Als jemand plötzlich an seinen Tisch stieß, sah er erschrocken hoch und unterdrückte im letzten Moment einen Schrei.

»n' Abend, Herr Mannsen«, sagte eine heisere Stimme, ein Gesicht beugte sich zu ihm und starrte ihn an. »Ist dieser Platz noch frei?«

»Nein«, entfuhr es ihm etwas zu laut. »Hier ist besetzt, Sie müssen sich einen anderen Tisch suchen. Das tut mir leid.«

superwoman! stützte ihre kräftigen Unterarme auf den Tisch und lächelte verschwörerisch, Ernst hielt die Luft an und beugte sich so weit nach hinten, wie der Stuhl es zuließ, ohne umzukippen. »Muss es nicht«, raunte sie und stieß sich so plötzlich wieder ab, dass ein Salzstreuer umkippte. »Dann wünsche ich Ihnen einen erfolgreichen Abend.« So schnell wie sie aufgetaucht war, verschwand sie wieder. Ernst atmete aus und sah nervös zu

Hella, die ihn fragend und mit leichtem Kopfschütteln anstarrte, bevor sie sich das nächste Stück Brot vornahm.

Er wischte sich mit der Serviette über die Stirn. Wenn diese Frau jetzt zur Stalkerin wurde, bekam er ein Problem. Man las ja so viel über solche Leute, manche drangen sogar in die Häuser der Objekte ihrer Begierde ein. Wie sollte er das bloß Gudrun erklären, wenn *superwoman!* plötzlich in ihrem Schlafzimmer stand?

Er trank noch einen kleinen Schluck zur Beruhigung und sah sich um. Sie war weg, zum Glück, anscheinend hatte auch niemand dieses Intermezzo mitbekommen. Wo blieb denn nur *gastronom100?* Lange hielten seine Nerven diese Tortur nicht mehr aus. Bedächtig richtete er den Salzstreuer wieder auf und wischte die Krümel vom Tisch.

»*jamesbond006?*«

Er fuhr zusammen, als er die Stimme erkannte, er war nicht in der Lage zu antworten, bis sie sich gesetzt hatte. Ernst starrte sie mit offenem Mund an, während sie ihre Handtasche über die Stuhllehne hängte und sich entspannt zurücklehnte.

»Hilke?« Seine Stimme war ganz kratzig, neben ihm hustete jetzt auch Hella. Hilke warf einen kurzen Blick auf sie und nickte. »Hallo Hella«, dann widmete sie sich wieder Ernst. »Und? Das ist ja wie ein Date.«

Hella sah sie an, als hätte sie eine Erscheinung, sagte aber kein Wort, sondern versuchte, sich wieder auf den Eingang zu konzentrieren.

»Wie? Wieso? Was meinst du?«, stammelte er, während sich seine Gedanken überschlugen. Es konnte doch nicht sein, dass Mats dieses Date mit Hilke organisiert hatte, ohne es ihm zu sagen. »Was … was machst du denn hier?«

»Ich wollte mit dir über mein Liebesleben reden«, antwortete sie freundlich. »Ich habe gehört, du machst dir Sorgen um mich?«

»Also, nein, ich …«, schlagartig fiel ihm ein, dass am Nebentisch gleich etwas passieren würde, was für sie eine Katastrophe bedeutete. »Hilke, du, wie soll ich anfangen?« Ihm war so heiß, dass er sich schwindelig fühlte. Er warf einen kurzen Blick Richtung Nebentisch, Hella starrte zum Eingang und krümelte mit dem Brot, er schaute wieder auf Hilke.

»Also?«, sie wirkte sehr entspannt. »Worüber machst du dir Sorgen?«

»*Liebe oder Eierlikör*«, platzte es aus ihm heraus. »Diese App. Du hast da auch mitgemacht, oder? Und deinen Freund auf die Art kennengelernt? Der einen weißen SUV fährt? Mit Hamburger Kennzeichen. Ich habe euch zusammen gesehen.«

Hilke sah ihn abwartend an. »Und?«

»Also, es ist so ...«, Ernst suchte nach Worten und wurde von einer Bedienung unterbrochen. »Die Dame? Wissen Sie schon, was Sie essen möchten?«

Hilke hob den Kopf. »Ich brauche noch einen Moment. Aber ich hätte gern schon mal ein alkoholfreies Bier.«

»Danke«, die junge Frau ging und Hilke sah zurück zu Ernst. »Du warst beim weißen SUV stehen geblieben.«

»Der Wagen von deinem Freund, ja, der hat nämlich einen Unfall verursacht. Am Bahnhof. Ich war Zeuge und er hat Fahrerflucht begangen.«

Hilke hob eine Augenbraue und nickte verstehend. »Mein Freund?«

»Ja, das war sein Auto, dein Tuch lag da ja auch drin. So pink mit gelben Herzen.«

»Das ist meins, stimmt.«

»Siehst du«, er tippte mit dem Finger auf den Tisch. »Und dieser Mann, Hilke, ich wünschte, ich könnte dir etwas anderes sagen, aber dieser Mann ist aufgefallen, weil er Frauen um Geld angepumpt hat. Er hat sie über diese App kontaktiert, getroffen und verliebt gemacht und dann haben sie ihm Geld geliehen. Das weiß ich von Martina, die ist auch empört und an der Aufklärung interessiert.«

Hilke beugte sich vor und sagte leise: »Nicht so laut, Ernst. Und weiter?«

»Und weiter?«, er senkte seine Stimme und wiederholte: »Und weiter? Was soll weiter sein? Das sind kriminelle Machenschaften, das nennt sich Romanze Skamming, das gibt es immer häufiger im Internet.«

»Romance scamming«, wiederholte Hilke belustigt. »Ja, das ist problematisch.«

Ihr Bier wurde gebracht, sie dankte und sah Ernst wieder an. »Und kriminell.«

Ernst japste vor Aufregung. »Aber du, du bist auf ihn reingefallen, du denkst, er sei dein Freund, aber in Wirklichkeit ist …«

Die tiefe Stimme kam unvermittelt und aus der Nähe. »Liebste Hella, ich bin untröstlich, aber mir ist auf dem Weg hierher etwas ganz Blödes passiert.«

Ernst fuhr zusammen und drehte sich sofort um. Vor Hellas Tisch stand plötzlich ein Mann, gut angezogen, grau meliertes Haar, der sich gerade hinunterbeugte, um Hellas Hand zu küssen. Hektisch blickte Ernst Richtung Hilke, die aber seltsamerweise gar nicht in Aufruhr geriet, sondern Hella und ihren angekommenen Begleiter interessiert musterte. Als sie seine Aufregung bemerkte, legte sie unauffällig den Finger auf die Lippen und lächelte.

»Da bin ich aber gespannt«, sagte Hella und deutete auf den freien Stuhl. »Auf den Grund, mich fast eine halbe Stunde warten zu lassen.«

»Stellen Sie sich vor«, er ließ sich auf den Stuhl fallen und fuhr sich mit beiden Händen durch die Haare. »Die haben mir meinen Wagen geklaut. Und auf der Rückbank lagen meine Laptoptasche und mein Mantel, natürlich mit Brieftasche, Schlüsseln, Kalender, alles, was man so hat. Das ist ein Theater, ich bin mit meinen letzten zwanzig Euro mit dem Taxi zu Ihnen gefahren. Ich hatte zum Glück noch ein paar Scheine in der Hosentasche.«

»Hermann«, Ute Carstens zuckte so zusammen, dass ihr Messer klirrend auf den Teller fiel. Plötzlich blass geworden, starrte sie auf einen Punkt im Restaurant. »Da ist er. Da sitzt Christoph Wagner an Hellas Tisch. *gastronom100.* Und so wie es aussieht, macht er gerade dasselbe mit ihr wie mit mir.«

»Bist du dir sicher?« Hermann drehte sich in die Richtung, in die sie deutete und zog langsam sein Handy aus der Tasche. »Ganz sicher?«

»Absolut«, Ute zitterte vor Aufregung. »Über achthundert Euro habe ich ihm geliehen, diesem Betrüger.«

»Du bleibst sitzen«, sagte Hermann bestimmt. »Ich rufe die Polizei.«

Ernst glaubte, nicht richtig gehört zu haben, aber *gastronom100* hatte sehr laut gesprochen, ein Irrtum war unmöglich. Überfordert schaute er von Hilke zu Hella und wieder zurück. Hilke nahm langsam ihre Tasche von der Stuhllehne und hielt dabei den Blick auf Ernst gerichtet, hob das Kinn und deutete Richtung Ausgang.

»Also, nein, das ist ja furchtbar. Und das auf der Insel, das tut mir wirklich leid. Darauf sollten wir erst mal was trinken. Und regen Sie sich nicht auf, es gibt für jedes Problem eine Lösung. Hallo, junger Mann, können Sie noch mal zu uns kommen?«

Man konnte gegen Hella sagen, was man wollte, sie hatte Nerven wie Drahtseile.

Es blieb Ernst nichts anderes übrig, als Hilke zu folgen, die kurz etwas zu einer der Bedienungen sagte und dann in die Bar ging. »Hilke, warte, das ist jetzt ganz schlecht und ich kann Hella …«

Wie aus dem Nichts stand plötzlich Gudrun vor ihm. »Guten Abend, Schatz.« Er blieb erschrocken stehen. »Gudrun, ich kann dir das …«, dann entdeckte er Mats.

»Hallo Opa, es ging nicht anders, ich musste es ihnen …«

»Judas«, Ernst sah sich suchend nach Hilke um, sie war stehen geblieben und sprach gerade leise in ihr Handy, während Gudrun ihn kopfschüttelnd betrachtete. »Willst du einen Schnaps auf den Schreck?«

»Ich kann nicht, Gudrun, ich mache das hier nicht zum Vergnügen. Ich muss …«

Jetzt sah er auch noch *superwoman!*, die am Tresen saß und irgendeinen bunten Cocktail trank, in dem ein Papierschirmchen steckte. Ernst stöhnte und sah verzweifelt Hilke an, die in diesem Moment auf ihn zukam. Ihre Hand legte sich auf seine Schulter. »Ernst, es ist alles ganz anders, als du denkst. Du kannst in Ruhe hier sitzen und zuschauen, es wird sich gleich alles klären.«

Keine Viertelstunde später betraten zwei uniformierte Polizisten das Restaurant und sahen sich um. Eine Frau lief auf sie zu und sprach mit ihnen, überrascht sagte Gudrun leise: »Das ist ja Ute Carstens.« Die Beamten gingen langsam an den Tisch, an dem Hella mit ihrem Begleiter saß.

Man konnte nicht hören, was gesprochen wurde, aber der gut aussehende grau melierte Herr stand ohne allzu großen Widerstand auf und ließ sich von den Polizisten nach draußen begleiten, während Hella langsam ihr Tuch neu drapierte und wie eine Königin auf Ernst und Gudrun zuging, die gebannt am Eingang der Bar standen und das Spektakel beobachtet hatten. »Ihr könnt jetzt gern applaudieren«, sagte sie laut und ging an ihnen vorbei. »Ich habe mir nämlich meinen Eierlikör verdient.«

Der blonde Mann, der ins Restaurant gestürmt war, als die beiden Polizisten gerade *gastronom100* nach draußen begleiteten, kam nach einer Weile in die Bar, in der der schweißgebadete Ernst, Gudrun, Hilke, Hella, Ute Carstens und Hermann Schulze in einer Ecke an kleinen runden Tischen saßen. Er blieb für einen Moment am Eingang stehen, bis Hilke plötzlich aufstand und ihm zuwinkte. Sofort erhellte sich sein Gesicht, er kam mit schnellen Schritten zu dem Grüppchen herüber. »Guten Abend«, sagte er und lächelte in die erstaunte Runde.

»Hey, Klaas«, der junge Mann, der schon den ganzen Abend mit seiner Freundin am Tresen gesessen hatte und sich mittlerweile mit Mats unterhielt, hatte sich umgedreht und ihm zugewunken. »Peer ist auch da. Im Restaurant.«

»Hallo Jannis«, der Blonde nickte. »Ja, danke.«

Er wandte sich wieder um und sah Hilke an, die inzwischen einen Stuhl zwischen sich und Ernst geschoben hatte. »Komm, setz dich hierher.«

»Danke«, er nickte und ging durch. Bevor er sich setzte, küsste er Hilke auf den Mund, sofort waren alle Augen auf ihn gerichtet.

»Das ist Klaas«, stellte Hilke ihn vor. »Mein Freund seit einem halben Jahr. Ganz ohne kriminelle Energien.«

»Ach«, unsicher streckte Ernst ihm die Hand hin. »Ernst Mannsen. Sie fahren diesen weißen SUV? Mit Hamburger Kennzeichen? Und der dicken Schramme?«

»Ja«, antwortete Klaas freundlich. »Der Wagen gehört meinem Bruder, der in Hamburg wohnt, aber gerade für ein Jahr in Norwegen arbeitet. Deshalb fahre ich ihn. Und habe ihn leider zeitweise einem Hotelgast geliehen, der vermutlich diesen Unfall verursacht, aber es abgestritten hat. Das war der Mann, den sie hier gerade abgeholt haben. Der hat auch bei mir im Hotel gewohnt, ohne zu bezahlen. Ich habe ihn angezeigt, aber leider habe ich keine Zeugen für den Unfall.«

»Da kann ich helfen«, Ernst setzte sich sofort aufrecht hin. »Ich habe alles gesehen. Ach, und da ist ja auch das Opfer.« Verblüfft zeigte er Richtung Eingang, durch den sich gerade Peer und Elvira schoben. Klaas drehte sich um. »Peer war das? Das glaube ich ja nicht.«

Während das Stimmengewirr in der Bar immer mehr anschwoll, weil jetzt auch Elvira mit Gudrun und Hella laut redete, versuchten Jannis und Mats am Tresen, die schon etwas schwerhörigen älteren Gäste zu übertönen, während Frau Ullrich Jannis' Freundin Emma erklärte, dass sie von Anfang an skeptisch gegenüber Kontakten im Netz gewesen sei, und Hermann seinem Freund Peer unbedingt Ute vorstellen wollte, beugte sich Hilke dicht zu Ernst und sagte: »Du hättest mich auch einfach fragen können.«

»Nein«, empört sah Ernst sie an. »Das wäre mir peinlich gewesen. Obwohl es völlig in Ordnung ist, dass du deinen Freund im Internet kennengelernt hast. Das machen doch viele.«

»Ja«, Hilke nickte. »Selbst Ute Carstens.«

»Genau.«

»Ich war nur nie bei *Liebe oder Eierlikör* angemeldet.«

Ernst fuhr herum. »Wie? Nie?«

»Nein.«

»Und wie …«

»Beim Zahnarzt«, Hilke lächelte. »Im Wartezimmer. Ganz ohne Eierlikör.«

Sechs Monate später

Die bunten Lampions über dem Eingang strahlten in allen Farben, zufrieden legte Ernst den Kopf in den Nacken und betrachtete das große Plakat, das an der Hauswand befestigt war. Genau so hatte er es sich vorgestellt, sie hatten hier ganze Arbeit geleistet, nichts war dem Zufall überlassen worden. Er ging langsam an der Fensterfront entlang und sah in den Saal, in dem die Tische um die Tanzfläche mit Blumen und Kerzen dekoriert waren. Über der Tanzfläche drehte sich eine silberne Discokugel, die Hella in ihrem Keller gefunden hatte und die noch einwandfrei funktionierte. Es war schon sagenhaft, was sie alles hortete.

»Wieso stehst du hier draußen rum«, Hella hatte das Fenster ganz aufgerissen und beugte sich heraus. »Wir warten auf dich. Komm rein.«

Sie knallte das Fenster zu, während Ernst sich beeilte, in den Saal zu kommen. Das *Deichhotel* war wirklich genau der richtige Ort für eine solche Festivität, fand Ernst. Deshalb war es sehr gut gewesen, dass Hilke Klaas seinen Vorschlag, und es war irgendwie schon *sein* Vorschlag gewesen, unterbreitet hatte. Klaas war natürlich sofort einverstanden gewesen, immerhin hatte er es Ernst zu verdanken, dass der Unfallverursacher überführt werden konnte. Jetzt war der weiße SUV wieder wie neu, Klaas' Bruder würde gar nichts merken, wenn er im nächsten Monat den Wagen wieder abholen würde.

Er drückte die Tür auf und trat in den Saal. Auf der Bühne vor dem Vorhang stand Jannis, der Kopfhörer trug und später die Musik machen sollte. Er hörte sich mit etwas verkniffener Miene die Stücke an, die er spielen sollte. Bei der Vorbesprechung war er angesichts dieser Playlist fast in Ohnmacht gefallen. Das Festkomitee hatte die schönsten Schlager aller Zeiten aufgelistet.

»Stell dich nicht so an«, hatte Hella gesagt. »Wer sich mit alten Frauen zum Date trifft, kann auch mal Schlager hören.«

Jannis hatte sie nur resigniert angesehen und leise »Die Liebe ist ein seltsames Spiel« gepfiffen.

Ernst nahm sich noch einen kleinen Moment, um den Saal auf sich wirken zu lassen, bevor er zu den anderen ging, die sich am Tresen versammelt hatten, hinter dem Martina mit einem Klemmbrett stand.

»Ach, Ernst«, sie hob den Kopf und sah ihn an. »Da bist du ja, ich dachte schon, ich müsste alles zweimal erzählen.«

»Nein, nein«, beeilte er sich zu sagen und stellte sich neben Hermann Schulze, der ihm bereitwillig Platz machte. »Ich höre zu.«

»Gut«, sie nickte und blickte wieder auf ihre Liste. »Also, wir haben heute 116 Anmeldungen. Hilke und ich machen gleich den Einlass und wie beim letzten Mal bekommen alle Gäste wieder diese kleinen Anstecker, auf die sie ihre Vornamen schreiben. Falls jemand fragt, die liegen in dem grünen Kasten am Eingang.«

Alle nickten.

»Hella macht wieder die Begrüßung«, fuhr Martina fort. »Vorher gibt es ein Willkommensgetränk, Ute, Elvira und Gudrun gehen mit den Tabletts herum, Ernst und Hermann helfen beim Einschenken.«

Hermann Schulze sah Ute Carstens stolz an und legte einen Arm um ihre Schultern. Sie lächelte.

»Jannis, die Musik läuft am Anfang leise, mit dem Tanzen wird erst nach dem Essen angefangen. Peer eröffnet das Büfett um 19 Uhr, wenn alle Teller abgeräumt sind, kannst du die Musik lauter machen.«

Jannis nickte stumm, während Peer ihm aufmunternd auf die Schulter schlug.

»Und ansonsten läuft alles wie beim letzten Mal«, Martina drückte jetzt ihr Klemmbrett an die Brust und sah in die Runde. »Ernst, du musst noch das T-Shirt mit dem Logo anziehen. Das Festkomitee muss erkennbar sein, sonst gibt es Verwirrung.«

»Muss ich wirklich?« Ernst sah Gudrun Hilfe suchend an. Sie öffnete ihre Strickjacke, das rote T-Shirt mit dem Aufdruck kam zum Vorschein. »Natürlich, wir tragen es alle, dafür haben wir sie doch extra machen lassen.« Tatsächlich trugen auch Martina, Hilke, Gudrun, Elvira, Ute und Hermann dieses Ding, bei den Frauen sah es sogar ganz hübsch aus. Nur bei Hermann wirkte es ein bisschen wie eine Wurstpelle. Er spürte Ernsts Blick und sah an sich herunter. »Ich glaube, ich habe deins an. Es scheint mir etwas knapp, ich bin wohl kräftiger als du.«

»Umziehen«, ordnete Gudrun an und reichte Hermann ein zusammengefaltetes T-Shirt. »Das ist deins. Und Ernst, keine Diskussion. Ihr könnt die hinten wechseln. Martina, haben wir jetzt alles besprochen?«

Sie nickte.

»Dann los. Und viel Spaß.«

Hermann wartete mit einem freundlichen Lächeln, bis Ernst sich ihm anschloss, dann gingen beide in Richtung des kleinen Raums am Ende des Saals.

»Moin, *jamesbond006!*« Ernst zuckte zusammen, als er

hinter sich eine bekannte Stimme hörte. Frau Ullrich trug eine gelbe Warnweste über einem bunten Kleid, eine Schirmmütze auf dem Kopf und grinste ihn breit an.

»*superwoman!*« Ernst starrte auf ihre Schirmmütze, auf die sie sich den Namen hatte drucken lassen. »Schicke Mütze.«

»Ich kann Ihnen die Adresse der Firma geben. Die können garantiert auch *jamesbond006*.«

»Das ist nicht mehr nötig«, antwortete Ernst und betrachtete sie mit schräg gelegtem Kopf. »Warum tragen Sie eine Warnweste?«

»Ich ertrage kein Chaos auf dem Parkplatz«, antwortete sie. »Ich habe Klaas vorgeschlagen, die Einweisung der Autos zu machen. Die Leute parken doch wie die Blöden und es wird nicht die gesamte Kapazität genutzt. Wenn das nicht professionell gemacht wird, bricht doch bei so vielen Anmeldungen das Chaos aus, das haben wir doch bei der ersten Veranstaltung gesehen. Das muss ich mir nicht noch mal antun. So, ich muss raus, die Ersten werden gleich kommen. Bis später.«

Sie marschierte zum Ausgang, während Ernst und Hermann ihr beeindruckt nachsahen.

»Und wenn alle geparkt haben, kommt sie als Gast wieder rein?«, fragte Hermann leise und sah Ernst an. Der nickte.

»Sieht so aus. Sie ist ja letztes Mal fast durchgedreht, weil viel mehr gekommen sind, als sie erwartet hatte. Es gab einen Stau vor dem Parkplatz, deswegen hat sie sich nicht auf das Wesentliche konzentrieren können. Hat sie gesagt. Also ist das doch eine gute Idee.«

»Ja«, Hermann hob die Hand mit dem T-Shirt. »Wir müssen.«

Als sie zurückkamen, stand Hella in einem gelben Kleid mit roten Herzen neben Hilke am Eingang. Als sie Ernst und Hermann entdeckte, grinste sie. »Die Eierlikör-Twins«, sagte sie laut und lächelte verschmitzt. »Es sieht nicht so schlimm aus, wie ich dachte. Ihr beide seid ja noch ganz gut in Schuss.«

»Finde ich auch«, Ute Carstens war zu ihnen getreten und schob ihre Hand unter Hermanns Arm. Verliebt sah sie ihn an und strich mit einem Finger über den weißen Schriftzug. »Liebe und Eierlikör«, las sie laut vor. »Was für ein schönes Motto. Hella, das war eine gute Idee.«

»Tja«, Hella strich sich über den weiten Rock. »Lag ja nahe. Wann ist eigentlich euer Umzug?«

»Nächsten Monat«, antwortete Ute und sah Hermann an. »Ich habe schon eine ganze Menge gepackt.« Sie sah Ernsts fragenden Blick und erklärte: »Weißt du das noch nicht? Elvira zieht zu Peer und hat uns ihr Haus vermietet. Hermann und ich haben ja beide nur kleine Wohnungen und uns so über ihr Angebot gefreut. Wir lassen noch die Maler kommen, aber das Haus ist ansonsten tipptopp.«

»Das ist schön«, Ernst nickte zufrieden. »Was für ein Glück, dass es diese App gibt. Und jetzt ist sie noch sicherer geworden. Hast du dein Geld eigentlich schon zurückbekommen?«

»Noch nicht«, Ute senkte ihren Blick und seufzte. »Ich weiß auch gar nicht, ob ich es jemals wiedersehe. Hilke, weißt du schon, wann dieser Prozess jetzt ist? Ich muss da ja auch als Zeugin hin, ich habe aber noch gar nichts gehört.«

»Ich auch nicht«, Hilke trat jetzt zwischen sie und Ernst und hakte sich bei ihm ein. »Mein Retter.«

Er wurde ein bisschen rot, während Hilke fortfuhr. »Klaas muss auch eine Aussage machen. Schließlich hat Christoph Wagner nicht nur mehrere Frauen betrogen, sondern auch die Zeche geprellt, das Zimmer nicht bezahlt und den Wagen beschädigt. Klaas bekommt ja auch noch Geld von ihm.«

»Das wollte ich dich schon die ganze Zeit fragen«, fiel Ernst plötzlich ein. »Warum hatte er überhaupt euer Auto?«

»Klaas hatte angeboten, ihm den Wagen auszuleihen.

Der Wagner hatte ihm eine seiner Lügengeschichten aufgetischt, von wegen Wagen in der Werkstatt, falsches Teil bestellt, wichtige Geschäftstermine, große Probleme und so. Und Klaas ist so ein Guter, er hat gemeint, er müsse ihm helfen.«

In diesem Moment wurde sie von einer Gruppe Frauen unterbrochen, die plötzlich im Saal stand.

»Guten Abend, sind wir hier richtig?«

Sofort ging Hilke auf die Damen zu, während Hella in die Hände klatschte: »Da kommt schon Martina mit strengem Gesicht, es geht also los. Ernst und Hermann, auf eure Plätze, *gastronom100* kriegt seine gerechte Strafe, davon bin ich überzeugt. Aber wir machen jetzt die Welt ein bisschen schöner. Ja, Martina, wir haben auf die Uhr gesehen.«

Martina machte den Mund wieder zu und nickte, bevor sie zur Tür ging, um den ankommenden Gästen die Namensschilder anzuheften.

»Ach, ist es nicht herrlich?« Hella schlug Ernst auf den Rücken. »Die Bude wird gleich voll. Dagegen kann doch jedes Dating-Portal einpacken. Los, kommt, wir sind das Komitee, jeder muss an seinen Platz. Ich gehe schon mal zur Bühne und sage Jannis, was er jetzt auflegen soll. Bis später.«

Tatsächlich war der Saal nach wenigen Minuten voll, die Gäste schrieben ihre Namen auf die Anstecknadeln, nahmen das angebotene Willkommensgetränk von den Tabletts, einige unterhielten sich im Stehen, andere suchten schon einen Platz an den Tischen, es war Gelächter und Gemurmel zu hören, über allem lag eine aufgeregte, heitere Stimmung.

Ernst stand mittlerweile hinter dem Tresen und schenkte so ungeschickt den Sekt in die Gläser, dass Hellas Nachbarin Regina Gräber, die gerade angekommen war, ihn mitleidig ansah.

»Kann ich Ihnen vielleicht helfen?«, fragte sie und beugte sich über den Tresen. »Ich habe jahrelang in der Gastronomie gearbeitet, mir geht so was ja leichter von der Hand.«

»Sehr gern«, antwortete er sofort und machte den Platz frei. »Dann kann ich mich um andere Aufgaben kümmern. Vielen Dank.«

Während Regina Gräber das Einschenken souverän übernahm, bahnte Ernst sich einen Weg durch die Menge, um zu Hella zu kommen. Sie stand an der Seite der Bühne. Von hier aus konnte man viel besser sehen, was los war, stellte Ernst fest. Hinter dem Tresen bekam er ja gar nichts mit.

»Hey«, sagte sie, als sie ihn neben sich bemerkte. »Was machst du hier?«

»Gucken«, antwortete er. »Deine Nachbarin Regina schenkt für mich ein. Macht sie gut.«

»Auch ein *gastronom100*-Opfer«, Hella schüttelte den Kopf. »Ich hoffe, sie ist auf ihrer Suche bald erfolgreicher. Ach Gott, da ist schon wieder Theo Möller. So oft wie diesen Frühling habe ich ihn die letzten zwanzig Jahre nicht gesehen. Jetzt hat er Elfi angesprochen, da werde ich wohl gleich eingreifen.«

Ernst ließ seine Blicke über die Menge wandern, ein Arm hob sich in seine Richtung, er winkte zurück und lächelte. »Da ist Silvia *erdbeertörtchen*«, sagte er zu Hella. »Die ist ja auch so nett.«

»Sie heißt Körner«, korrigierte Hella. »Silvia Körner. Sag nicht *erdbeertörtchen* zu ihr. Und da kommt auch gerade Sabine. Und Waltraud. Ach, und sogar Marianne Hiller. Die war letztes Mal noch nicht dabei. Wie schön. Hach, ich finde das so toll.«

Ernst betrachtete weiter all die Menschen, die gekommen waren, weil er so eine geniale Idee gehabt hatte. Na ja, Hella und er, aber das war auch nicht so wichtig. Er sah Peer in seiner Kochjacke zu Elvira gehen, um ihr etwas zu sagen. Elvira drehte sich sofort zu ihm um, hörte ihm andächtig zu und strich ihm abschließend zärtlich über die Wange, bevor er wieder in die Küche ging. Am Eingang entdeckte er wieder Hilke, die gerade übers ganze Gesicht strahlte und in ihrer bunten Bluse mit dem schönen Lippenstift so hübsch aussah. Sie hatte wirklich Glück gehabt, dass ihre Füllung ausgerechnet an dem Tag herausgefallen war, an dem auch Klaas einen Zahnarzttermin gehabt hatte. Es wäre zu schade gewesen, wenn die beiden sich nicht getroffen hätten. Sie waren ein so schönes Paar.

»Was ist los?«, Hella stieß ihn in die Seite. »Du guckst so sentimental.«

»Ach«, er sah sie an, »ich bin nur sehr froh, dass wir auch dieses Problem so gut gelöst haben. Na ja, bis auf das Geld, das noch nicht wieder zurückgezahlt ist, aber vielleicht kommt das noch. Aber all die einsamen Menschen, die …«

Plötzlich unterbrach ihn ein Trommelwirbel, sofort drehte Hella sich weg und eilte auf die Bühne. Die Gespräche versiegten, während ein Spot anging und eine strahlende Hella Fröhlich im gelb-roten Herzchenkleid ins richtige Licht setzte. Sie breitete die Arme aus, sofort fingen die Ersten an zu applaudieren.

»Vielen Dank«, rief Hella und hob ihr Mikro hoch. »Danke schön und herzlich willkommen zu unserer zweiten Veranstaltung im *Deichhotel.* Hier treffen sich jeden ersten Freitag im Monat die Singles der Region, um neue Leute und neue Lieben zu finden. Hier wird getanzt, geredet, kennengelernt, gegessen und getrunken, vielleicht auch geküsst und geheiratet, wir werden sehen. Also, viel Spaß bei unserer Party, wie immer unter dem Motto: *Liebe UND Eierlikör.* Das Büfett wird von unserem wunderbaren Peer Sörensen gleich eröffnet, und falls Sie Fragen haben, unser geschultes Personal, das Sie an den entsprechenden T-Shirts erkennen können, berät Sie gern. Und nun wünsche ich Ihnen viele Frühlingsgefühle, viel Liebe, schöne neue Kontakte und einen wunderbaren Abend.«

Unter großem Beifall tänzelte Hella von der Bühne und stoppte erst, als sie wieder neben Ernst stand. »Wie war ich?« Nur langsam verebbte der Applaus, die Gespräche im Saal und die leise Musik setzten wieder ein.

»Wie immer perfekt, du Zirkuspferd.« Er lächelte sie an, runzelte dann die Stirn und fragte: »Was meintest du mit geschultem Personal?«

»Uns«, Hella strahlte. »Dich, mich, Gudrun, Elvira, Peer, Hermann, Ute, Martina, Hilke, Klaas. Das Komitee.«

»Und was an uns ist geschult?«

»Wir sind Freunde.« Hella beugte sich vor und küsste ihn auf die Wange. »Wir sind zum Glück keine einsamen Herzen. Wir haben uns ja alle gefunden. Und jetzt müssen wir den einsamen Menschen nur noch zeigen, wie das geht: jemanden zu finden. Weil das Leben zusammen doch einfach schöner ist.«

Ernst schluckte.

»Ernst Mannsen, hast du feuchte Augen?« Hella musterte ihn kopfschüttelnd, bevor sie nach seinem Ellenbogen griff. »Reiß dich zusammen, das ist eine Party. Jetzt gehen wir was essen und danach werde ich mir bei Jannis einen Tango wünschen und den smarten Mann im roten Pulli, der gerade eingetroffen ist, auf die Tanzfläche zerren. Auch wenn man genug Freunde hat, so ein kleiner Tango kann ja nicht schaden.«

»Du, Hella?«

»Ja?«

»Bevor du dich mit ihm allein triffst, würde ich gern mal zwei, drei Sätze mit ihm …«

»Ernst!« Sie beugte sich so dicht zu ihm, dass sich ihre Nasen fast berührten. »Entspann dich. *butterblume02* ist Profi.«